사찰이야기

설화는 떠도는 구름 같아서 확실한 근거를 찾기가 쉽지 않다.
그러나 민족의 숨결과 애환이 담겨 있는 우리의 설화는
지속적으로 보존되어야 한다.

한국 불교의 설화를 찾아서

사찰이야기

서문 성 엮음

미래문화사

설화는 설화로 이해하고 보존해야

"나는 이 땅이 좋다. 그리고 우리의 이야기가 참 좋다."

전국 80여 개의 사찰을 답사하고 난 후, 나도 모르게 튀어나온 말이다.

탈고를 하고 마무리로 머리글을 쓰려고 하니 답사하는 동안 한적한 산사에서 마셨던, 천 마디의 말보다도 뿌듯했던, 한 잔의 차와 깨끗이 쓸어진 산사의 마당을 한 걸음 한 걸음 옮겨 놓을 때의 상쾌했던 느낌이 되살아난다. 또 산사로 오르는 길에 스치는 사람들과 웃음으로 나누었던 인사, 오솔길에서 만났던 싱그러운 바람도 생각난다. 이는 직접 탐방하며 취재했던 과정이 힘들었다는 반증이기도 하다.

우리는 우리의 설화를 소홀히 대접하는 경향이 있다.

특히 사찰 설화의 경우 흔히 '그게 그것이지.', '절은 여기나 저기나 다 똑같은 거지 뭐.' 하고 폄훼하거나 건성으로 지나쳐 버린다. 그러면서도 외국 것 - 예를 들면 유럽의 신화 - 이라 하면 자세한 내용도 모르면서 대단한 것으로 생각한다. 민족의 숨결과 애환이 담겨 있는 우리의 설화는 우리와 가까이 있기에 호기심이나 신비감이 떨어져 제대로 느끼지 못하는 탓이다.

이를 안타깝게 생각하여 남아 있는 설화를 찾아내고, 그 현장을 사진에 담고자 남해의 땅끝에서 설악까지, 부산에서 강화도까지 전국을 누비고 다녔다. 그렇게 해서 숨겨진 설화를 찾아내거나 관련된 유적이 그대로 보존되어 있는 현장을 확인하는 순간은 감동 그 자체였다.

설화란 역사적 사실과 그 시대 민중들의 염원이 자연스럽게 융화되어 만들어진 이야기이다. 때문에 같은 설화라 할지라도 시대와 장소, 민중들에 따라 변형되기도 하면서 다양한 형태로 전해진다. 그러기에 설화가 관련된 사찰의 연혁과 일치하지 않다거나 내용이 다소 다르다고 해서 그 자체를 부정해서는 안 된다. 왜냐하면 그 내용이 그저 민중의 입에서 입으로 구전되어진 것이어서 맞다거나 틀렸다는 사실을 입증할 만한 명확한 근거가 없기 때문이다.

다만 우리는 설화가 탄생한 당시의 민중들이 지녔던 생각과 문화를 이해하고 그 속에 담겨 있는 의의를 살려 교훈으로 삼으면 된다.

사찰의 문화는 스님이나 불교인들만의 것이 아니라 이 땅에 살고 있는 우리 모두의 문화다. 왜냐하면 그것은 민중을 떠나서는 애당초 탄생될 수 없는 것이기에.

그래서 마땅히 모두 함께 공유해야 한다.

끝으로 '이 땅의 사찰 설화는 천년의 시간이 지난 지금도 우리 곁에서 살아 숨쉬며 우리를 기다리고 있다.' 라는 말로 이 글을 마무리한다.

2006. 4.
서문 성

목차

강원도

상원사 목조 문수동자 좌상 : 세조가 직접 보았다는 문수동자의 모습을 조각한 것으로 상원사에서 제일 중요한 예불대상이다.

상원사 上院寺(오대산)

■소재지 : 강원도 평창군 진부면 동산리 오대산
■소　속 : 대한불교 조계종 제4교구 월정사의 말사

　　신라 신문왕의 왕자인 보천寶川과 효명孝明형제가 오대산五臺山에 들어와
날마다 차를 달여 진신眞身 문수보살에게 공양을 하였다. 그러다가 신문왕
이 죽자 효명이 서라벌로 돌아가 왕위에 올랐다. 왕위에 오른 효명, 즉 효

청량선원(문수전) : 상원사의 주 건물로 법당으로 사용되고 있으며 문수동자좌상이 모셔져 있어 문수전이라 부른다.

소왕孝昭王이 재위 4년만인 696년에 지금의 상원사 터에 진여원眞如院을 창건하여 문수보살상을 봉안하고, 20년 후에는 동종을 주조하였다.

보천은 열반에 들면서 오대산에 나라를 돕는 신행결사도량을 만들 것을 유언했다. 그 유언에 따라 도량을 짓고 이름을 화엄사華嚴社라 했다.

훗날 나옹대사의 제자 영령암이 오대산을 유람하던 중 절이 황폐화 된 것을 보고 판서 최백청과 부인의 시주로 중창하였다.

조선 태종은 억불정책을 편 대표적인 왕이지만 1401년(태종 1년)에는 이 절의 중대中臺 사자암을 중건하고, 낙성식에 참여하여 성대한 법요식을 베풀기도 했다.

또한 세조는 이 절에서 문수보살을 만나 병을 고치자 친히 권서문을 작성했다. 또 진여원을 확장하여 이름을 상원사라 바꾸고, 원찰願刹로 정한 후, 문수동자상을 봉안했다.

그 후 몇 차례 중창을 하였고 한국전쟁 때에는 방한암 스님이 병화로부터 사찰을 지켜냈다.

자장율사가 귀국한 뒤 보천과 효명 왕자 형제가 일찍부터 세속 밖의 일에 뜻을 두어 함께 오대산으로 들어갔다.

두 왕자가 산속에 이르매 홀연히 맨땅 위에서 연꽃이 피어났다. 형 보천이 그곳에 암자를 지어 사니 이를 보천암寶川庵이라 하였다. 그리고 그 남쪽에 다시 연꽃이 피어나므로 아우 효명도 거기에 암자를 짓고 효명암이라 했다.

하루는 두 형제가 오봉五峯에 올랐더니 동쪽편 만월산萬月山에 1만 관음의 진신이 나타나고, 남쪽 기란산麒麟山에는 8대 보살을 중심으로 1만의 지장地藏이, 서쪽 장령산長嶺山에는 무량수여래를 중심으로 1만 대세지(大勢至:

아미타불의 보처불)가, 북쪽의 상왕산象王山에는 석가여래 부처님을 중심으로 5백 여 나한羅漢이, 중앙 지로산地爐山에는 비로자나불을 중심으로 1만 문수가 나타났다.

보천과 효명은 5만여 진신을 낱낱이 침례하였는데 새벽이면 문수보살께서 진여원(眞如院, 지금의 상원사)에 36종의 형상으로, 때로는 수백, 수천의 형상으로 나타났다.

두 태자는 그때마다 동네의 우물에서 물을 길어다가 차를 달여 공양하고 저녁이면 암자로 돌아가 도를 닦았다.

한편으로 왕자 형제가 떠나 온 왕실에서는 권력을 둘러싸고 골육상쟁의 추악한 암투가 하루도 쉬는 날이 없이 벌어졌다. 늙은 왕의 자리를 노리는 신문왕의 아우가 왕자 형제가 출가한 것을 기화로 마치 자신의 나라가 된 것처럼 권력을 잡고 세력을 규합하기 시작했기 때문이었다.

그렇게 되자 신문왕에게 충성하는 대신과, 그 아우를 즉위시켜 권세를 잡으려는 역적무리의 대립이 극심하였다. 상황이 이에 이르자 왕에게 충성하는 대신들은 최후의 방법으로 왕자 형제를 왕궁으로 모셔 오기로 결정했다. 그래서 보천왕자를 모셔오기 위해 대신 2명과 장수 4명, 군사 5백이 오대산으로 출발하였다.

그러나 이런 사실을 미리 안 보천왕자는 피해 버렸다. 그러자 충성파들은 차선책으로 효명왕자를 모시기로 하고 모두 효명암으로 향했다.

"효명왕자님! 보천왕자께서는 보위에 오르시기 싫다고 종적을 감추어 버렸습니다. 하오니 왕자님께서 나라의 안위를 생각하시어 궁궐로 돌아가 주옵소서."

대신들과 장수, 그리고 군사들이 모두 꿇어 앉아 이렇게 간청하면서 효명왕자가 승낙할 때까지 물러나지 않았다.

관대걸이 : 사찰 입구에 있는 관대걸이는 세조가 목욕할 때 의관을 걸었다 하여 붙여진 이름이다. 갓걸이라고도 부른다.

청량선원 벽화 : 세조가 목욕할 때 문수동자가 세조의 등을 씻어주자 몸에 난 종기가 나았다는 설화를 최근에 문수전 우측 벽에 그렸다.

효명은 국가의 장래를 걱정한 나머지 그들을 따라가 보위에 올랐다. 바로 효소왕이었다.

상원사 주차장 옆 사찰 입구에 '관대冠帶걸이' 가 있다. 이는 상원사에 참배차 행차하던 세조가 목욕할 때 의관을 걸었다 해서 붙여진 이름인데 '갓걸이' 라고도 한다.

세조가 영험하기로 소문난 상원사에서 몸에 난 종기가 낫게 해달라고 기도를 드리고자 신하들을 물리치고 홀로 계곡물에 몸을 담갔다.
그때 마침 지나가는 동자승이 있어 등을 씻어 달라고 부탁을 하였다. 동자승은 아무 말 없이 선선히 등을 밀어주고는 오던 길로 되돌아 가려고 나섰다. 그러자 세조가 동자승에게 말했다.
"아무에게도 임금의 옥체를 씻었다고 말하지 말아라."
그러자 동자승도 말했다.

"대왕께서도 문수보살이 몸을 씻어주었다고 말하지 마십시오."

세조가 깜짝 놀라 주위를 살피니 동자승은 간곳 없고 어느새 몸의 종기가 깨끗이 나아 있었다.

세조가 감격하여 화공을 불러 그때 만난 동자승의 모습을 설명해주며 그림으로 그리고, 또 나무로 조각하게 하였다. 그 때 만든 목각상은 지금도 상원사 청량선원에 모셔져 있으나 문수동자의 진영은 남아 있지 않다.

1984년에 발견된 문수동자 복장腹臟에서는 세조의 딸 의숙공주가 문수동자상을 봉안한 발원문을 비롯하여 많은 유물이 나왔다.

세조가 친견한 문수보살을 그릴 때의 일이었다.

문수보살을 그리려고 많은 화공을 불렀으나 모두들 세조의 설명대로 그리지를 못했다.

그때 누더기를 걸친 노스님이 자신이 그려보겠다고 했다. 세조가 문수보살의 모습을 설명하려 하자 노스님은 자신이 알아서 그리겠노라고 하며 혼자 그렸다. 노스님이 그려보인 문수동자승의 모습이 너무도 닮아 있어 세조는 너무 놀랍고 기쁜 마음에 물었다.

"스님은 어디서 오셨습니까?"

그러자 노스님은,

"영산회상에서 왔습니다."

하고는 구름을 타고 하늘로 올라갔다.

문수동자 복장 유물 : 복장에서 나온 총23점의 유물 가운데 세조가 입었던 명주적삼과 생명주적삼. 천수다라니경이 수놓아져 있다. 조카인 단종과 중신들을 죽인 세조가 죽은 이들의 영혼들로부터 시달림을 받았음을 짐작케 해준다.

고양이 석상 : 문수전 돌계단 옆에 있는 두 마리 고양이 석상은 세조가 자객으로부터 목숨을 구해준 은혜에 보답하기 위해 세웠다.

상원사 문수동자상을 모신 법당을 청량선원清凉禪院이라 한 것은 오대산을 일명 청량산이라 한 데서 유래된 것이다. 이곳은 현재 법당으로 사용되고 있다. 선원 건물은 1947년에 금강산 마하연사의 건물을 본떠 중창한 것이다.

청량선원 법당 뜰에는 고양이 석상 2기가 있다. 이 고양이 석상과 세조가 관련된 설화도 있다.

상원사에서 피부병을 고친 세조가 이듬해 다시 상원사를 참배하려고 법당으로 들어가려는데 고양이 두 마리가 나타나 세조의 옷소매를 물고 법당으로 들어가지 못하게 하였다. 이상한 예감이 든 세조는 법당 안팎을 샅샅이 뒤지게 한 끝에 불상을 모신 탁자 밑에서 세조를 죽이려는 자객을 찾아냈다. 고양이의 도움으로 목숨을 건진 세조는 은혜에 보답하기 위하여 고양이를 잘 기르라는 뜻에서 주지 스님에게 많은 밭을 하사하였다. 그때부터 상원사를 중심으로 사방 팔십리 땅이 모두 상원사 소유가 되었다 한다.

또 고양이 한 쌍도 돌로 조각하여 세움으로써 고마움을 기렸다.

상원사 동종은 신라 성덕왕 24년(725년)에 만들어졌으며 우리나라에서 가장 오래된 종이다. 경주 박물관에 있는 선덕대왕 신종보다 45년 앞선다.

大名 閑静軒

동종 유두 : 우리나라 종들은 사방 9
개 유두로 36개를 갖추고 있으나 상
원사 동종은 하나가 떨어진 35개만이
있다.

동종의 비천상 : 천상에서부터 악
기를 연주하며 내려왔다 다시 솟
구치는 모습이 아름답다.

동종 : 세조가 그의 원찰인 이곳 사찰에 봉안하기 위해서 안동에서 가져온 종. 우리나라 동종 가운데 가장 오래된 종
으로 조각장식과 소리가 일품이다.

이 종은 원래 안동 근처의 어느 사찰에 봉안되어 있었다. 그런데 태종이 불교를 박해할 때 안동 본부本府의 문루門樓로 옮겨졌다가 세조가 상원사에 봉안할 종을 전국에서 찾던 중 이 종이 선정되었다. 그러나 세조가 승하한 직후인 예종 원년(1469년)에야 상원사에 도착하여 봉안되었다.

종을 안동에서 상원사로 옮길 때였다.

3,379근이나 되는 큰 종을 수레에 싣고 죽령을 겨우 넘어 섰는데 갑자기 종이 노상에서 움직이지 않았다. 오르막길도 아닌 내리막길에서 종이 움직이지 않으니 수레를 끌던 스님들이 당황하여 어쩔 줄을 몰라 했다. 그때 지나가던 작은 동자승이 혼잣말로 중얼거렸다.

"종 꼭지가 먼저 가야겠구먼!"

그 말을 들은 스님들이 동자승의 말대로 종 꼭지를 하나 떼어서 먼저 안동으로 보내니 그때서야 비로소 움직였다.

방한암 스님 열반 모습 : 스님은 한국전쟁 때 군사작전상 상원사를 불태우려 할 때 그를 막았다.

이 전설을 입증하듯 실제로 이 종에는 네 꼭지 중에 하나가 없다.

한국 전쟁 때의 일화도 있다. 국군이 남으로 후퇴하면서 월정사와 상원사가 적의 소굴이 될 것을 염려하여 군사작전상 월정사를 불태우고 상원사마저 불태우려 했다. 그때 방한암(1876~1951)이라는 스님이 있었는데 그는 태연하게 법당에 앉아 말했다.

"당신들이 군인의 본분에 따라 상관의 명령에 복종해야 하듯이 승려인 나는 절을 지키는 것이 본분이오. 그래서 나는 이 법당에 앉아서 끝까지 승려의 본분을 지킬 것이니, 그냥 불을 지르시오."

그러자 불을 지르려던 그 장교는 법당의 문짝 하나만을 떼어서 태운 뒤 돌아갔다고 한다.

일본이 태평양 전쟁을 일으켰을 때의 일이었다. 방한암 스님을 존경하던 일본 총독이 찾아와 전쟁의 승패를 묻자 스님은 "정의로운 자가 이길 것"이라고 간단하게 잘라 말하고는 자리를 피했다. 적장이 찾아와서 대답하기 난처한 질문을 하니 스님도 직접적인 대답을 피해서 우회적으로 그들을 꾸짖었던 것이다.

방한암 스님은 경허, 만공, 수월과 함께 근세에 선풍을 일으켰었다.

상원사 뒤 중대 사자암에는 방한암 스님이 지팡이를 꽂으며 "이 지팡이가 사는 날 내가 다시 살아 오리라." 했다던 지팡이나무가 있다.

그 나무는 단풍나무인데 지금도 가지가 돋고 잎이 무성하게 잘 자라고 있다.

적멸보궁 가는 길

월정사 月精寺

■소재지 : 강원도 평창군 진부면 동산리 오대산
■소　속 : 대한불교 조계종 제4교구 본사

　　서기 636년, 당나라로 들어간 자장율사는 중국 오대산 문수보살석상 앞
에서 7일동안 기도하였다. 기도가 끝날 무렵 노승老僧 하나가 홀연히 나타
나더니 부처님의 가사와 바루, 불사리를 전해 주면서 신라땅의 오대산에
1만의 문수보살께서 머물고 계시니 찾아가라 당부하였다. 그러나 자장율

월정사 경내 : 한국전쟁 때 작전상 이유로 국군이 소각하여 폐허로 되었다가 1964년부터 다시 중건하였다.

《조선고적도보》에 실린 월정사 전경　　　　　　《조선고적도보》에 실린 적광전과 팔각구층석탑

사는 바로 귀국하지 못하고 6년 후 귀국하려 하자 그곳 태화지太和池에 살고 있던 용이 나타나 전에 만났던 노승이 문수보살이라고 일러주었다.

자장은 귀국 후 오대산을 찾아 임시로 초암草庵을 짓고 7일동안 머물렀지만 음산한 날씨가 계속되어 뜻을 이루기 어려워 사리만을 모셔 놓고 하산했다. 그리하여 월정사는 그 다음 해인 643년(신라 선덕여왕 15년)에 창건되었다.

월정사라는 이름의 유래에 대하여는 오대산 동대에 해당하는 만월산滿月山과 서대 장령산 아래 수정암水精庵에서 각각 가운데 자를 뽑아 월정사가 되었다는 설과, 월정사 자리가 달의 형국을 이루기 때문이라는 설, 또 동대 만월산의 정기가 모인 곳에 자리 잡았다 해서 붙여졌다는 등 의견이 분분하다.

자장율사 후임으로 신효거사信孝居士가 머물렀다. 그 뒤 수다사水多寺의 유연有緣이 머무르면서 큰 절로 이루었다.

고려와 조선 시대에 불에 타 중창하고 중건하였으나 한국전쟁 때 작전상 이유로 국군이 소각하여 폐허가 된 것을 1964년 탄허呑虛 스님이 중건한 이래 계속하여 불사를 하며 오늘에 이르고 있다.

오대산五臺山은 다섯 대臺 즉 주봉인 기린봉(남대), 장령봉(서대), 상왕봉(북대), 지로봉(중대), 만월봉(동대) 등이 편편한 누대를 이루고 있어 붙여진 이름이다.

자장율사는 황룡사黃龍寺 9층탑의 조성이 끝나자 중국 오대산에서 문수보살로부터 지시받은 성지聖地를 개산(開山 : 절을 처음으로 세움) 할 시기가 왔다고 판단하고 제자들을 불러서 말했다.

"내가 중국 오대산에서 문수보살 진신을 친견했을 때 문수보살께서 간방(艮方 : 24방위의 하나. 정동과 정북 사이의 방위를 중심으로 한 15도 각도의 안) 명주溟州(강릉) 지방 태백산맥의 오대산에 5만 위의 진신부처와 10만 보살들이 머물 자리가 있으니 그곳에 개산하여 말세 중생의 귀의처가 되도록 하라고 하셨다. 그래서 지금 오대산으로 떠나고자 하니 너희들은 여기서 열심히 수행하고 중생을 교화하여라."

"아닙니다. 저희들도 스승님을 모시고 동참 수행하겠습니다."

제자들의 뜻이 이러한지라 함께 오대산에 도착해서 자장이 말했다.

"문수보살의 진신께서 거주하는 곳에 당도하였구나! 정말 신비롭고 절묘한 명산이로다. 이러한 성지를 왜 이제 찾게 되었을까? 이번에는 8만 4천 법기 보살을 모두 친견하고 공양을 올려야 되겠다."

일행은 문수보살을 친견하기 위하여 오대산의 제일 높은 북대北臺 상왕산象王山에 올라가 3·7일을 지내기로 했다. 그렇게 상왕산 꼭대기에서 정진을 시작한 지 10여 일이 지나자 노스님 한 분이 나타나 말했다.

"스님들 이곳에 잘 오셨습니다."

자장의 제자 원승이 노스님에게 말했다.

"우리는 문수보살님을 친견하고 이곳 오대산에 개산을 하기 위해 여기서 정진하고 있는 중입니다만……."

"이곳은 문수보살의 거주처가 아니오! 그 분은 중대 지로산에 계시오."

"그런데 노스님은 누구십니까?"

"나는 석가모니불을 모시고 도를 닦는 나한이오!"

말을 마치자마자 노승은 홀연히 숲속으로 사라졌다.

원승이 자장에게 말했다.

"스님! 문수보살은 중대에 계신다 하오니 지로산으로 가시지요."

"나는 오대산의 5대를 돌면서 8만 4천의 보살님과 부처님을 친견하고 중대로 가마!"

"그럼, 스님 저는 먼저 중대(中臺)에 가서 문수보살을 친견하고 스님이 오실 때까지 기다리겠습니다."

"그렇게 하는 것이 좋겠다. 그리고 너희들도 문수보살을 친견하고 싶으면 원승 스님을 따라 가거라!"

그렇게 해서 원승 스님과 제자들은 모두 문수보살을 친견하기 위해 떠났다.

북대에 그대로 남은 자장은 열심히 수행하였다. 예정된 기한이 되자 홀연히 천지가 진동하며 석가모니 부처님과 5백 나한이 하얀 연꽃 위에 앉자 설법하였다.

"이곳은 내가 항상 머무는 곳이니라! 너의 정진이 갸륵하여 법을 설하노니 잘 들어라.

모든 중생의 성품이 청정하여 법을 보면 태어남과 멸함이 없으니, 몸과 마음은 환상에 의하여 생기고, 환상 중에는 죄와 복이 없느니라. 그래서 본래 정해진 법이란 없느니라. 그리고 남대(南臺)는 지장보살의 도량이며, 동대(東臺)는 관음영장의 도량이고, 서대(西臺)는 무량수불의 정토이며, 중대는 비로자나불의 화엄장 세계이니라."

팔각구층석탑 : 월정사 제1의 성보. 자장율사가 건립하였다고 하지만 고려시대의 탑으로 보인다. 높이 15m

석가모니 부처님은 법문을 마치고 자장을 칭찬을 하며 성불할 때까지 정진하라고 격려하시고 사라졌다.

자장은 무수히 절하며 감격해 하였다.

자장은 석가모니불과 5백 나한들을 친견한 후 다시 동대인 만월산滿月山에 올라 이번에는 관세음보살을 친견하기 위해 3·7일 동안 일심으로 정진하였다. 이윽고 예정된 기한이 차자 관세음보살이 강림하시어 말씀하셨다.

"자장이여! 훌륭하도다 이제 이곳 성지는 개산되어 말세중생의 귀의처가 될 것이니라. 내가 이제 고통받는 중생을 자비로 구제해 주노니 항상 나의 이름을 부르며 염念하도록 하여라. 그리고 다시 남대 기린산麒麟山으로 가서 수행하도록 하라."

석조보살좌상 : 팔각구층탑을 향하여 무릎을 끓고 공양을 올리는 모습이다. 현재는 성보박물관에 모셔져 있다.

그리하여 자장이 다시 남대로 가니 지장보살이 나타나서 말했다.

"나는 미륵불이 출현하시기 전까지 고통의 계곡에서 고생하는 중생이나 지옥고에 있는 중생을 제도하여 해탈케하고, 또한 부처님의 수기를 만나게 하기 위해서 이 곳에 거주하노니 나의 이름을 듣는 이나 부르는 자는 영원히 고통에서 벗어나게 되리라."

자장은 마지막으로 서대 장령산長嶺山으로 옮겨 전과 같이 열심히 수행하였다. 그리고 아미타불과 대세지보살이 1만의 보살들에게 설파하는 법문을 듣고 진심으로 찬미의 게송을 외웠다.

자장은 마지막으로 원숭과 제자들이 기다리는 중대 지로산으로 향했다.

중대 지로산 정상에 이르자 원숭과 제자들이 기쁘게 맞이하며 스님께 절을 하였다.

"그래! 그동안 문수보살님은 친견하였는가?"

"아직 아무런 감응이 없습니다."

일행은 함께 정진할 준비를 하고 있는데 객승 한 분이 찾아와서 자장에게 말했다.

"스님! 청정법신이란 따로 있는 것이 아니옵니다. 그러니 모시고 오신 불정골佛頂骨을 묻고서 탑을 세워 정진하시면 법신체인 비로자나불과 문수보살을 친견하실 수 있을 것입니다."

"스님! 정말 감사합니다. 그런데 스님은 어디서 오셨습니까?"

"나는 화엄장 세계에 있는 스님입니다."

그리고 나서 스님은 홀연히 사라졌다. 자장은 스님이 사라지자 일행을 모아 놓고 말했다.

"우리는 이제 화엄장 세계를 건설하는 일이 먼저인 것 같구나. 그러니 지금부터는 정진보다 보궁寶宮을 만들도록 하자!"

"스님! 스님께서는 과연 대원력을 지니신 큰스님이십니다. 저희들은 그동안 문수보살을 친견하기 위하여 일심으로 정진하였으나 이제까지 아무런 감응이 없었는데 스님께서 오시니까 화엄장 세계의 스님께서 대비원력으로 나타나시다니 그저 놀라울 따름입니다."

"허어! 민망하구나. 이제부터는 열심히 보궁작업을 하자꾸나!"

자장 일행은 지로산 정상에 땅을 파고 부처님의 정골頂骨을 봉안한 후, 그 위에 돌로써 탑을 조성하였다. 그리고 위쪽에 적멸보궁寂滅寶宮도 만들어 세웠다.

어언 오대산에 와서 수행한 지 1년이 흘러갔다. 그러나 그들은 오직 문수보살을 친견하겠다는 데에 일념하고 있었다.

자장은 일행을 모아놓고 말하였다.

"그동안 적멸궁을 만드느라 수고가 많았다. 나는 동·서·남·북의 4대에서 부처님과 8만 4천의 보살성불들을 친견하였다. 그러나 나의 원력이 모자라 아직 문수보살과 비로자나불을 친견 못하였는 바 두 분의 진신을 친견할 때까지 신명을 다하여 정진할 것이다."

그렇게 정진한 지 5·7일간이 되었을 때 천지가 진동하고 하늘에서 꽃비가 내리더니 많은 보살들을 거느리고 문수보살이 강림했다. 그리고 천천히 연화좌대에 앉아 비로자나불로 변신하면서 말했다.

"이 세상의 모든 일체법을 깨닫고자 하면 자성을 비우고 법의 성품을

적멸보궁 : 중대는 적멸보궁 아래에 있는 암자로 일명 사자암이라고도 한다. 사자는 문수동자가 탔던 짐승으로, 이곳이 문수보살의 거처였음을 말해준다. 이곳에는 부처님의 진신사리를 모신 곳으로 불단만 있고 불상은 모시지 않았다. 다른 곳의 적멸보궁은 사리탑을 갖추고 있으나 이곳은 보궁 뒤 약1m 높이의 판석에 석탑을 모각한 마애불탑만 있다.

알아야 한다. 그리하면 일체가 평등한 비로자나불이 되느니라! 여기로부터 30여 리를 가면 20겁 년 전에 내가 1만 보살들에게 설법을 하던 장소가 있으니 그 자리에 13층탑을 조성하고, 1만 법기 보살들이 앉았던 장소에 절을 창건하여라."

"네! 말씀 받들어 그곳을 해동의 성지로 만들어 화엄장 세계를 건설하겠습니다."

자장의 답변을 들은 비로자나불, 아니, 문수보살은 허공으로 사라졌다.

자장 일행은 문수보살의 대비원력에 감격하여 찬미의 예불을 드리고 30리 떨어진 곳에 내려와 13층탑을 조성하고 탑 속에 부처님 사리 37과를 봉안하였다. 월정사月精寺는 이렇게 창건되었다.

월정사 적광전 앞에 있는 팔각 구층석탑(국보 제 48호)은 자장율사가 세웠다고 하나 탑의 양식으로 보아 고려시대의 석탑으로 보인다.

이 석탑은 15.2m로 우리나라 팔각석탑으로는 가장 크고 아름답다. 여러차례 화재로 손상을 입은 부분이 더러 있으나 원래 형태를 그대로 간직하고 있다.

1970년, 기울어졌던 석탑을 해체 복원할 때 수정 사리병에 담홍색 사리 14과와 많은 부장물이 나왔다.

석탑 앞에는 탑을 향해 오른쪽 무릎을 꿇고 두손을 모은 자세로 공양을 드리는 모습의 석조보살좌상이 있다. 이는 법화경에 나오는 약왕藥王 보살상이라고 하는데 고려 초기 작품으로 추정된다. 현재는 성보박물관으로 옮겨 전시되고 있다.

중대 사자암이란 적멸보궁 밑쪽에 있는 암자다. 사자는 문수동자가 타는 짐승이므로 이곳이 문수보살이 계시는 곳임을 알게 한다.

중대에서 적멸보궁으로 오르는 길가에 천연수가 솟는 곳이 있는데 이곳을 용안수龍眼水라고 한다. 적멸보궁은 용의 머리 부분에 위치해 있고, 이곳 우물은 용의 눈에 해당된다 해서 붙여진 이름이다.

용안수 : 적멸보궁으로 오르는 길가에 있는 천연수. 적멸보궁은 용의 머리에 해당되고, 이 우물은 용의 눈에 해당된다고 한다.

청기와로 된 적멸보궁寂滅寶宮은 불단에 부처님의 좌대만 있고 불상이 없다. 다른 곳의 적멸보궁은 불상 대신 사리탑을 갖추고 있으나, 이곳에는 사리탑마저 없다. 다만 보궁 뒤 약 1m 높이의 판석板石에 석탑을 모각한 마애불탑磨崖佛塔이 서 있다. 그러나 이 불탑도 상징일 뿐 어느 위치에 불사리가 있는지 아무도 모른다.

사리탑비 : 적멸보궁 뒤에는 진신사리를 모셨다는 증표로 석탑을 모각한 비를 세웠다.

고려 말 나옹대사가 오대산에서 수도를 했는데 북대암에서 얼마 떨어지지 않은 곳에 그가 공부하던 나옹대懶翁臺가 있다. 석축에 돌을 쌓아 평평하게 하고 그 위에 판자를 깔았다.

오대산에는 소나무가 없고 전나무가 유난히 많다. 여기에는 다음과

나옹대 : 나옹대사가 참선하던 곳으로 북대北臺의 미륵암에 있다.

월정사 일주문 옆 전
나무 : 나옹대사와 소
나무의 설화를 간직한
전나무로 9그루 중 2
그루만이 남아 설화를
말해주고 있다.

같은 나옹대사와 관련된 일화가 있다.

　북대암에서 수도하던 나옹대사는 매일같이 월정사(혹은 적멸보궁)로
내려가 부처님께 콩비지(공양미라고도 함)를 봉양하였다.
　어느 겨울 날, 비지를 받쳐 들고 조심스레 눈길을 내려가는데 갑자기

소나무 가지 위에 쌓여 있던 눈이 떨어지면서 대사를 덮쳐 비지국을 쏟고 말았다. 대사가 그 자리에서 소나무를 나무랐다.

"이 놈, 소나무야! 부처님의 진신께서 계신 이 산에 살면서 언제나 큰 은혜를 입고 있거늘 어찌 네 몸을 함부로 움직여 공양물을 버리게 한단 말이냐?"

마침 산신령이 옆에 있다가 그 광경을 보고 소나무에게 벌을 내렸다.

"소나무 너는 큰 스님도 몰라보고 부처님께 죄를 지었으니 이 산에 살 자격이 없다. 하니 멀리 떠나거라. 대신 이제부터는 전나무 아홉 그루가 이 산의 주인이 되어 오대산을 번영케 하여라."

그 뒤부터 오대산에는 소나무가 없고 전나무가 번성했다고 한다.

지금도 그 때의 전나무 아홉 그루 중 일부라고 하는 두 그루가 월정사 일주문 옆에 의연하게 서 있다.

상원사에서 바라 본 치악산 : 꿩의 보은을 기리고자 그때까지 적악산이던 산 이름을 꿩치雉자를 따서 치악산이라 불렀다 한다.

상원사 上院寺(치악산)

- ■소재지 : 강원도 원주시 신림면 성남리 치악산 남대봉
- ■소 속 : 대한불교 조계종 제4교구 월정사의 말사

상원사는 신라 문무왕 때(661~681) 의상대사가 창건했다는 설과, 경순왕 때(927~935) 왕사였던 무착無着대사가 당나라에서 귀국한 뒤 오대산 상원사 上院寺에서 수도하며 관법觀法으로 창건했다는 설이 있다.

상원사 전경 : 꿩의 보은설화를 간직한 상원사는 치악산 남대봉 1,050m의 고지에 위치해 있다. 오른쪽 큰 건물이 대웅전.

고려 말에는 나옹대사가 중창했다. 조선시대에는 여러 왕들이 국태민안을 위한 기도처로 삼았었으나 한국전쟁 때 전소된 것을 중건하여 오늘에 이르고 있다.

위치는 남대봉 정상의 바로 밑 해발 1,050m 지점에 있어 앞마당에 서면 치악산 전경이 눈앞에 펼쳐진다.

옛날 강원도 땅에 사는 한 젊은 선비가 과거를 보기 위해 한양으로 길을 떠났다.

영월과 원주 사이에 드높게 솟아 있는 험준한 치악산을 넘어야 하는 나그네의 발길은 바쁘기만 했다. 수림이 울창하고 산세가 웅장한 이 산은 대낮에도 호랑이가 나와 사람을 해치고, 밤이면 도적떼가 나온다는 무시무시한 곳이기 때문이었다.

괴나리봇짐에 활을 메고 산길을 오르던 선비는 산중턱에서 잠시 다리를 쉬면서 빼어난 산의 운치에 빠져 들었다.

"과연 영산이로구나!"

이때였다. 바로 몇 발짝 거리에서 절박함을 호소하는 꿩의 울음소리가 요란하게 들렸다.

선비는 고개를 들어 소리가 나는 밭이랑을 보았다. 그곳에서는 큰 구렁이 한 마리가 모이를 주워 먹으려던 꿩을 잡아 막 감기 시작하고 있었다. 꿩은 절박하게 까악! 까악! 울어댔다. 상황이 급했다.

선비는 재빨리 활에 화살을 먹여 능숙한 솜씨로 당겼다.

화살은 구렁이를 명중시켰다. 구렁이가 붉은 피를 쏟으며 스르르 힘이 풀리자 간신히 살아 난 꿩은 다시 까악! 까악! 하고 울었다. 생명의 은인에 대한 감사의 뜻인 듯 그렇게 선비를 향해 몇 번 울고는 훌쩍 날아갔다.

대웅전 중건 때 모신 삼존불상

선비도 땅거미가 지자 모두 잊고 걸음을 재촉했다. 그러나 산을 넘기엔 아직도 길이 멀었다. 인가가 있을 리도 없어 나무 밑에 낙엽을 펴고 하룻밤 쉬어 가기로 하고 막 누우려는데 희미한 불빛이 보였다.

"이 산중에 웬 불빛일까?"

선비는 불빛이 보이는 곳으로 다가갔다. 그런데 웬일인가! 그의 눈앞에 고래등 같은 기와집 한 채가 나타났다. 선비는 깊은 산중에 이렇게 큰 기와집이 있다는 것이 내심 의아스러웠으나 어쩌면 하룻밤을 쉴 수 있을지 모른다는 기대감에 주인을 찾았다.

"뉘신지요?"

대문 안에서는 뜻밖에 여인의 음성이 낭랑하게 들렸다.

"지나가는 과객올시다. 하루밤 신세 좀 질까 합니다만……"

잠시 침묵이 흐르더니 대문이 열렸다.

"들어오시지요."

"감사합니다."

선비는 대문으로 들어서며 여인을 힐끗 쳐다 보았다. 절세미인이었다.

'저토록 아름다운 여인이 이런 산중에 홀로 지내다니 아무래도 무슨 곡절이 있을 거야.'

선비는 한 동안 여인의 미모에 넋을 잃고 있다가 이윽고 안방으로 안내되었다.

"어떻게 이런 심산유곡에 홀로 오셨나요?"

"한양에 과거 보러가는 길입니다."

"피곤하시겠군요. 저녁상을 차려 오겠습니다."

잠시 후 밥상이 들어왔다. 밥상에는 산중에서는 구하기 힘든 산해진미가 그득했다. 선비는 식사를 하면서 궁금증을 풀려고 이일 저일 물었다. 여인은 수심이 가득한 얼굴로 입을 열었다.

"소녀는 본래 강원도 부자로 알려진 윤씨 댁 셋째딸입니다. 그런데 갑자기 집 안에 괴물이 나타나 폐가가 되고, 식구는 모두 뿔뿔이 흩어졌습니다. 그 후 저는 이곳에 혼자 숨어 살고 있습니다."

"거 참, 딱한 사정이구려."

"오늘밤에도 괴물이 나올까봐 무서워 떨고 있던 터였는데 이렇게 손님께서 오시니 안심이 되어 잠을 잘 수 있을 것 같습니다."

"그렇다면 다행이군요."

선비는 자리를 옆방으로 옮기고 잠을 청했다.

밤이 깊어지자 창밖에선 바람이 불고, 멀리서 산짐승들의 울음소리가 을씨년스럽게 들려왔다. 그때였다.

"손님!"

문밖에서 여인의 목소리가 들렸다.

"왜 그러시오?"

"무서워서 도저히 잘 수가 없군요. 그냥 윗목에 앉아 날을 샐 터이니 들어가게 해주세요."

새파랗게 젊은 여자와 한방에서 자다니, 선비는 딱했다. 그러나 어쩔 수 없는 일이었다. 망설이던 선비는 여인에게 잠자리를 내주고 윗목으로 옮겼다. 여인은 수줍어 하며 등을 돌리고 옷을 벗더니 이불 속으로 들어갔다. 창밖엔 달빛이 휘영청 밝은데 여인은 잠이 들었는지 숨소리조차 들리지 않았다. 선비도 한참을 뒤척이다 겨우 잠이 들었는데 꿈인지 생시인지 가슴이 답답하고 무거운 중압감에 눈을 떴다.

그 순간, 악! 하고 비명을 질렀다. 그의 몸을 징그러운 구렁이가 칭칭 감고 있는 것이 아닌가. 선비는 온 힘을 다해 몸을 빼려했으나 그럴수록 구렁이는 더욱 힘껏 조여왔다.

"내가 누군지 아느냐?"

구렁이의 음성은 바로 조금 전의 그 미녀의 목소리였다.

"너는 누, 누구냐?"

"네가 낮에 활로 쏘아죽인 구렁이의 아내다."

"뭐, 뭐라고?"

강원도
상원사

설화목판 : 설화내용을 자세히 새겨 목판만 보아도 설화 전체를 이해할 수 있다. 범종각에 걸려 있다.

범종각 : 치악산 상원사의 범종소리는 까치전설을 널리 전해 주는 것 같다.

"너로 인해 남편을 잃었으니 남편의 원수를 갚기 위해 사람으로 둔갑했다. 그러니 너도 이제 죽어주어야겠다."

"살생을 목격하고 그냥 지나칠 수 없어 그랬으니, 제발 목숨만은……."

"정히 그렇다면 네가 살 수 있는 방법이 하나 있긴 하다. 오늘밤 새벽 닭 울음소리가 들리기 전 4경에 범종소리가 3번 울린다면 나는 용이 되어 승천할 수가 있다. 그렇게 되면 너의 목숨을 살려주마.”

선비는 절망했다. 자신은 구렁이에게 꼼짝 못하게 감겨 있고, 밖은 칠흑같이 어두운데 무슨 수로 범종을 울릴 수 있단 말인가. 선비는 생의 마지막이 너무 허무하게 끝나는 것이 안타까워 주르르 눈물을 흘렸다.

바로 그때! 대청마루 쪽에서 ‘딩!’ 하고 종소리가 울려왔다.

“아니, 종소리가……?”

종소리가 긴 여운을 남기며 울려퍼지자 구렁이는 긴장하여 조용히 기다렸다.

‘딩! 딩!’ 종 소리는 계속해서 3번 울렸다. 그러자 구렁이는 스르르 몸을 풀어 두 말 없이 방 밖으로 나갔다.

선비는 벌떡 일어나 대청으로 달려 나가 보고는 깜짝 놀랐다.

“아니, 이게 웬 꿩인가?”

대청마루 바닥엔 꿩 한 마리가 피투성이가 된 채 죽어 있었다. 그 꿩은 생명의 은인인 선비를 살리기 위해 죽음을 무릅 쓰고 자신의 머리로 종을 쳤던 것이다.

그 후 과거에 급제한 선비는 돌아오는 길에 이 산에 들러 꿩의 죽음을 애도하는 뜻에서 본래 적악산이던 산 이름을 꿩 치雉자를 따서 치악산雉岳山이라 했다. 그리고 꿩이 죽은 그 자리에 절을 세우고 상원사라 했다.

또다른 자료에 의하면 젊은 선비가 잠을 잤던 곳이 치악산 구룡사라고 전하는 등 내용이 대동소이하게 엇갈리며 전한다.

《구룡사사적기》에는 조선초기 무착대사가 지은 시 한 수가 기록되어 있다.

‘뱀이 죽은 맑은 하늘가로

크고 작은 종소리 4경更에 울려

꿩과 뱀의 두 원혼이 그 밤으로 풀렸나니

무착 스님은 비로소 보은의 종소리 임을 알았네.'

이 시대로라면 상원사 설화의 주인공은 무착대사였다.

대웅전 앞에는 절의 창건과 동시에 세워진 것으로 보이는 신라 양식의 삼층석탑 2기가 있다. 이 탑은 상륜부上輪部에 연꽃 봉우리 모양을 새겨 일반탑에서 보기 어려운 양식을 나타내고 있다.

강원도에서 이탑일금당二塔一金堂의 가람 배치법을 취한 사찰로는 이 사찰이 유일하다고 한다.

동쪽탑 바로 앞에는 불상의 광배光背와 연화대석蓮華臺石이 있는 것으로 보아 이 절에는 여래좌상 석불이 봉안되어 있었음을 추정할 수 있다. 연화대석에는 근래에 작은 불상을 올려 놓았다.

대웅전 옆에는 무착대사가 중국에서 묘목을 얻어와 심었다는 계수나무가 상원사의 연기와 관련이 있으나

광배 : 석조여래좌상이 있었던 것을 말해주는 것으로 광배의 아름다운 조각을 통하여 여래좌상을 짐작케 한다.

이제는 고사목이 되어 세월을 말해주고 있다. 범종각에는 꿩의 설화를 목판에 새겨 걸어 놓아 보은에 대한 교훈으로 삼고자 함이 느껴진다.

계수나무 고사목 : 무착대사가 중국에서 묘목을 가져와 심었다는 계수나무가 절 주위에 4그루가 있었으나 이제는 고사목이 되어 세월의 흐름을 말해주고 있다.

심원사 명주전 : 석대암의 지장보살을 모신 곳. 심원사는 살아 있는 지장보살을 모신 곳이라 하여 지장 성지로 이름이
나 있다.

심원사深源寺 (석대암石臺庵)

■소재지 : 강원도 철원군 동송읍 상노리 보개산
■소 속 : 대한불교 조계종 제3교구 신흥사의 말사

석대암은 서기 720년(신라 성덕여왕 19년), 사냥꾼 이순석李順碩이 출가하여 창건하였다.

이순석은 사냥꾼 300여 무리를 동원하여 절을 짓고 지장보살을 모시었다. 그 사냥꾼들이 돌(石)을 모아 대臺를 쌓고 그 위에 앉아 정진하였으므로 절 이름을 석대암이라 하였다고 전해진다.

몇 차례 중창하고 기도도량으로 신봉되어 왔으나 한국전쟁으로 황폐화되고, 군사시설 지역이라 일반인의 출입도 통제되고 있다. 석대암 터에는 주춧돌과 부도탑이 있으며 돌을 쌓아 만든 적석탑이 있다.

절이 전쟁으로 소실될 때 실종된 지장보살상을 한 불자가 서울에서 찾아내었으나 석대암이 소실되어 없으므로 심원사에 모시었다. 석대암은 심원사의 부속암자다.

심원사는 674년(신라 신문왕 14년)에 영원靈源조사가 창건했다.

조선시대에 들어와서 불탄 것을 무학無學대사가 중건하고, 영주산靈珠山
이라는 산이름도 보개산寶蓋山으로 고쳤다.

심원사는 임진왜란과 일제 강점기에 의병과 일본군과의 싸움, 한국전
쟁 등으로 소실되어 빈터만 남았다. 그런데 이 터마저 군사보호시설로 지
정되어 민간인 출입이 제한되자 1955년, 경기도 연천군의 옛 터에서 지금
의 강원도 철원군 동송읍으로 옮겨 중건했다.

심원사 명주전에 분실되었던 석대암의 지장보살상이 모셔져 있다.

신라시대 때의 일이었다. 강원도 철원땅 보개산 기슭에 큰 배나무가 한
그루 있었다. 먹음직스런 배가 가지가 휘도록 열린 어느 해 초가을이었
다.

까마귀 한 마리가 이 배나무에 앉아 짝을 찾는 듯 '까악! 까악!' 울어댔
다. 배나무 아래에는 포식을 한 독사 한 마리가 풀 속에서 초가을의 햇볕
을 즐기고 있었다.

까마귀가 다른 나무로 옮겨가려고 앉아 있던 가지를 박차고 날았다. 그
바람에 주렁주렁 다린 배 중에서 한 개가 떨어져 독사의 머리에 맞았다.
느닷없이 날벼락을 맞은 독사는 화가 날대로 나서 머리를 하늘로 쑥 뽑아
올리고 독을 뿜었다. 독기는 까마귀의 머리를 정통으로 맞혀 눈 속으로
파고 들었다. 까마귀는 힘이 쑥 빠지면서 온몸이 굳어지기 시작했다.

"내가 일부러 배를 떨군 것도 아닌데 저놈의 뱀이 독을 뿜어대는구나."

까마귀는 더 이상 날지 못하고 땅으로 떨어져 죽었다. 뱀도 마찬가지였
다. 너무 세게 얻어맞은 데다 독을 다 뿜는 바람에 그만 기진하여 까마귀

와 함께 죽었다.

까마귀와 뱀은 죽어서까지도 원한이 풀리질 않았다. 뱀은 죽어서 우직한 멧돼지가 됐고, 까마귀는 암꿩으로 변했다. 멧돼지는 먹이를 찾아 이 산 저산을 헤매고 다니다가 어느 날, 알을 품고 있는 암꿩을 만났다.

"음, 전생에 나를 죽게 한 원수놈이로구나. 어디 한번 당해 보아라."

멧돼지는 등성이로 올라가 큰 돌을 힘껏 굴렸다.

암꿩은 미처 피할 겨를이 없어 그 자리에서 돌에 치여 숨졌다. 그렇게 까마귀를 죽인 멧돼지는 속이 후련했다.

그때 사냥꾼이 그곳을 지나다 죽은 꿩을 발견했다. 죽은 지 얼마 안 된 꿩을 주운 사냥꾼은 좋아라 하고 단걸음에 오막살이 집으로 내려갔다.

"여보, 오늘 내가 횡재를 했소."

"어머나, 이거 암꿩이잖아요. 어떻게 잡으셨어요?"

"아 글쎄, 골짜기 바위 밑을 지나다 보니 이놈이 누군가로부터 돌을 맞

적석탑 : 사냥꾼 이순석이 암자를 짓고 돌을 모아 대를 쌓았다하여 석대암이라고 이름하였다.

석대암터 : 한국전쟁 때 소실되었으며 현재는 군사보호 구역으로
통제가 되어 풀들만 무성하다.

고 죽어 있지 않겠수. 그래, 힘 안 들이고 주워 왔지. 하하."

내외는 그날 저녁 꿩으로 국을 끓여 맛있게 먹었다. 그런데 기이한 일이 생겼다. 결혼 후 그때까지 태기가 없던 아내에게 태기가 생긴 것이다.

그로부터 10달 후, 사냥꾼의 아내는 옥동자를 분만했다. 두 내외는 정성을 다해 아들을 키웠다. 이윽고 아들은 씩씩한 소년이 되어 아버지를 따라 다니며 활쏘기를 익혔다.

"꿩요? 저는 꿩은 안 쏠래요. 왠지 저도 모르겠어요. 전 멧돼지만 잡고 싶어요."

사냥할 때면 아들은 이렇게 말했다.

"거참, 이상하네. 넌 왜 멧돼지를 마치 원수처럼 여기는지 모르겠구나."

"저도 모르겠어요. 멧돼지만 보면 전부 죽이고 싶어요."

"그러나 조심해라. 넌 아직 멧돼지를 잡기엔 어리다."

사냥꾼은 아들의 기개가 신통하다고 여기면서도 걱정스러워 일렀다.

그로부터 며칠 후, 사냥꾼 부자는 온종일 산을 헤매었으나 한 마리의 짐승도 못 잡고 터덜터덜 무거운 발걸음으로 돌아오고 있었다.

그때 아들이 갑자기 외쳤다.

"아버지 저기 멧돼지가 도망가요."

사냥꾼은 정신이 번쩍 들어 아들이 가리키는 곳을 바라보는 순간 아들은 이미 활 시위를 당기고 있었다.

화살은 멧돼지 머리에 정통으로 맞았다. 멧돼지가 죽은 것을 확인한 아들은 기뻐 소리쳤다.

"보세요. 제가 멧돼지를 잡았어요."

아들은 장성할수록 더욱 멧돼지를 증오했다.

세월이 흘러 사냥꾼은 세상을 떠났다. 청년기를 지나 중년에 이른 아들은 아버지의 뒤를 이어 여전히 사냥을 계속했다.

어느 날, 보개산으로 사냥을 나간 아들은 지금까지 보지 못한 이상한 멧돼지를 발견했다. 그 멧돼지는 크기도 크려니와 온몸이 금빛으로 빛나고 있었다.

'이상한 놈이구나. 저 놈을 잡아야지.'

그는 힘껏 시위를 당겼다. 화살은 명중했다. 그러나 멧돼지는 피를 흘리면서도 여유있게 환희봉을 향해 치달았다. 그는 멧돼지가 숨어 있는 곳까지 단숨에 쫓아갔다. 그러나 이상한 일이었다. 방금 있던 금돼지는 간 곳이 없고 돼지가 숨어든 자리에는 지장보살 석상이 샘 속에 몸을 담그고 머리만 물 밖으로 내밀고 있었다.

'아니, 이건 내가 쏜 화살이잖아!'

지장보살석상의 어깨엔 그가 쏜 화살이 꽂혀 있었다.

'이 석불이 멧돼지로 화신했던 것일까?'

믿을 수 없는 광경에 그는 고개를 갸우뚱거렸다. 아들은 까마귀와 뱀의 인과에 따라 복수극이 반복되는 것을 막기 위해 부처님께서 멧돼지로 환신하시어 화살을 맞은 사실을 알 리가 없었다.

그는 물속에 잠긴 석상을 꺼내려 안간힘을 썼으나 끄덕도 안했다. 날이 어둡자 그는 집으로 돌아왔다.

이튿 날, 그 자리를 다시 찾은 그는 또 한번 크게 놀랐다. 어제 분명히 샘 속에 잠겨 있던 석불이 물 밖으로 나와 앉아 미소를 짓고 있었다. 그는 무릎을 쳤다. 그리곤 석불 앞에 합장을 했다.

명주전 불단 : 석대암이 소실되어 지장보살 좌상을 심원사 명주전에 모시고 있다.

"부처님이시여! 어리석은 중생을 제도키 위해 보이신 부처님의 뜻을 받들어 저도 출가하여 불도를 닦겠습니다."

그 사냥꾼의 이름이 바로 이순석이었다.

이 절의 주불 지장보살은 석 자쯤의 키에 왼손에는 구슬을 들고 있는데 왼쪽 어깨에는 사냥꾼의 화살이

화살이 박혔던 흔적

지장보살좌상 : 지장보살 왼쪽 어깨에는 지금도 사냥꾼 이순석이 쏜 화살이 박혔던 흔적이 그대로 남아 있다.

박혔던 자리라고 하는 한 치 가량의 흔적이 뚜렷이 남아 있다.

석대암의 지장보살 설화는 지역에 따라 다소 다르지만 중요 줄거리는
대동소이하다.

그 중 대표적인 것이 전북 변산 월명암과 관련하여 전하는 포수와 멧돼
지 이야기다.

내용을 요약하면 멧돼지를 잡으려던 포수가 월명암 스님에게서 자신의
전생에 대하여 상세히 듣고 사냥을 포기한 후 스님이 되어 크게 도를 이
루었다는 것이다.

설화란 이렇게 여러가지 형태로 변하기 때문에 살아있는 생물이라고
하는지도 모른다.

청평사 공주탕 · 공주가 몸을 씻고 청평사에 들어갔다고 하는 공주탕은 바위가 한 사람이 들어가 목욕하기 알맞을 정도로 움푹 파여 있다.

청평사 淸平寺

- ■소재지 : 강원도 춘천시 북산면 청평리 오봉산
- ■소　속 : 대한불교 조계종 제3교구 신흥사의 말사

　서기 972년(고려 광종 24년), 승현承賢선사가 절을 창건하여 백암선원白岩禪院
이라 했다. 그 뒤 폐사된 것을 1068년(문종 22년) 이의李顗가 중건하여 보현원
普賢院이라 했다. 1089년(고려 선종 6년) 그의 아들 이자현李資玄이 벼슬을 버리
고 아버지의 뒤를 이어 사찰을 맡았다. 그러자 지금까지 들끓었던 호랑이

청평사 전경 : 다섯 봉우리가 열지어 섰다는 오봉산에 있는 청평사는 한국전쟁 때 대부분 소실되어 중수하였다. 한국
능업선의 종찰이다.

와 도둑들이 자취를 감추었고, 이자현은 문수보살을 두 번이나 친견하는 법력을 얻었다.

그러자 이자현은 모든 것이 맑게 평정된 산이라 하여 청평산淸平山이라 하고, 절 이름을 문수원文殊院이라 바꾸었다.

그는 나물밥과 베옷으로 생활하며 《능엄경》을 게송, 수도하여 불도를 깨달았다. 때문에 그는 우리나라 능엄선楞嚴禪의 개창자요, 고려시대 선학 독립의 제 일인자로 평가받았다. 또 청평사는 능엄선의 종찰이 되었다.

1326년(고려 충숙왕 14년)에 원나라 황제 진종晉宗의 황후는 불경과 함께 돈 1만 꾸러미를 문수원에 시주하고 황태자와 왕의 복을 빌도록 하였다.

그 뒤 나옹대사는 공민왕의 청에 따라 이곳에서 2년 동안 머물었다.

1559년(조선 명종 5년), 보우普雨대사가 이곳에 와서 절 이름을 문수원에서 청평사淸平寺로 개명하였다.

한국전쟁 때 일부 소실되었으나 중수하여 오늘에 이르고 있다.

이자현은 고려 때 왕의 외척이며 세도가였던 이자연李子淵의 손자였다. 그는 용모가 출중했고 두뇌 또한 영민하여 어린 나이에 과거에 급제, 대악서승大樂書丞이 되었다. 그는 8남 3녀를 슬하에 두었는데 세 딸을 모두 인종仁宗에게 바쳤다. 그런 그가 어느 날 갑자기 깨친 바 있어 벼슬을 버리고 백암선원에 입문한 후 절을 중창하여 청평사로 개명하고, 스스로 호를 청평거사라 했다. 그는 간소한 음식과 허름한 옷을 입고 오직 선禪에만 전념했다.

예종睿宗이 수차례 내관 편에 향다香茶와 금백(金帛 : 금과 비단)을 보내며 입궐하라고 불렀다.

"소신이 도성을 나올 때 다시는 경화(京華 : 번화한 서울)를 밟지 않기로 결심하였으니 아무리 하여도 부르심을 받아들일 수 없습니다."

그는 이렇게 끝내 거절했다.

왕은 그를 불려 올리지 못할 것을 알았다. 그래서 청평거사의 아우 상서尙書 이자덕李資德으로 하여금 그를 잘 달래어 왕이 남경에 행차할 때 그곳까지라도 나오게 하라고 시켰다.

청평거사는 그마저 응하지 않을 수 없어서 할 수 없이 따라 나왔다. 청평거사가 신하의 예로써 왕을 뵙고자 하니 예종은 그것이 부당하다 하며 직접 다가가서 접대하고 궁성에서 가까운 삼각산 청량사에 머물게 하였다.

현재 청평사 계곡 구성폭포 오른 편에 3층은 없어지고 2층 옥개석만 남아 있는 일명 공주탑이 있다. 이를 공주탑이라고 한 데에는 사연이 있다.

중국 원나라 순제의 공주는 매우 아름다운 미인이었다. 그래서 높은 관직에 있는 사람은 물론이고 미관말직에 있는 사람까지 그녀에게 연정을 품지 않은 자가 없었다.

그중에 한 하급관리도 꽃같은 공주를 한번 보고는 홀로 짝사랑을 하다가 그만 상사병에 걸렸다. 그는

공주탑 : 사찰 입구 청평천 구성폭포 위에 있다. 공주의 슬픈 사연을 간직한 탑으로 원나라 순제가 부처님의 사리를 봉안하고 탑을 세웠다고 한다.

회전문 : 원래 천왕문의 기능을 하는 청평사 제2의 산문이다. 회전문이라 함은 중생들에게 전생의 삶을 깨우쳐 준다는 의미가 포함된 것으로 보인다. 한국전쟁 때에도 유일하게 소실되지 않았다.

아무리 좋은 약을 쓰고, 침을 맞고, 굿을 하여도 수고로움만 더할 뿐 낫지 않았다.

"어머니, 공주 좀 보게 해 주세요. 공주가 아니면 저는 죽습니다."

그 관리가 애원하였으나 언감생심 말도 낼 수 없는 처지인지라 옆에서 보는 그의 어머니는 가슴만 아팠다.

"나라에서 이 소식을 들으면 5족을 멸할 거야, 그러니 감히 그런 생각일랑 갖지 말고 다른 사람에게 장가들도록 해라."

그러나 그 청년은 마음을 추스르지 못하고 종내 죽고 말았다. 그는 죽으면서 맹세했다.

"내가 죽으면 몸을 바꾸어서라도 그녀를 사랑하리라."

실제로 그는 죽어서 뱀이 되었다.

하루는 공주가 낮잠을 자고 났는데 아랫도리가 이상해서 만져보니 난데 없는 뱀이 칭칭 감고 있었다. 기겁을 한 공주는 황후에게 알리었다.

황후는 사람들 몰래 뱀을 떼어 버리려 했지만 소용이 없었다. 뱀은 머리는 공주의 배꼽 밑에 대고 꼬리는 하체를 감은 채 잠시도 떨어지질 않았다. 사람들에게 알려지는 것이 두려워진 공주는 집을 나왔다. 그리고는 모든 것을 포기한 채 거지 복색을 하고 이산 저산 명산대천을 구경하고 다녔다. 그녀는 치한들에게 겁탈을 당할 뻔하기도 하였지만 그때마다 그녀의 몸에 감겨 있는 뱀 덕택으로 봉변을 면하였다.

그렇게 황하와 양자강을 몇 번씩이나 오르내리며 중원제국을 다 돌아다녔으나 상사뱀을 떼어내 줄 사람은 없었다.

그녀는 문득 말로만 들은 고려국의 금강산이 생각났다. 기암절벽이 만불산萬佛山을 이루고, 4계의 산색이 각기 달라 천하 명산으로 알려진 금강산이 보고 싶었다. 그리하여 그녀는 배를 타고 고려국으로 건너왔다. 그런데 어쩌다 길을 잘못 들어 춘천으로 가게 되었다. 그리고 그곳에서 청평천淸平川 건너에 있는 청평사淸平寺가 유명하다고 들었다.

그녀는 기왕에 왔으니 그곳도 구경하자 생각하고 청평천을 건너려 하였다. 그런데 어쩐일인지 몸을 감고 있던 뱀이 강하게 저항하면서 가려하지 않았다.

십여 년을 그와 함께 다녔어도 그런 일이 없었는데 참으로 이상해서 공주가 달랬다.

"내가 너와 상종한 지 십 년, 그러나 처음 말고는 한 번도 너의 마음을 거슬러 본 일이 없다. 그런데 오늘은 어찌하여 내가 원하는 절 구경을 하지 못하게 하느냐? 만일 싫거든 잠깐만 여기에 떨어져 있거라. 그러면 내가 절 구경을 하고 돌아와 너와 함께 가리라."

5층석탑 : 적멸보궁 뒷쪽에 있다.

그러자 그 말을 들은 뱀은 순순히 공주의 몸을 풀어주고 넓은 바위 아래로 기어들어 갔다. 십 년만에 홀몸이 된 공주는 하늘을 날 듯 기뻤다.

그녀는 영천에 들어가 몸을 깨끗이 씻고 절 안으로 들어가니 마침 공양시간이 되어 스님들이 모두 큰 방에 모여 있는데, 가사불사架裟佛事(스님들의 옷을 만드는 일)를 하던 방에는 아름다운 비단과 바늘이 널려 있었다. 순간, 아름다운 비단들을 보니 바느질이 하고 싶어져서 바늘로 몇 땀을 떴다. 그때 마침 들어온 스님이 호통을 쳤다.

"어디서 빌어먹던 여자가 들어와 신성한 가사불사를 망쳐놓는 거야?"

호되게 꾸중을 들은 공주는 절 밖으로 쫓겨 나와 개천을 건너려 하는데 갑자기 비바람과 뇌성벽력이 일었다. 공주는 천왕문天王門 어귀에 피하였다가 간신히 물을 건너 뱀과 약속한 자리로 돌아왔다. 그런데 그 뱀은 벼락에 맞아 새까맣게 타 죽어 있었다. 공주는 청평사로 들어가 부처님께 백 배, 천 배, 감사의 절을 올렸다. 그리고나서 주지 스님께 지금까지의 일을 소상히 밝힌 후 말했다.

"이것은 오로지 부처님의 영험하신 신통력 때문이고, 스님들이 입는 무상복전의無上福田衣를 만진 공덕때문이라고 생각합니다. 하여 이 은혜에 보답코자 하오니 종노릇이라도 하도록 허락하여 주옵소서."

주지 스님은 처음에는 그의 신원을 알 수가 없었으므로 완강히 거부했으나 그의 말과 행동 등을 살펴보고 보통 여자가 아니라고 생각, 쾌히 승락하였다. 그래서 그녀는 그 절에서 밥도 짓고, 찬도 만들고, 또 밭에 나가 김도 매는 허드렛일을 하게 되었다.

그러던 중 주지 스님이 퇴락된 큰 법당을 중수하고자 하였으나 화주를 맡을 사람을 구하지 못해 애를 태우고 있다는 이야기를 들었다. 그래서 공주가 말했다.

"소녀, 비록 미약하오나 부처님의 은혜가 지중하므로 이 불사는 제가 맡아 하였으면 합니다."

그리고 춘천 부사와 강원감사에게 각각 한 통씩의 편지를 보냈다.

그 편지를 받은 춘천부사와 강원감사가 일족준마-足俊馬로 달려왔다.

"공주마마! 얼마나 고생이 많으셨습니까? 그렇지 않아도 원나라 조정으

구성폭포 : 설화에서 공주가 몸을 씻고 절 안으로 들어갔다고 하는 청평사 입구에 있는 폭포. 그러나 절 측에서는 절 옆에 있는 공주탕이 공주와 관련이 있는 것으로 말하고 있다.

로부터 공주님이 내국內國하였다는 소식을 듣고 수소문하던 차였습니다."

이렇게 해서 공주는 원나라 조정의 도움으로 새로운 절, 청평사를 지었다.

청평계곡을 따라 오르다 보면 구성폭포가 나온다. 이곳에서 공주가 몸을 씻었다고도 하고, 청평사 옆 계곡의 일명 공주탕에서 씻었다고도 한다.

길에서 오른쪽으로 내려다보면 개울 건너에 일명 공주탑이라 불리우는 삼층석탑이 있다.

이 탑에 관련하여 원나라 공주(산동성의 성주 딸이라는 설도 있음)의 애달픈 사연과 원나라 순제順帝가 부처님의 은혜에 감사하여 부처님의 사리를 봉안했다는 이야기가 전해진다.

구성폭포에서 식암息庵에 이르는 3km의 방대한 지역의 계곡 일대에 이자현이 선禪을 닦는 틈틈이 조성했다는 고려정원高麗庭園이 있다.

이 정원은 우리나라에서 가장 오래된 정원으로, 일본 경도의 서방사西芳寺 고산수식枯山水式 정원보다 200여 년이나 앞서 조성된 것이라 한다.

정원을 살펴보면 원형 그대로 보존되어 있는 영지影池의 물을 자연스럽게 정원 안으로 끌어들여 연결시키고 있다. 영지라는 이름은 청평사 뒤의 오봉산五峰山 즉, 옛날의 경운산이 이 물에 그림자처럼 떠오른다고 해서 붙여진 이름이다.

영지 가운데 세 개의 큰 돌은 삼신산三神山을

문수원 정원의 영지 : 고려 초 이자현이 조성한 정원으로 우리나라에서 가장 오래된 정원이라고 한다.

적멸보궁 : 청평사에서 해탈문을 지나 10분 가량 오르면 만나게 보궁 옆 바위에 새겨져 있는 이자현의 글씨.
된다. 이 적멸보궁에는 불상이 모셔져 있지 않고 뒤에 5층석탑을
모셨다.

상징한다고 한다.

청평사 회전문廻轉門은 원래 천왕문의 기능을 가졌던 청평사 제 2의 산
문山門이었다. 이 문의 이름을 다른 절처럼 천왕문이라 하지 않고 회전문
이라 한 것은 윤회의 굴레가 공주의 염불에 의해서 해탈했으므로 이를 기
리기 위해서였다고 한다.

대웅전 계단의 양쪽 대우석大隅石에는 연꽃무늬와 태극모양이 새겨져
있어 눈길을 끈다.

대웅전에서 10분 정도 더 오르면 적멸보궁과 오층석탑이 있다. 적멸보
궁이 있는 자리가 옛날 이자현이 세운 8암자중 가장 즐겨 머물렀던 식암
의 터라 하며, 보궁 옆의 바위에는 이자현이 새긴 청평식암淸平息庵이라는
글씨가 있다.

의상대와 관음송 : 의상대사가 낙산사를 창건할 때 산세를 살피며 좌선을 하던 곳이다.
원래의 관음송은 죽고 없어졌으나 지금도 바닷가 쪽에 있는 소나무를 원효대사와 관세음 보살의 설화를
간직한 관음송이라 부른다.

낙산사 洛山寺

■소재지 : 강원도 양양군 강현면 전진리 낙산
■소 속 : 대한불교 조계종 제3교구 신흥사의 말사

낙산사는 671년(신라 문무왕 11년) 의상대사가 낙산에 창건하였다. 낙산洛山
은 옛날에는 오봉산五峰山이라 하였다. 그 후 858년(헌안왕 2년) 사굴산파의 개
조開祖 범일梵日국사가 이곳에서 정취보살을 친견한 뒤 법당을 짓고 불상
을 모셨다. 그 후 고려 초기에 산불로 소실되었으나 관음, 정취보살을 모

원통보전 : 낙산사의 중심법당인 이곳에 관세음보살좌상이 모셔져 있었으나 2005년 산불로 소실되었다.

신 불전은 화재를 면했다고 한다. 태조 왕건은 고려를 세운 직후 봄, 가을에는 이 절에서 재를 올렸다.

고려 고종 때에도 몽고의 침략으로 모두 불탔다. 이때 이 절에서 일하고 있던 노비 걸승乞升이 여의주와 수정 염주를 땅에 묻고 피신하였다. 그는 전쟁이 끝난 뒤 이를 찾아 명주(강릉) 감찰사 이녹주에게 바쳤는데, 다시 1258년(고려 고종 45년) 기림사 주지 각유가 고종에게 청하여 궁궐로 모셨다. 그러나 그때 관음상은 화를 당하여 형체만 남았고, 복장腹藏 속의 보물은 모두 몽고병에게 약탈당했다.

그 뒤 조선 세조 때 중창했으나, 임진왜란과 한국전쟁 때 불타서 다시 중건하였다.

화마의 피해를 입기 전의 동종

그런데 이렇게 갖은 어려움 속에서도 천년 고찰의 명성을 지켜온 낙산사가 안타깝게도 필자가 본 원고를 정리하고 있던 지난 2005년 4월 5일, 산불에 의해 소실되어 온 국민의 마음을 아프게 했다. 사찰 건물 15채 가운데 바닷가 쪽에 있던 의상대와 관음전만 남고 일주문을 비롯하여 요사채, 원통보전, 홍예문루 등 목조건물 11채와 많은 문화재들이 순식간에 사라져버렸다.

특히 보물 제 479호인 동종

도 뜨거운 열기에 녹아내려 한덩어리 쇳덩이로 변해버려 당시 산불의 위력이 어떠했는지 말해주고 있다.

그 경황 중에도 다행히 스님들의 활약으로 동양에서 가장 오래된 지불 紙佛인 건칠관세음보살좌상(보물 제 1362호)를 비롯하여 신중탱화와 후불탱화 등의 문화재는 화마를 피했다.

의상대사가 범어사(부산 동래) 서쪽 산자락에 토굴을 파고 홀로 선정에 들어 수도를 하고 있을 때 원효대사가 찾아왔다.

원효는 범어사의 승려에게 의상의 거처를 물었다. 그러나 승려들은 그곳을 알아도 가르쳐 줄 수 없다고 거절했다. 원효는 자신이 직접 선정에 들어 의상이 있는 곳을 알아내고, 그 토굴로 찾아갔다.

이 땅의 불교 두 거승이 토굴에서 마주하고 서로가 이제까지 닦은 불교의 법문을 논論하며 중생들을 구제할 방편을 구하고자 수도하기 시작했다. 불교의 흥망성쇠를 내다 본 의상은 말세 중생을 교화하는 도량을 건립하고자 발원했다.

그때 선묘룡이 나타나 말했다.

"대사님! 걱정하시는 일이 무엇이옵니까? 혹시 제가 도와 드릴 수 있는 일이라면 말씀하시지요."

"나는 말세의 중생들을 교화, 제도하는 도량을 창건하고자 합니다."

"그러시다면 아주 좋은 인연지를 제가 알고 있습니다."

"그래요? 그곳을 소승에게 알려 주시지요."

"네, 동해 바닷가로 가면 천야만야千耶萬耶한 절벽이 솟아 있고 그 밑에 바닷물이 드나드는 굴이 하나 있습니다. 흔히들 낙산이라고 하지요. 산 이름을 낙산이라 한 것은 그 형세가 천축(天쓰 : 인도)의 보타낙가산과 비슷

홍련암 아래에 있는 바닷물이 드나드는 관음굴 : 의상대사가 관세음보살
로부터 수정염주와 여의보주를 얻은 곳이라 한다.

하게 생겼다하여 붙여진 이름입니다. 그곳은 대비진신인 백의대사의 생불이 거처했던 성지이기도 하오니 그곳에 대사님께서 바라오는 도량을 건립하시어 관세음보살을 모시면 중생의 큰 복밭이 될 것입니다."

"참으로 좋은 성지를 알려 주셔서 감사합니다. 나무관세음보살!"

의상은 선묘룡의 이야기를 듣고 관음보살을 친견하기로 했다. 그래서 원효에게 자신은 말세중생의 귀의처인 관음도량을 만들기 위하여 낙산으로 떠나니 이 토굴에 남아서 중생을 교화시킬 준비를 해달라고 부탁하고 출발하였다.

그는 한 걸음 한 걸음 걸음마다에 주문을 외우면서 영일迎日, 울진, 삼척, 강릉을 거쳐 드디어 목적지인 양양襄陽 해안으로 접어들었다. 해안을 살펴보니 해류가 급하고 파도가 높아서 평범한 배로는 도저히 접근하기가 어려웠다. 의상은 당황하여 주위를 다시 살폈으나 접근하기가 도저히 불가능한 일임을 깨닫고, 화엄삼매에 들어 좌선을 시작했다.

그때에 기이하게 생긴 파랑새 한 마리가 주위를 맴돌며 울었다. 마치 의상에게 자기를 따라 오라는 듯해서 인도하는 곳으로 따라가니 어떤 굴 속이었다. 의상은 그 굴에서 37일 동안 관세음보살을 만나기 위해 정진을 하였으나 아무런 반응이 없자 아직 인연이 닿지 않았구나 생각하고 굴 밖으로 나왔다.

그때 파랑새가 다시 나타나 조그마한 물건을 땅에 떨어뜨리자 커다란 돗자리로 변했다.

의상은 관세음보살의 원력이로구나 생각하며 감사드리고 있는데 선묘룡이 나타나 말했다.

"지금부터 대사님을 제가 인도하겠습니다. 돗자리 위에 오르시지요."

의상이 돗자리를 바다 위에 띄워 놓고 그 위에 앉자 신기하게도 그 돗자리가 선묘룡이 인도하는 대로 움직였다. 그렇게 일엽편주처럼 돗자리를 타고 해안을 따라 한참을 더 가니 절벽 중간에 겨우 한 사람이 앉을 만

관세음보살좌상 : 의상대사가 관음굴에서 관세음보살을 친견한 후 산 정상에 금당을 짓고 봉안했다.
2005년의 산불에도 다행히 잘 보존되었다.

관세음보살이 전해준 여의보주를 들고 있는 의상대사 벽화 : 의상대사는 오봉산 정상에 금당을 짓고 관세음보살상과 수정염주, 그리고 여의보주를 봉안했다.

한 공터가 나왔다. 선묘룡은 그 아래에 돗자리를 대고 의상으로 하여금 오르라고 했다.

"면벽 참선하시는 데에 더 없이 좋을 것입니다."

의상은 힘들여 기어 올라 절벽을 마주하고 앉아 정진하기 시작하였다.

그렇게 물 한 모금 마시지 않고 찬 이슬을 맞아 가며 좌선을 시작한 지 3일이 지난 새벽. 등뒤 동쪽 하늘이 휘황 찬란하게 밝아지고 주위가 향기로 가득 차면서 관세음보살이 강림하시어 말씀하셨다.

"대사여! 너의 정성이 갸륵하구나. 말세중생의 귀의처를 만들기 위해 이렇게 노력하니 내 어찌 돕지 않으리오. 대사가 지난 번 좌선했던 동굴의 바닥을 파면 나의 성상이 나올 것이니 그 성상을 그 굴에 모셔라. 그리고 그곳 산의 정상 바로 밑에 남향으로 된 평지에 쌍대나무가 서 있을 것이다. 그 자리가 명당자리니 그곳에 나의 형상과 같은 성상을 조성하여 모시도록 하라. 그리고 정취正趣보살이 곧 올 것이니 나와 함께 계실 자리를 만들어두고 기다려라. 또 이것은 수정염주水晶念珠와 여의보주如意寶珠니 잘 봉안하도록 하라."

의상은 관세음보살을 친견하고 감격해하며 무수히 예경하고 나서 선묘룡을 다시 불러 돗자리를 타고 내려왔다. 그리고 곧바로 예의 그 동굴로 가서 땅을 파 땅속에서 나타난 관세음보살 성상을 굴 안에 안치시키고 그 굴 입구를 법당으로 조성한 후 관음굴이라 명명命名하였다. 그리고 오봉산五峰山으로 올라가 정상 부근의 대나무 두 그루가 있는 곳에 금당金堂을 짓고서 관세음보살의 불상과 관세음보살로부터 받은 염주와 여의주를 봉안하였다. 그리고 정취보살이 오실 자리를 비워 두었다. 이 때가 신라 문무왕 16년(676년)이었다.

정취보살은 범일조사梵日祖師에 의해 모셔졌다. 범일조사는 신라 말 문성왕文聖王 때 활약했던 스님으로 품일品日이라고도 불렀다. 범일은 명주(강릉) 지방의 전형적인 호족 출신으로 중국 유학 후 명주 도독都督(신라 때의 지방 장관)의 후원으로 굴산사를 열었다.

범일조사가 당나라에 유학갔을 때 명주(당나라)의 개국사開國師에 간 적이 있는데 그곳의 여러 승려 중에 왼쪽 귀가 없는 한 사미가 말했다.

"스님, 저도 신라 사람입니다."

조사가 너무 빈가워 고향이 어디냐고 물었다.

"네, 몸은 명주(강릉) 익령현 덕기방德耆坊에 묻혀 있으나 집은 아직 없습니다. 하오니 스님께서 귀국하시거든 집이나 하나 지어주십시오."

조사는 사미에게 그러마고 굳게 약속했다.

조사는 그 후 여러 총림叢林에 있다가 염관선사

범일국사 진영 : 낙산사의 중창주인 범일국사는 당나라 유학 중 한쪽의 귀가 없는 스님을 만난 것이 인연이 되어 정취보살을 덕기방에서 모시다가 다시 낙산사에 모셨다고 한다.

로부터 법을 받은 뒤에 귀국하여 굴산사를 세우고 법을 펴느라 개국사에서 만난 사미와의 약속을 깜박 잊고 있었다.

그러던 어느 날 밤, 꿈에 그 사미승이 나타나 말했다.

"스님, 저를 잊으셨습니까? 당나라 명주 개국사에 있던 사미올시다. 그때 스님께서 한 약속을 왜 아직까지 실행해주지 않습니까?'

조사는 그제서야 사미승이 보살의 화신인 것을 깨닫고 익령현에 이르러 땅에 묻힌 보살상을 찾았으나 쉽게 찾아지지 않았다. 조사는 고심하다가 낙산 앞에 이르니 그곳에 덕기라는 여인이 살고 있었다.

조사는 그녀에게 사미승이 말하던 보살상에 대해서 물었더니 그녀는 모른다고 했다. 기대가 컸던 조사는 크게 낙심하였다. 그러나 일은 차차 풀리기 시작했다.

그 덕기라는 여인에게는 8세 되는 어린 아들이 있었는데 자주 시냇가 돌다리 밑에서 놀았다. 그런데 그때마다 왼쪽 귀가 없는 동자가 나타나 함께 놀다가는 어디론가 사라진다고 했다. 조사는 크게 기뻐했다.

"이제 틀림없이 보살을 뵙게 되는구나."

조사는 그 아이를 데리고 시냇가로 갔다. 그리고 조심스럽게 물속을 더듬어 보니 과연 석상 하나가 흙속에 반쯤 묻혀 있었다. 곧 파내어 살펴보니 전에 만났던 사미승, 바로 정취보살의 불상이었다. 조사는 낙산사에 불전 세 칸을 짓고 모셨다.

이렇게 관음성상과 화엄경에 나오는 정취보살상을 모신 뒤부터는 이 두 보살에게 기도하면 모든 소원을 성취시켜 준다고 하여 전국에서 많은 신도들이 모여들었다.

원통보전은 의상대사가 창건한 낙산사의 중심 건물이다.

의상대사가 관음보살을 친견하고 법당에 관음상을 봉안했다고 하는데 이 법당이 원통보전이다. 범일국사가 정취보살도 이곳에 봉안했다고 하므로 관세음보살과 정취보살을 같이 모셨던 것으로 추측되나 현재는 관세음보살상만을 모시고 있다.

'원통보전' 이란 관음보살을 모신 전각이 그 사찰의 중심건물일 때 붙이는 이름이다.

원통보전 뜰 앞에 세워진 칠층석탑은 창건 당시에는 삼층이었으나 조선 세조 때 중창과 함께 칠층으로 개축된 것으로 보인다. 이 탑은 중국 원나라 라마탑의 영향을 받은 고려시대 석탑(보물 제499호)으로 추정된다.

홍련암은 낙산사의 유일한 산내암자로 의상대義湘臺 북쪽에 있다. 이 암자는 의상대사가 관음보살을 친견하고 나서 푸른 새를 만난 후 건립했다고 한다.

이 절은 몇차례 중수를 거쳤으나 일제시대와 한국전쟁을 거치면서 폐허가 되었던

칠층석탑 : 낙산사를 창건할 당시에는 3층이었던 것을 조선 세조 때 7층으로 다시 만들었다. 몽고 침입시에는 걸승이 수정염주와 여의보주를 탑 속에 모셔놓았다고 한다. 2005년의 산불에도 잘 보존되었다.

의상대에서 본 홍련암 : 의상대사가 관세음보살을 친견한 바닷가 석굴 위에 지어졌다.
법당 마루 밑으로 구멍을 뚫어 바다를 내려다 볼 수 있게 하였다.

것을 1975년에 중창하였다.

홍련암紅蓮庵이란 이름은 의상대사가 파랑새를 따라 석굴 안으로 따라 들어가 기도를 할 때 홍련紅蓮이 바다에서 솟아나면서 그 위에 관음보살이 나타났으므로 홍련암이라 했다. 그리고 의상대사가 기도하던 곳은 '관음굴'이었다.

기록에 의하면 홍련암은 전각이 없는 석굴 형태로 그 안에 불상을 봉안했는데 조선시대 초기까지 있었던 것으로 보인다.

의상대의 해돋이는 관동팔경의 하나로 유명하여 많은 사람들이 즐겨 찾는 곳이다.

의상대는 의상대사가 낙산사를 창건할 때 산세를 살피던 곳이기도 하며 좌선을 자주 했던 곳으로 알려져 있다.

창건은 1,300여 년쯤 된 것으로 추측된다. 현재의 의상대는 1926년 한용운 선사가 낙산사에 머물 때 김만옹 스님이 세운 것이다.

의상대 앞에는 '관음송觀音松'이라 불리우는 소나무 한 그루가 있는데 여기에는 원효대사와 관세음보살과의 설화가 전해진다.

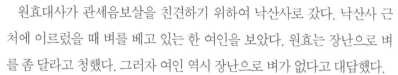

　　원효대사가 관세음보살을 친견하기 위하여 낙산사로 갔다. 낙산사 근처에 이르렀을 때 벼를 베고 있는 한 여인을 보았다. 원효는 장난으로 벼를 좀 달라고 청했다. 그러자 여인 역시 장난으로 벼가 없다고 대답했다.

　　원효가 다시 길을 걷다가 이번에는 월수백(月水帛 : 비단)을 빨고 있는 여인을 만났다. 오래 걸은 탓에 목이 말랐던 원효는 그 여인에게 마실 물을 달라고 했다. 그러자 그 여인은 월수백을 빨던 비눗물을 떠서 주는 것이 아닌가. 원효는 그것을 쏟아버리고 자신이 직접 깨끗한 물을 떠서 마셨다.

　　그때 갑자기 소나무 위에서 파랑새 한 마리가 "제호를 마다한 화상아!" 라고 외치고는 어디론가 날아가 버렸다. 그 소나무 아래에는 신발 한 짝이 놓여 있었다. 그제야 비로소 원효는 앞에서 만났던 여인이 관세음보살의 진신임을 깨달았다. 뒤늦게야 원효가 다시 그 진용을 친견하려고 관음굴에 들어가려 했으나 파도가 크게 일어나 접근하지도 못했다.

　　그 후부터 파랑새가 앉아 있었던 소나무를 관음송이라 했다.

　　그때의 그 소나무는 아니지만 지금도 의상대 앞에 있는 소나무를 관음송이라 부른다.

삼화사 : 몇 개의 창건 설화를 지닌 삼화사. 대웅전 앞 삼층석탑은 고려 때의 것으로 오랜 역사를 지닌 유물이다.

삼화사三和寺

■소재지 : 강원도 동해시 삼화동 두타산
■소　속 : 대한불교 조계종 제4교구 월정사의 말사

삼화사 창건에 대하여는 세 가지의 이야기가 전해 오고 있다.

첫 번째 설화.

신라 말에 세 사람의 신인神人이 있었는데 그들이 지금의 삼화사 자리에서 집회를 가졌다.

그들이 떠난 후, 그 지방 사람들은 그를 기리기 위해 그곳을 삼공지三公地라 하였으며, 훗날 범일국사가 그곳에다 절을 짓고 삼공사三公寺라 하였다.

오랜 세월이 지난 뒤 조선 태조가 칙령을 내려 이절의 이름을 역사에 기록하여 전하게 하면서 그 옛날 신라가 삼국을 통일한 것은 부처님 덕택이었음을 알리는 뜻에서 절 이름을 삼화사(三和寺 : 삼국이 화합하여 통일이 되었다는 뜻)로 고쳤다고 한다.

무릉계곡 : 청옥산과 두타산에서 흘러내리는 물이 14Km를 내닫는 계곡. 신선이 산다는 무릉도원에서 본따 무릉계곡
이라 했다 한다.

두 번째 설화.

읍지邑誌에 의하면, 자장율사가 당나라에서 돌아온 후 두타산頭陀山에 와
서 흑련대黑蓮臺를 창건한 것이 지금의 삼화사라고 한다.

세 번째 설화.

고적古蹟에 의하면 신라 제 27대 선덕여왕 11년(642년)에 약사삼불藥師三佛
인 백伯 · 중仲 · 계季 삼형제가 처음 서역에서 동해로 돌배를 타고 여러 곳
을 다니다 우리나라에 와서 만형은 흑련을 가지고 흑련대에, 둘째는 청련
을 가지고 청련대에, 막내는 금련을 가지고 금련대를 짓고 각각 머물렀다
고 하며 이곳이 지금의 삼화사, 지상사, 영은사 라고 전한다.

이 절은 홍수와 수차례의 화재로 중건을 거듭하다 1907년에는 의병義兵
이 숙박하였다는 이유로 왜병들이 방화하여 소실되었다.

1977년, 절 일대가 쌍용양회 동해공장의 채광권 안에 속하게 되어 옛
개국사開國寺 터인 현재의 자리로 옮겨 중건했다.

절의 창건에 대하여 자장율사와 관련된 설화가 있으나 신빙성이 없다. 즉, 흑련대를 642년에 창건했다 하나, 자장율사는 당나라에서 643년에 귀국했다하므로 연대가 맞지 않는다.

이렇게 정확한 기록이 없는 관계로 설화들이 혼합되어 자장율사의 창건 연기설화로 전해지고 있다.

신라 서라벌에 진골 출신의 아름다운 세 처녀가 있었다. 이들은 집안 어른들끼리 왕래가 잦고 가깝게 지내는 사이였으므로 그들도 절친히 지냈다. 혼기를 맞은 세 사람이 신랑감을 고를 무렵, 신라와 백제 간에 전쟁이 일어났다.

신라의 청년 장수 김재량은 전쟁에 나가 큰 공을 세우고 돌아왔다. 왕궁에서는 김재량을 위해 축하연을 열었는데 공교롭게도 세 처녀가 모두 이 자리에 참석했다.

김재량은 눈이 부시도록 아름다운 세 처녀를 본 그날부터 잠을 이루지 못했다. 처녀들 또한 김재량을 사모하는 마음을 걷잡을 수 없었다.

세 처녀는 저마다 자신의 시녀를 통해 연정을 전했다. 김재량은 세 처녀를 번갈아가며 만나기 시작했다. 그러나 오래지 않아 이 소문은 널리 알려졌고, 결국 세 처녀는 좋은 친구에서 서로 질투하고 적대시하는 사이로 변했다.

그런 와중에 신라가 이번에는 고구려와 전쟁을 하게 되었다. 김재량은 다시 전쟁터로 나가 많은 공을 세웠으나 그만 고구려군 첩자에게 암살되고 말았다.

김재량을 너무도 사랑한 세 처녀는 비통한 마음을 금할 길이 없어 모두 산으로 들어가 두타(頭陀 : 속세의 번뇌를 버리고 청정하게 불도를 닦는 수행)고행을 하여 마침내 여신女神이 되었다.

그 산이 바로 오늘의 강원도 동해시 삼화동에 위치한 두타산이다.

각자 나림여신, 혈례여신, 골화여신이 된 그들은 도를 얻고 신력神力을 갖추고서도 김재량의 죽음을 서로의 잘못으로 미루며 저주했다. 또 그녀들은 그곳 주민들이 자신에게 치성을 드리지 않거나 복종치 않으면 재앙을 내리는 악행도 서슴치 않았다.

그러던 어느 날, 오대산에 들렀다가 동해안으로 내려오던 자장율사가 두타산의 산세에 탄복하여 그곳으로 향했다.

이때 나림여신이 자장율사가 그곳에 사찰을 세우지 못하게 하고자 세상에서 제일 아름다운 여인으로 변신하여 유혹했다.

"스님, 어디로 가십니까?"

"이 산의 산세가 하도 좋아 절을 창건할 인연인지 보려고 하오만……."

"저도 따라가고 싶사오니 허락하여 주십시오."

"산길이 험하여 오르기 힘들 것이니 훗날 절이 창건되거든 오시지요."

나림의 동행을 거절한 자장율사는 초가을 달빛이 교교히 흐르는 산길을 삼경이 가깝도록 걸었다.

그러다가 문득 인기척이 나는 듯싶어 뒤를 돌아보니 먼 발치에 여인이 뒤따르고 있는 것이 아닌가. 자장율사는 사연을 듣고 싶었으나 모르는 척 참고 걸음을 재촉했다.

골화전에 이르러 자장율사는 외딴 주막집에서 하룻밤 유숙키로 했다.

어느새 따라 들어온 나림은 스님의 방으로 주안상을 들고 들어왔다.

"시장하실 텐데 우선 목부터 축이시지요."

잠시 대답이 없던 스님이 말문을 열었다.

"여인이여, 당신은 지금 신력을 얻어 아름다운 모습으로 나를 유혹하지만 내 눈에는 당신이 아름답기는커녕 마치 인분을 싼 비단같이 보이는군요. 자신의 몸뚱이가 더러운 줄 모른다면 당신은 잘못된 것입니다. 그 정도의 신력을 얻었으면 좀 더 공부하여 법문의 세계로 들어오시지요."

자장율사가 나림에게 법문에 대해서 한참을 강설하자 나림은 그제서야 크게 깨닫고 말했다.

"스님! 제 죄를 용서하시고 불법을 일러 주십시오."

"나림 여신이여! 참으로 장한 발심입니다."

"어떻게 제 이름을……."

"내가 잠시 선정에 들어가 관(觀)하였지요."

나림은 감동하여 그 시각부터 자장율사에게 귀의했다. 처소로 돌아와 혈례와 골화여신에게 이 사실을 전하고 함께 귀의할 것을 권하였으나 두 여신은 비웃기만 했다.

"그까짓 스님 하나 유혹 못하고 오히려 매료당하다니 우리 여신들의 체통을 더럽혔구나. 우리 둘이 가서 스님이 절을 창건치 못하게 혼을 내주자. 만약 절이 세워지면 주민들이 우리에게 공양을 올리지 않을 테니까."

"그래, 그렇게 하자."

혈례와 골화는 즉시 호랑이로 변신하여 자장율사의 앞 길을 막았다.

"이런 무례한 노릇이 있나. 아무리 축생이라고 해도 스님이 하고자 하는 일을 막다니……. 어서 썩 물러가거라."

그러나 호랑이들이 으르렁거리며 달려들 기세를 보이자 율사는 금강삼매에 들어 몸을 금강석 같이 굳혔다. 호랑이들은 그런 줄도 모르고 한 마리는 발톱으로 스님을 내쳤고, 또 한 마리는 스님의 옆구리를 물었다. 그러나 사납게 달려든 호랑이는 발톱과 이빨만 다치고 말았다. 호랑이는 더욱 맹렬히 달려들었으나 마찬가지여서 결국은 꼬리를 사리면서 도망치고 말았다.

그를 본 자장율사가 주문을 외우니 큰 칼을 든 금강역사가 나타나 도망치는 호랑이를 단숨에 잡아왔다.

"자, 이제 너희들의 본색을 드러내거라."

자장율사가 호통을 치자 어쩔 수 없이 본 모습으로 돌아간 두 여신은 눈물을 흘리며 자신들의 잘못을 사죄했다.

"스님, 스님의 원력으로 저희 둘이 발심하게 되었음을 깊이 감사드립니다. 이제 저희가 앞장서서 금당 자리를 안내하고 스님을 도와 사찰창건에 동참하겠습니다."

자장율사가 두 여신이 인도한 장소에 불사를 시작하니 나림여신을 비롯한 세 여신과 마을 주민들까지 힘을 모아 절이 쉽게 세워졌다.

이렇게 세 여신이 화합 발심하여 절을 창건했다하여 그 이름을 삼화사三和寺라 했고, 마을 이름도 삼화동三和洞이라 했다.

삼화사 옛터 : 현재는 시멘트 공장이 들어서 옛 자취는 흔적도 없다.

삼화사의 옛 터는 쌍용양회 시멘트 공장이 들어서 그 자취가 없고, 현재 위치로 그대로 옮겨지었다고 하지만 창건과 관련된 흔적을 찾는 것은 무리이다.

절 앞으로는 두타산과 청옥산에서 흘려 내린 물이 14km나 계곡을 이루고 흐르는데 이를 무릉계곡이라 한

무릉반석 : 천여 명이 앉아도 충분한 너럭바위는 옛 시인묵객들이 새겨놓은 글귀가 널려 있어 피서철이면 수많은 사람이 찾고 있다.

다. 또 계곡에는 천여 명이 앉아도 충분한 너럭바위(6,600㎡)가 있는데 이를 무릉반석이라 한다. 이곳에는 옛 시인 묵객들이 새겨 놓은 글귀가 널려 있다. 그 중에는 매월당 김시습의 것도 있고 조선전기 안평대군, 한호, 김구와 함께 4대 명필로 불리우던 봉래 양사언(1517~1584)의 '무릉선경 중대 천석 두타동천(武陵仙境 中臺泉石 頭陀洞天)' 이라는 글도 있다.

신흥사 전경 : 자장율사가 창건하여 향성사라 했던 것을 중창 때 꿈에 세 신선이 절터를 점지하여 주었다고 하여 처음에는
신흥사神興寺라 하였다.

신흥사新興寺

■소재지 : 강원도 속초시 설악동 설악산
■소　속 : 대한불교 조계종 제3교구 본사

서기 652년(신라 진덕여왕 6년), 자장율사가 절을 창건하여 향성사香城寺라 했으며 능인암과 계조암도 함께 지었다. 또 구층탑을 만들어 부처님 사리도 봉안했다.

설악산雪嶽山의 설악은 석가모니 부처님께서 6년동안 고행하여 성도하

신흥사는 원래 귀신 신神자를 썼으나 불미스러운 일이 자주 일어나자 神자를 새로울 신新자로 바꾸었다.
중심건물은 극락보전으로 중창할 때 세웠다.

극락보전 삼존불 : 〈신흥사 사적기〉에 의하면 선정사라는 이름으로 중창할 때 의상대사가 직접 봉안했다고 한다.
설화에 따르면 하나의 아름드리 나무를 셋으로 나누어 이 삼존불을 조성하였다고 한다. 한 그루의 나무에서 탄생한
삼존불은 셋이면서도 결코 셋이 아니요, 하나이면서도 결코 하나가 아니라는 깊은 뜻을 일깨워 준다.

신 바로 그 설산雪山을 상징하며, 의상대사가 능인암터에 지은 선정사는
그 설산에서 6년 동안 선정하였음을 표상하여 세운 사찰이라는 뜻이 담
겨 있다.

그 뒤 조선시대까지 번창했으나 임진왜란 때 구층탑이 파괴되고, 인조
때에는 화재가 나 완전 소실되었다.

1644년, 운서雲瑞라는 사람이 중창을 발원하던 중 꿈에 세 신인神人이 절
터를 점지하여 주어 건립하고 신흥사神興寺라 하였다.

그 뒤 많은 중수와 중건을 거쳐 오늘에 이르고 있다.

최근 들어 신흥사에 불미스러운 일이 연달아 일어나자 절 이름의 신자
字를 귀신 신神자를 새로울 신新자로 바꾸었다 한다.

자장율사가 설악산 동쪽에 향성사를 창건하였다.

향성사란 이름은 심향성尋香星의 절이란 뜻이다. 심향성은 팔부중(八部衆: 불법을 지키는 여덟 신장(神將). 즉 하늘, 용, 야차, 건달바, 아수라, 가루라, 긴나라, 마후라가) 중에서 음악을 맡고 있는 신神의 건달바성乾闥婆星이다. 건달바성은 해가 뜰 때에는 볼 수 있으나 해가 뜨고 나면 사라지는 별이다.

건달바성, 즉 심향성은 사막에 나타나는 신기루蜃氣樓나 바닷가에 나타나는 해시海市와 같은 환시幻視 현상이다.

자장율사가 어느 날 울산바위에 올랐다가 심향성을 보았다. 그래서 그 터에 절을 짓고 향성사라 이름지었다. 그러나 이 절은 신라 효소왕 7년(698년)에 불에 타서 그야말로 심향성처럼 사라지게 되었다. 의상대사義相大師는 그 3년 뒤에 그곳으로부터 오리 쯤 상류로 올라간 능인암(能人庵, 이 역시 자장율사가 창건하였는데 향성사와 함께 불탔다 한다.) 터에 새로 큰 절을 짓고 선정사禪定寺라 개칭하였다.

신흥사 극락보전은 1644년에 세워졌고, 현재 봉안된 삼존불은 의상대사가 중건할 때 조성한 것이라 한다.

신흥사 극락보전 꽃창살 무늬

울산바위 : 자장율사가 울산바위에서 심향성을 보았다 해서 그 터에 절을 짓고 향성사라 이름하였다.

극락보전의 꽃창살무늬는 아름답기로 유명하다.

뉴설악호텔 정문 앞 길 건너 개울가에는 향성사지와 함께 삼층석탑이 있다. 자장율사가 향성사를 창건했던 곳이다.

이 탑은 800년대 신라탑의 양식을 가지고 있는 것으로 보아 691년에 향성사가 불타버린 다음에도 옛 터에 작은 암자 규모의 절이 있었던 것으로 추정된다.

자장율사가 심향성을 보았던 울산바위는 외설악의 얼굴이라고 할 수 있는 거대한 바위로 계조암 뒤에 있다. 이 바위는 원래 울산에 있었는데 금강산이 아름답다는 이야기를 듣고 구경하러 가는 도중 설악산을 보자 그만 마음이 바뀌어 주저앉은 것이라고 한다.

또다른 전설로는 설악산에 천둥이 치면 그 소리가 바위에 부딪혀 마치 울부짖는 것처럼 들려 '울산'이라고 했다고도 한다.

울산바위와 속초라는 이름에 관련하여 재미있는 이야기가 전해진다.

울산 현감은 울산바위가 설악산에 주저앉았다는 이야기를 듣고 이 바

향성사지 삼층석탑 : 뉴설악호텔 정문 앞 길 건너 개울가
에 있는 탑으로 자장율사가 향성사를 창건했던 곳이다.

개조암 : 자장율사가 개조암 석굴에 머물면서 신흥사의 전신
인 향성사를 창건하였다. 그러므로 신흥사보다 앞서 창건되었
다고 볼 수 있다.

위에 대한 세금을 신흥사에서 매년 받아갔다. 이를 부당하다고 생각한 신
흥사의 동자승이 세금을 받으러 온 현감에게 말했다.

"바위를 도로 가져가시든지, 아니면 지금부터는 바위가 차지한 만큼의
자릿세를 내십시오."

이에 현감은 딴에 꾀를 냈답시고 재로 꼰 새끼로 묶어주면 가져가겠다
고 했다. 그러자 동자승은 풀로 새끼를 꼬아 3일동안 바닷물에 담가 불린
다음 들기름에 적시어 바위를 동여 매고 불을 붙였다. 그랬더니 새끼줄은
소금물에 절여지고 물기가 남아 있는 탓으로 겉은 타서 재가 되었지만 속
은 타지 않아 모양이 그대로 유지되었다. 그러니 영락없이 재로 된 새끼
줄로 묶은 것처럼 보였다.

이를 본 울산 현감은 바위를 가져갈 수도, 세금을 받아 갈 수도 없어 그
대로 줄행랑쳐 버렸다.

이런 연유로 해서 이곳의 지명을 묶을 속束자와 풀 초草자를 써서 속초束
草라 했다고 한다.

오세암 전경 : 5세 동자에 얽힌 설화로 인하여 전국적으로 유명한 기도도량이 되었다. 암자 주위의 봉우리들이 연꽃 잎을 이룬 한복판에 자리잡고 있다.

오세암 五歲庵

■소재지 : 강원도 인제군 북면 용대리 설악산
■소　속 : 대한불교 조계종 제3교구 신흥사의 말사 백담사의 산내 암자

　서기 643년(신라 선덕여왕 12년), 자장율사가 절을 창건하고 관음암이라 했다.

　조선시대에 들어와서 보우대사가 중건하고, 이어 1643년(인조 21년), 설정 雪淨 대사가 중건한 뒤 오세암이라 불렀다.

　그 뒤 1888년(고종 25년), 백하白下대사가 법당을 2층으로 짓고 박달나무로 기둥을 세웠는데 그 기둥의 매끄럽기가 명주옷으로 문질러도 보푸라기가 일어나지 않을 정도였다고 한다.

　한국 전쟁으로 완전 소실된 것을 중건하여 오늘에 이르고 있다.

　옛날에는 이 암자가 워낙 깊은 산중에 있어 길이 험한 데다가 겨울에는 큰눈이 내리기 때문에 한번 들어갔다가 눈을 만나게 되면 이듬해 봄이 되어 눈이 다 녹아야만 내려올 수 있었다. 그래서 가을에 이 암자로 들어가는 사람은 겨울 양식까지 미리 준비해 가지 않으면 안 되었다.

　일찍이 설정선사가 이곳에서 고아가 된 네 살짜리, 형님의 아들을 데리고 수도하던 중, 양식을 구하기 위해 양양으로 가야 했다. 그런데 어린 조카가 문제였다. 워낙 길이 험하니 데리고 간다면 길이 더뎌서 볼 일을 제

대로 보지 못할 것이 뻔했다. 그래서 그냥 남겨 두고 가기로 하고 그 동안에 조카가 먹을 수 있는 음식을 준비해 놓고 말했다.

"아가, 삼촌이 저 아래에 잠시 다녀올 터이니 여기 준비한 음식을 먹으며 절을 지키고 있거라. 무섭거나 심심하면 관세음보살을 계속 외우고……. 그러면 어머니가 오서서 널 돌봐 줄 것이다."

이렇게 일러두고 3일 일정으로 신흥사로 내려갔다. 그러나 막상 절로 돌아가려고 하니 폭설이 내려 옴짝달싹할 수 없게 되었다. 설정선사는 지극 정성으로 부처님께 어린 조카의 가호를 빌었다.

어느덧 3월. 눈이 녹아내리자 그때서야 설정선사는 가슴을 조이며 한걸음에 암자에 당도해 보니 눈에 덮인 암자는 적막강산이었다.

설정선사는 어린 조카가 의당 죽었으리라고 생각하고 방문을 여니 조카가 커다란 목탁을 베고 잠이 들어 있었다.

그 사이 나이를 한 살 더 먹은 조카는 관세음보살을 외울 때마다 어머니가 나타나 돌봐주더라고 했다. 한번 죽은 동자의 어머니가 나타날 수는 없고, 관세음보살님이 어린 동자를 돌보신 것이 분명했다.

이처럼 이 암자에서 5세 된 동자가 도를 얻고 성불했다고 하여 '오세암' 이라고 했다.

오세암 관음전

관음전 관세음보살상

불상 중에 어린 까까
동자가 커다란 목탁을
베고 한 손을 등 뒤로
돌린 채 잠들어 있는
동자상이 있는데 이 불
상이 바로 5세 동자상
이다.

5세 동자상 : 커다란 목탁을 베고 잠들어 있는 5세 동자를 작
품화한 것이다.

지금도 오세암 근처 옛 절터에는 석물이 남아 있다.

이 암자는 참선도량이자 기도도량으로 사람들의 발길이 끊이지 않는
다. 매월당 김시습(1435~1493)과 만해 한용운(1879~1944) 선사가 서로 시대는
다르지만 이곳에 머물며《십현담+玄談》의 주석서를 썼다.

경기도

용궁사

칠장사

홍법사

용주사

자재암

용궁사 : 1,300여 년 된 부부 느티나무가 절의 역사를 말해준다.

용궁사龍宮寺

■소재지 : 인천광역시 중구 운남동 백운산
■소 속 : 대한불교 태고종

　서기 670년(신라 문무왕 10년)에 원효대사가 창건하고 당시에는 백운사白雲寺

라 했다.

　조선 후기에 들어 흥선대원군 이하응(李昰應, 1820~1898)이 이 절에 머물면

서 기도했다.

관음전 : 규모가 작으마하다. 근대의 명필인 김규진의 여러가지 호 가운데 해강海岡이라는 낙관이 있는 4개의 주련이
있다.

1864년(고종 1년), 대원군이 중건하면서 백운산의 구담사(언제 백운사가 구담사로 바뀌었는지는 알 수 없다)라 불리우던 이름을 용궁사라고 바꾸었다. 이는 1860년 무렵 윤尹씨라는 어부가 고기를 잡다가 우연히 건져올린 옥으로 된 불상을 이절에 봉안했다고 해서 붙여진 이름이다.

관음보살좌상 : 관음전에 모셔진 관음상. 목조상에 칠을 한 건칠불로 중국에서 가져왔다 한다.

중건에 관한 기록으로는 〈영종 백운산 구담사 시주기〉와 〈용궁사 현판 송문〉이 있다.

시주기 가운데 '대왕대비전하 무진생 조씨大王大妃殿下 戊辰生 趙氏'라 함은 곧 신정왕후(1808~1890)를 말하는데 신정왕후가 대왕대비에 오른 것은 1857년(철종 8년)이었고, 구담사가 용궁사로 바뀐 때가 1864년이었으므로 곧 1857~1864년 사이에 왕실의 시주로 중수가 있었다는 것을 알 수 있다.

또 시주기에는 '왕대비전하 신묘생 홍씨王大妃殿下 辛卯生 洪氏'와 '경빈전하 임진생 김씨慶嬪殿下 壬辰生 金氏'의 시주자 명단이 있다.

대왕비는 헌종의 비인 명헌왕후를, 경빈은 헌종의 후궁을 가리킨다.

그 뒤 몇 번의 중수를 거쳐 오늘에 이르고 있다.

옛날 영종도에 어부 윤 씨가 살고 있었다. 그가 작약도 근처에서 고기를 잡으려고 그물을 던졌는데 이상하게 생긴 돌이 걸려 올라왔다. 그는 아무 생각없이 그 돌을 다시 바다에 던져 버렸다.

그런데 그날 밤 꿈에 부처님이 나타나서 말했다.

"나는 어제 네가 버린 돌부처다. 나를 다시 건져 태평 바위 위에 놓으면 너희에게 좋은 일이 있을 것이다."

다음 날, 어부는 일찍 바다로 나가 어제 버렸던 돌을 다시 건져 올려 자세히 보니 꿈에 본 모습과 똑 같았다. 어부는 꿈에 지시 받은 대로 그 돌부처를 태평바위 위에 올려 놓고 정성껏 기도를 올렸다.

그러던 어느 날, 마을의 한 아이가 활쏘기 놀이를 하다가 그만 그 돌부처의 왼팔을 맞혀 버렸다. 그러자 놀랍게도 돌부처의 팔에서 피가 흘러내렸다. 바로 그때 하늘에서 약병이 스르르 내려와서 부처의 상처를 치료하자 그 순간 돌부처는 옥으로 변하고 태평바위는 핏빛으로 변하여 피바위가 되었다. 그리고 활을 쏘았던 아이는 그 자리에서 죽었다.

용궁사 요사에 걸려 있는 현판으로 석파라는 낙관이 새겨져 있다. 석파는 흥선대원군의 호이다.

흥선대원군 이하응의 노년기 실제 사진. 용궁사에서 기도하며 절을 중창했다고 한다.

작약도 : 용궁사의 설화에 어부가 옥부처를 건져 올린 곳이 작약도 근처라고 한다.

이 일이 있은 뒤 사람들은 부처의 위력에 놀라고 감탄하여 이 옥부처를 안치하기 위하여 절을 짓고 바다에서 올라온 부처가 있다는 뜻으로 용궁사라 이름했다.

이 옥부처에게 기도를 하면 모든 소원이 이루어졌으므로 사람들이 많이 찾아왔다.

그 뒤로 윤 씨의 집안에서는 훌륭한 인물이 많이 나왔다고 한다.

일본이 우리나라를 침략하였을 때 일본 병사 하나가 용궁사의 그 옥부처가 탐이 나서 배에 싣고 일본에 닿자 하늘에서 불덩이가 떨어지고, 검은 버섯구름이 하늘을 뒤덮었다. 또한 옥부처를 싣고 가던 배는 풍랑을 만나 뒤집혀 바다 속으로 가라앉고 말았다.

부처님은 인연이 있는 땅에만 머물고, 인연이 없는 땅에는 가지 않는다는 사실을 증명해 준 것이다.

경내에는 1,300여년 된 할아버지, 할머니 느티나무 한 쌍이 절의 역사를 증언해주고 있다.

절 요사채의 용궁사라는 현판은 흥선대원군이 썼고, 관음전의 주련 글씨는 근대의 명필인 김규진(金圭鎭 1868~1933)이 썼다.

관음전 안에 모신 관음보살 좌상은 목조 건칠불로 중국에서 가져왔다고 한다.

어부가 불상을 건져 올렸던 작약도는 절에서 멀지 않은 앞바다에 있다.

97

혜소국사 비각 : 안성에서 태어나 칠장사의 조사를 지내고 그곳에서 생을 마친 혜소국사를 기념하기 위하여 고려시
대 문종이 1060년에 세웠다.

칠장사 七長寺

- 소재지 : 경기도 안성군 죽산면 칠장리 칠현산
- 소 속 : 대한불교 조계종 제2교구 용주사의 말사

칠장사는 서기 636년(신라 선덕여왕 5년)에 자장율사가 창건했다.

서기 983년(고려 성종 3년), 혜소惠炤국사가 이 절에 머물면서 7명의 악인을 교화하여 모두가 현인이 되었다. 이를 기리기 위하여 아미산이었던 산이름을 칠현산七賢山으로, 절 이름도 칠漆자를 칠七자로 고쳤다.

칠장사 경내 : 혜소국사가 7명의 악인을 교화하여 모두가 현인이 되자 칠장사라 부르게 되었다.
조선시대는 절터가 명당이란 사실 때문에 세도가가 묘지를 쓰고자 절을 불태우기도 했다고 한다.

나한전의 나한들 : 나한전에는 불상1구와 7현인이
라 일컬어지는 나한들이 모셔져 있다. 모두 돌로 만
든 뒤에 칠을 하였다.

현종의 명으로 혜소국사가
1013년(현종 5년)에 크게 중창하였
다.

조선시대에 들어와 절터가 명
당이라는 것을 안 세도가가 묘지
로 쓰고자 절을 불태우고 승려를
내쫓고 죽이기까지 하였다.

혜소국사가 이 칠장사에 머물
고 있을 때 근처 마을에 못된 짓
을 일삼는 포악한 악인들 7인이
있었다. 그들이 절 아래에 놀러
왔다가 그 가운데 한 사람이 목
이 말라 샘을 찾아 올라왔다. 그
런데 샘가에 순금 바가지가 놓여
있었다.

그 사람은 욕심이 나서 물도
마시지 않고 그 바가지를 몰래
옷 속에 숨겨 훔쳐 갔다. 두 번째
의 사람이 물을 마시러 갔을 때도 역시 금으로 된 바가지가 있어서 그도
숨겨 가지고 돌아갔고, 세 번째, 네 번째의 사람도 마찬가지였다. 이렇게
일곱 사람 모두 순금 바가지를 하나씩 훔쳐 가지고 돌아갔지만 서로 숨긴
내색을 하지 않았다. 그런데 나중에 저마다 숨겨 두었던 순금 바가지를
찾아보니 모두 온데간데 없었다.

그러자 서로 상대편을 의심한 나머지 다투며 찾는 과정에서 각자 바가지를 숨겨 가지고 온 사실이 드러났다. 바로 혜소국사가 부린 조화였다. 국사의 신통력에 놀란 그들은 그 날부터 교화를 받기 시작하여 나중에는 모두 현인이 되었다.

그 후, 일곱 현인이 나왔다고 해서 산 이름을 칠현산이라고 부르고, 절 이름도 옻칠漆자를 일곱 칠七자로 바꾸어 칠장사七長寺라 했다.

혜소국사의 비 바로 옆에는 나한전이 있어 이 칠현인이라고 일컬어지는 나한상들이 모셔져 있다.

이들 나한상들은 바위 위 노천에 있었는데 눈비를 맞고 있는 모습이 너무 안 되어 칠장사 법당 앞의 괘불대를 세웠던 탄명坦明 스님이 1703년에 전각을 마련하여 모셨다고 한다.

전각 위로는 나옹대사가 기념으로 심었다는 소나무가 전각의 햇빛을 가려주는 듯 뻗어 있다.

7명의 도적들이 마시러 왔던 샘물은 지금도 많은 사람이 즐겨 찾는 약수로 유명하다.

칠장사에는 혜소국사와 관련된 설화 외에도 몇 가지가 더 전해온다.

지금 보존되고 있는 혜소국사비의 비신碑身에는 아래와 같은 사연이 있다.

1591년(조선 선조 25년) 임진왜란 때 적장인 가등청정이 이 절을 방문했을 때 한 노승이 홀연히 나타나 그의 잘못을 크게 꾸짖었다. 화

칠장사 약수 : 7명의 도적이 물을 마시러 왔던 샘물은 지금도 많은 사람이 즐겨 찾는 곳이다.

혜소국사비 : 임진왜란 때 왜장 가등청정이 이곳에 침입하여 만행을 저지르자 노스님이 꾸짖었다. 그러자 가등청정이 칼로 노스님의 목을 내려쳤는데 노스님은 간 곳 없고 가등청정의 팔만 아팠다. 잠시 후 비각에 올라가 보니 혜소국가비가 피를 흘리고 있어 혼비백산한 가등이 그대로 줄행랑쳤다 한다.

혜소국사비 측면 : 비신에 새겨진 조각 솜씨가 생동감이 있어 조각작품으로도 높이 평가할 만하다.

가 난 가등청정은 칼을 빼어 휘두르니 노승은 사라지고 혜소국사비가 대신 갈라지면서 피를 흘렸다. 그러자 가등청정은 겁이 나서 도망쳤다.

지금도 비신의 가운데가 갈라져 있는데 그때 가등청정이 휘두른 칼자국이라고 한다.

조광조(趙光祖, 1482~1519)와 교류가 있던 갖바치가 세상을 떠돌다가 말년에 이 절에 머물자 임꺽정(林巨正)이 그를 스승으로 모셨다. 그때 이 절의 한 승려가 임꺽정에게 말타기를 가르쳐 주고, 또 자신의 말까지 그에게 주니, 임꺽정은 그 말을 칠장마(七長馬)라고 이름하고 매우 아꼈다.

도력이 뛰어났던 갖바치는 주민들에게 병해대사로 추앙을 받다가 85세

에 입적했다. 주민들은 그를 기려 그의 목상을 만들어 모셨다.

산신각 산신 : 산신이라기보다 임꺽정의 모습에 가깝다.

신라 제 47대 헌안왕의 서자인 궁예가 생후 5개월 되었을 때 제 48대 경문왕이 죽이라고 명령했다. 그러자 궁예의 어머니는 그를 피신시키기 위하여 밤에 궁예를 창밖의 유모에게 던졌다. 그때 유모가 아이를 받다가 손가락이 궁예의 눈을 찔러 오른쪽 눈이 애꾸가 되었다. 그 후 그는 유모에 의해 칠장사에서 10세까지 유년기를 보냈다. 지금도 궁예가 활연습을 했다고 하는 활터가 남아 있다.

명부전의 벽화에는 이러한 설화들이 그려져 있어 절을 찾는 사람들의 이해를 돕고 있다.

명부전 벽화 : 명부전 벽에는 칠장사와 관련된 설화를 벽화로 그려놓아 사람들의 이해를 돕고 있다.

▼ 7명의 도적이 혜소국사의 교화를 받는 모습

▼ 칠장사에서 유년기를 보낸 궁예의 모습

홍랑보살좌상 : 홍법사는 홍랑보살상을 모시기 위해 창건한 까닭으로 대웅전에 홍랑보살 석상을 모시고 있다.

홍법사 弘法寺

■소재지 : 경기도 화성군 서신면 홍법리
■소　속 : 대한불교 조계종 제2교구 용주사의 말사

서기 1610년(조선 광해군 3년) 홍법리 홍만석의 딸 홍랑(洪娘)이 명나라 황제의
후궁으로 끌려갔다가 죽자 명나라 황제가 그녀의 모습을 석상(石像)으로 빚
어 무쇠사공 12위와 함께 돌배에 태워 돌려보냈다. 그러자 홍(洪)씨 문중에
서 그 석상과 무쇠사공 2위를 봉안하기 위하여 이 절을 창건하고 홍법사

대웅전 : 홍랑이 명나라 황제의 후궁으로 끌려갔다가 죽자 황제가 그녀의 석상을 만들어 무쇠사공과 함께 돌려보
냈다. 홍랑석상을 봉안하기 위해 절을 창건했다.

무쇠사공 : 중국에서 12위의 무쇠 사공을 돌배에 실어 보내왔으나 배에서 내리기 직전 10위는 바다에 가라앉고 2위만이 남아 지금은 대웅전 불단 양쪽에서 홍랑보살상을 호위하고 있다.

라 하였다.

뒤에 절에 빈대가 들끓자 절을 태워 없애버리고 지금의 자리로 옮겼다가 1920년대에 중창하여 오늘에 이르고 있다.

"아니, 중국에는 여자가 없어서 조선으로 여자를 구하러 보냈나?"

"다 힘없는 속국인 탓이지요."

중국 명나라에서 조선의 젊고 예쁜 여자를 징발하러 왔다는 소문을 들은 농촌의 아낙들이 수군거렸다. 그러나 신통한 묘책이 없어 불안에 떨고 있는 그들 앞에 드디어 관원들이 육모방망이를 든 포졸들을 앞세우고 나타났다.

"마을을 샅샅이 뒤져 젊은 여자는 모조리 끌어내라!"

그렇게 해서 포졸들에게 처녀들이 끌려나오자 마을 전체는 울음바다가 되었다.

자색이 뛰어난 홍만석의 딸 홍랑 역시 발버둥을 치며 끌려나왔다.

"오늘 우리는 중국 황제에게 진상할 처녀를 물색하러 왔느니라. 이 고을에선 홍만석의 딸 홍랑이 그중 뛰어나니 이 처녀를 진상키로 하였다. 만약 이를 거절한다면 왕명을 어긴 죄로 3대에 걸쳐 가솔들을 멸할 것이며, 홍법리 마을도 폐촌을 면치 못하리라."

관원은 일장 연설을 한 다음 홍랑에게 말했다.

"홍랑아, 너는 곱게 단장하고 관아로 가자."

홍랑은 넋을 잃고 주저앉은 아버지와 자기만을 주시하고 있는 마을 사람들을 보고 결심했다.

"가겠습니다, 나으리. 그러나 명나라에 갈 때에는 모래 서 말과 물 서 말, 그리고 대추 서 말을 가져가게 하여 주십시오."

"황제의 애첩이 될 몸인데 그까짓 소원인들 못들어 주겠느냐. 그리 할 테니 어서 가자."

명나라 사신은 홍랑의 고운 모습을 보자 넋을 잃었다.

"헤헤, 조선에는 미녀가 많다더니 참으로 선녀로다!"

이렇게 해서 임진왜란의 상처가 아물기 전인 광해군 2년, 홍랑은 명나라로 떠났다.

"참으로 아름답구나, 네 이름이 무엇인고?"

"홍랑이라 하옵니다."

"홍랑이라, 이름도 곱구나. 과연 조선에는 천상의 선녀 못지 않은 미인이 있었구나, 여봐라, 홍랑을 별궁에 거처토록 하고 매사에 불편이 없도록 해주어

홍법사에서 본 홍법리 앞바다

107

홍랑사당 : 최근에 세운 사당에는 홍랑의 진영을 모시고 사당 외벽에는 홍랑과 관련된 설화를 벽화로 그려 놓았다.

라."

홍랑을 본 명나라의 황제는 마음이 흡족하여 연신 웃음을 흘렸다.

그러나 홍랑은 명나라에 도착하자 자기가 다니는 곳에는 가져온 모래를 뿌리고, 목이 마르면 가져온 물을 마시고, 식사도 가져 온 대추로만 연명했다. 자연히 홍랑의 아름다운 자태는 날로 수척해 갔다.

홍랑의 진영

그렇게 고향과 부모를 그리며 염불로 세월을 보내던 어느 날, 시녀가 저녁상을 차려왔다.

"아씨, 오늘은 제발 진지를 드십시오."

경기도
홍법사

"아니 먹을 것이니라. 나는 명나라 황제의 후궁이 되었으나 오늘까지 명나라 음식은커녕 물 한 모금 먹지 않았으며, 명나라 흙도 밟지 않았느니라."

"내일이면 물도 대추도 다 떨어집니다. 이제 무얼로 사시렵니까?"

그렇게 지조를 지키던 홍랑은 끝내 세상을 하직했다.

홍랑이 죽은 지 사흘째 되던 날, 황제는 중병을 얻어 수시로 혼수상태에 빠지곤 했다.

그러던 어느 날 밤, 황제는 비몽사몽 간에 홀연 어디선가 들려오는 여자의 소리를 들었다.

"오, 너는 홍랑이 이니냐?"

"그러하옵니다. 소첩이 폐하를 구하러 왔사오니 제 말을 잘 들어 주십시오."

홍랑의 말소리가 허공에서 들려오자 황제는 두려움에 떨

홍랑사당 외벽의 벽화 : 연기설화를 그림으로 표현 하였다.

었다.

"폐하, 앞으로는 백성을 아끼고 불도를 닦는 착한 군주가 되십시오. 그리고 소첩을 고향으로 보내 주십시오."

"내 착한 군주가 되도록 힘껏 노력은 하겠으나 이렇게 아파서야 너를 어떻게 고향으로 보낼 수 있겠느냐? 제발 짐을 살려다오."

"폐하, 그럼 소첩의 형상을 조성하여 무쇠 사공과 함께 돌배에 태워 보내십시오."

황제는 석 달 열흘에 걸쳐 부처님께 기도를 올리며 천하의 유명한 석공과 철공을 모아 돌배와 무쇠사공을 만들었다. 그러나 괴이하게도 홍랑의 형상은 완성될 무렵만 되면 두 쪽이 나버리곤 했다. 세 번, 네 번 다시 만들어도 마찬가지였다.

황제는 일심으로 기도했다. 그러던 어느 날 새벽, 은은한 북소리에 이어 인자한 음성이 들렸다.

"착하도다. 황제는 홍랑의 모습은 보살상으로 조각하도록 하라."

놀라 깨어보니 황제는 불상 앞에 엎드려 있는 자신을 발견했다. 정신을 차려 홍랑의 마지막 모습을 그려봤으나 영 떠오르지를 않으니 답답하기 짝이 없었다.

그때 홀연 한 줄기 바람이 일며 홍랑이 나타났다. 수척하면서도 아름다운 모습 그대로…….

이를 본 황제는 죄업을 뉘우치며 용서를 빌었다.

"홍랑 보살님, 짐의 죄를 용서하십시오."

다시 석공을 불러 작업을 시작한 지·백 일이 되던 날, 드디어 홍랑보살상이 완성됐다. 황제는 크게 잔치를 베푼 후 홍랑보살상을 열두 무쇠사공과 함께 돌배에 태워서 물에 띄웠다. 돌배는 흘러 경기도 화성 홍법리, 홍랑의 고향 앞바다에 닿았다.

때는 광해군 3년의 이른 봄, 홍랑의 고향에선 포구에 떠 있는 돌배에서 홍랑 보살상과 열두 무쇠사공을 발견하고 정중히 모셔왔다. 그리고는 홍랑보살의 영험을 기리기 위해 절을 세우고 모신 후, 절 이름을 홍법사라 했다.

홍법사 대웅전에는 석가모니 부처님이 아닌 홍랑보살상이 모셔져 있고 좌우 바닦에는 창건 당시 돌배에 실려 왔다는 철조로 된 두 위의 무쇠사공이 호랑보살을 호위하고 있다.

나머지 10위의 무쇠사공은 돌배에서 내리기 직전 돌배와 함께 바닷속에 가라 앉았다고 한다.

근래에 홍랑사당을 세웠는데 안에는 홍랑의 영정을 모시고, 밖 벽에는 홍랑과 관련된 설화를 벽화로 그려 놓았다.

용주사 회양나무 : 대웅보전 앞에 있는 이 나무는 용주사를 창건할 때 정조가 손수 심은 나무라고 한다.

용주사龍珠寺

■소재지 : 경기도 화성군 태안읍 송산리
■소 속 : 대한불교 조계종 제2교구 본사

　　용주사는 조선 제22대 정조가 부친 사도세자(1735~1762)의 능인 현륭원顯

隆園을 보호하고자 세운 능사陵寺로서 서기 1790년에 건립되었다. 절이 세

워진 자리는 신라 때 창건되었다가 폐사된 갈양사葛陽寺의 옛터였다.

대웅보전: 정조가 비명에 숨진 아버지 사도세자의 능을 화산으로 옮기고 신라 때 창건되었던 갈양사 터에 다시 절을 지
어 능사로 삼았다. 이 사찰은 불심과 효심의 본찰이다.

천보루에서 본 대웅보전 : 절의 창건과 함께 세워졌다. 여러차례 보수와 개축을 거쳤으나 처음의 모습을 그대로 간직하고 있다.

정조의 진영 : 조선시대 역대 왕들은 대부분 그 시대에 그려진 초상화가 남아 있으나 정조의 진영은 남아 있지 않아 최근에 그린 것이다.

갈양사는 신라 말 가지산문의 제2세였던 염거(廉居 ?~844)화상이 창건했었다고 하는데 정확하게 전해지는 역사적 사실은 없다.

고려시대에는 혜거(惠居 899~974)국사가 머물렀고, 많은 고승대덕을 배출했으나 952년(고려 광종 3년) 병란으로 소실된 것으로 추정된다.

효창세자 견(繝)이 영조 즉위 5년인 1728년 11월, 불과 열 살의 소년으로 요절한 후 영조에게는 후사가 없었다. 그러다가 보령 40세가 넘어서야 왕자를 얻으니 이름은 항(恒),

대웅보전의 삼존불상 : 석가여래를 주존으로 하여 좌우에 아미타여래와 약사여래를 모셨다.
석가여래상은 정읍 내장사 화원인 계초 스님이, 아미타여래상은 지리산 파근사의 화원인 봉현 스님이,
약사여래상은 간성 건봉사의 화원인 상식 스님, 조각은 전국의 조각 명인 20여 인이 동원되어 제작했다.

자는 윤관允寬이요, 호는 의제였다.

항은 늦게 얻은 왕자였기 때문에 후계자 임명이 급하여 태어난 지 1년 만에 세자에 책봉되었다. 그리고 10세에 영의정이었던 홍봉한의 딸과 결혼했다. 그녀가 바로《한중록》의 작가 혜경궁 홍 씨다.

그러나 사도세자는 당쟁에 말려들어 뒤주 속에서 목숨을 잃는 비운의 길을 가야했다.

사도세자와 비 혜경궁 홍 씨에게서 태어난 아들이 아버지의 뒤를 이어 세자에 책봉되고, 영조가 죽고 난 뒤 홍국영의 힘을 입어 왕위에 오르니 그가 곧 정조다.

정조가 즉위하자 박명원朴明

대웅전 삼존불 후불탱화 : 정조의 명을 받은 김홍도의 주관 아래 민관 · 상겸 · 성윤 등 25인이 참여하여 제작했다. 우리나라 최초로 서양화 기법으로 그려진 탱화다.

115

源이 사도세자의 묘 영우원을 이장해야 한다고 상소를 올렸다. 그리하여
수원 화산으로 이장한 후 칭호도 장헌세자로 추존하고 묘지 이름도 현융
원이라고 했다.

정조는 효심이 지극했다. 그는 틈틈이 아버지, 장헌세자의 능침이 있는
화산에 들러 명복을 빌었다.

어느 날, 성황산 기슭에 있는 갈양사에 들러 보경寶鏡 스님의 부모은중
경 강설을 듣고 깊은 감명을 받았다.

정조는 화산 현융원 근처에 있는 갈양사를 크게 중수하여 현융원의 능
사로 삼고자 했다.

그래서 1790년 보경당寶鏡堂 사일獅駅 스님을 팔도 도화주로 삼고, 성월당
철학城月當 哲學 스님을 부화주副化主로 삼아 팔도 관민의 시전 8만7천 냥을
거두어 대웅전을 크게 짓고 145칸의 대소 요사를 정비했다.

융릉 : 장조로 추존된 사도세자와 그의 부인 경의왕후의 합장묘이다. 합장묘는 상석을 따로따로 만드는
것이 일반적이지만 융릉은 하나여서 자칫 단릉으로 오해하기 쉽다.

그리고나서 정조는 친히 봉불기복게^{奉佛祈福偈}를 내리고, 단원 김홍도로 하여금 불화를 그리게 했다.

상량문^{上梁文}은 채제공^{蔡濟恭}이 썼다. 낙성식날 밤 정조는 용이 여의주를 물고 등천하는 꿈을 꾸었다해서 이 절 이름을 용주사^{龍珠寺}라고 했다.

정조의 효성이 지극함을 알 수 있게 해주는 또 다른 이야기가 있다.

정조는 비참하게 돌아가신 아버지 사도세자가 묻힌 수원의 융릉을 사흘이 멀다하고 참배했다. 그리고 아버님의 영혼을 편안히 잠드시게 하기 위해서 나무가 우거진 푸른 산으로 만들어야 한다고 생각했다.

나무가 한창 자라는 초여름의 어느 날이었다.

정조는 소나무의 잎이 한창 짙푸르게 자라야 할 때인데도 오히려 없어져 죽어가고 있음을 보고 그 이유를 신하들에게 물었다.

건릉 : 정조와 그의 부인 효의왕후의 합장릉이다.
아버지 사도세자의 운명을 아파하며 자주 능행차를 했던 정조의 희망대로 아버지 곁에 묻혔다.

117

신하들은 어쩔 줄 몰라하며 아뢰었다.

"황공하옵니다. 송충이라는 벌레가 솔잎을 갉아 먹어 그러하옵니다. 보살피지 못한 죄를 중벌로 다스려 주옵소서."

그말을 들은 정조는 비통한 어조로 말했다.

"그것이 어찌하여 경들의 죄가 되겠소. 효성이 부족한 과인의 부덕 때문이오. 그 송충이라는 벌레를 보고 싶소."

신하들은 송충이를 잡아 백지에 받쳐서 왕께 올렸다. 정조는 송충이를 한참 동안이나 슬픈 눈으로 쳐다보더니 송충이를 그대로 삼켜버렸다.

부모은중경판 목판(상)·동판(하) : 정조는 보경당 사일 스님에게서 부모은중경에 대한 설법을 듣고 목판으로 만들어 용주사에 하사하였다. 그림은 당대 최고 화가인 김홍도가 그렸다. 1802년에는 순조도 동판과 석판을 제작하여 하사하였다.

"아버님이 잠드신 숲을 갉아먹느니 차라리 이 불효자의 창자를 갉아먹어라."

눈 깜짝할 사이에 일어난 일이라서 신하들도 어쩔 수 없었다.

그런 일이 있은 후, 많은 새들이 날아와 송충이를 다 잡아 먹어 버렸다. 사람들은 정조의 효성이 하늘에까지 닿았다고 입을 모았다.

용주사의 대웅전 앞에는 200여 년이 된 회양나무가 있다. 이는 용주사를 창건할 때 정조가 손수 심은 나무로 알려지고 있다.

대웅전은 1790년에 지어진 조선 후기의 대표적 건축물로 내부에는 나무로 된 삼존불상이 모셔져 있다. 삼존불상 뒤 후불탱화는 단원 김홍도가 그린 것이다.

탱화 하단 문수·보현 보살 사이에는 '주상전하수만세' '자궁저하수만세' '왕비전하수만세' '세자저하수만세' 라는 은자서의 축원문이 적혀 있다.

용주사에 소장되어 있는 유물 중 대표적인 것은 《불설부모은중경판》이다. 이는 정조의 효심을 기려 1796년에 김홍도가 그림을 목판으로 만들어 절에 희사한 것이다. 1802년에는 순조가 목판을 바탕으로 동판과 석판을 제작하여 하사했다.

용주사 옆에는 정조의 아버지인 장조, 즉 사도세자(莊祖 1735~1762)와 그의 비인 헌경황후, 혜경궁 홍 씨가 묻힌 융릉과, 정조와 그의 부인 효의황후 김 씨가 묻힌 건릉이 있다.

원효폭포 : 원효와 요석공주의 전설이 얽힌 요석궁지가 있었던 곳이라 전해지는 이곳은 하백운대라고도 한다.
여기에서 설총이 자랐다고 한다.

자재암 自在庵

■ 소재지 : 경기도 동두천시 상봉암동 소요산
■ 소 속 : 대한불교 조계종 제25교구 봉선사의 말사

서기 654년(신라 무열왕 1년), 원효대사가 창건하고 자재암이라 했다.

974년(고려 광종 25년)에는 원효대사가 머물렀던 것을 기리기 위하여 태상
왕太上王(정종 945~949)의 명으로 각규覺圭대사가 중건한 후 이름을 소요사逍遙
寺로 바꾸었다. 그러나 언제인지 소실되어 명맥만 이어져 오던 것을 1872
년(조선 고종 9년), 원공元空과 제암濟庵 스님이 중창하면서 절 이름을 영원사靈

자재암 전경 : 원효대사가 관세음보살을 친견하고 자재무애의 수행을 쌓았다 하여 자재암이라 이름 지었다.

源寺로 잠시 바꾸었다. 그러다가 또 다시 소실된 것을 1909년에 재차 중창하면서 절 이름을 본래대로 자재암으로 고쳤다. 한국전쟁 때 소실된 것을 중창하여 오늘에 이르고 있다.

《조선지지》에 의하면 이곳에 요석궁瑤石宮의 옛 터가 있었다고 한다. 요석궁은 원효대사와 요석공주가 관계를 가졌던 곳이며, 나중에 원효가 설총薛聰을 이곳에서 키웠다 한다. 하지만 사실관계는 확인할 수 없다.

자재암이라는 이름은 원효가 요석공주와를 만난 관음보살이 아리따운 여인으로 변신하여 유혹했으나 설법으로 물리친 무애자재인無碍自在人 정신에서 유래했다 한다.

관음보살이 여인으로 변신하여 원효대사를 유혹했다는 설화는 이러하다.

'이토록 깊은 밤, 폭풍우 속에 여자가 찾아 올 리가 없지.'

거센 비바람 속에서 얼핏 여자의 음성을 들은 원효 스님은 자신의 집중하지 못하는 정신을 탓하며 다시 마음을 굳게 다졌다.

'아직도 여인에 대한 동경이 나를 유혹하는구나. 도를 이루어 탈속하기 전에는 결코 자리를 뜨지 않으리라.'

원효는 자세를 고쳐 다시 선정에 들었으나 휘몰아치는 바람과 거센 빗소리에 자신의 존재마저 아득해짐을 느꼈다.

'마음, 마음이란 무엇일까?

원효는 자아를 찾느라고 치열한 갈등으로 휘말려 들었다.

바지직! 하고 등잔불이 기름을 튕겼다. 아무래도 정신이 모아지지 않아 원효는 다시 눈을 떴다. 비바람이 더욱 거세어지고 있었다.

그때였다. 폭풍우소리에 섞여 여자의 음성이 들렸다. 원효는 귀를 기울

나한전 입구에서 본 자재암

였다.

"원효 스님! 원효 스님! 문 좀 열어주세요."

원효는 벌떡 일어났다. 그러나 다음 순간 망설였다. 여인은 황급하게 문을 두드리며 스님을 애타게 불렀다. 스님이 문을 열었다. 왈칵 비바람 이 안으로 밀려들면서 방 안의 등잔불이 꺼졌다.

"스님, 죄송합니다. 이렇게 늦은 밤에 찾아와서……."

칠흑 같은 어둠 속에 비를 맞고 서 있는 여인을 보고도 원효는 선뜻 들 어오란 말이 나오지 않았다.

"스님, 하룻밤만 지내고 가게 해주세요."

여인의 간곡한 애원에 원효는 한쪽으로 비켜섰다.

여인이 방안으로 들어섰다.

"스님, 불 좀 켜주세요. 너무 컴컴해요."

원효는 묵묵히 화롯불을 찾아 등잔에 불을 옮겼다. 방안이 밝아지자 비에 젖은 여인의 육체가 눈에 들어왔다. 와들와들 떨고 있는 여인의 모습이 아름다웠다.

"스님, 추워서 견딜 수가 없어요. 제 몸 좀 따뜻하게 녹여 주세요."

여인의 아름다움에 취해 있던 원효는 퍼뜩 정신을 차렸다. 공연히 들여놨나 싶어 후회했다. 젖은 몸으로 떨고 있는 여인을 아예 안 보려고 눈을 감았다. 그러나 감은 눈 속에서 비에 젖어 속살이 비치는 여인의 모습이 더욱 뚜렷하게 어른거렸다

"욕망은 마음에 따라 일어나는 것, 내 마음에 색심色心이 없다면 이 여인은 목석과 다를 바 있으랴."

원효가 부지중에 중얼거렸다. 그리고는 여인을 안아 침상에 눕히고는 언 몸을 주물러 녹여주기 시작했다. 풍만한 여체에 손길이 닿으니 짜릿한 느낌이 일었다. 순간, 원효는 여인을 침상에서 밀어냈다.

'나의 오랜 수도를 하룻밤 사이에 허물 수야 없지.'

일찍이 유학의 중도에서 해골물을 달게 마시고 일체유심조一切唯心造의

나한전 석굴

나한전 내부 : 석가모니 불상과 16나한상이 모셔져 있다.

도를 깨달았던 원효는 다시 정신을 가다듬기 시작했다.

'해골을 물그릇으로 알았을 때는 물이 맛있더니, 해골을 해골로 볼 때는 그 물이 더럽고 구역질이 나지 않았나! 일체만물이 마음에서 비롯되는 것이려니, 내 어찌 깨달음을 포기하랴.'

원효는 여인을 목석으로 볼 것이 아니라 있는 그대로의 여인으로 보면서도 마음속에 색심이 일지 않으면 자신의 공부는 온전하다고 생각했다.

원효는 다시 여인에게로 다가갔다. 그리고는 여인의 몸을 비벼 추위에서 풀어주면서 염불을 게송했다. 원효가 마음을 고쳐 먹자 여인의 풍만한 육체는 색으로서의 육체가 아니라 한 생명일 뿐이었다.

원효는 여인의 혈맥을 찾아 생명의 힘을 부어주었다. 남을 돕는 것은 기쁜 일이다. 더욱이 남과 나를 가리지 않고 자비로써 도울 때 그것은 이미 남을 돕는 것이 아니라 자기의 삶이 되는 것이다. 돕고, 도움을 받는 것의 구별이 없을 때 사람은 경건해진다.

여인과 자기의 분별을 떠나 한 생명을 위해 움직이는 원효의 마음은 준엄했다.

여인의 몸이 서서히 따뜻해지기 시작했다. 정신을 차린 여인은 요염한 웃음을 지으며 원효 앞에 일어나 앉았다. 원효는 자신이 여인의 체취 속으로 빨려 들어감을 느끼고 머리를 세차게 흔들며 밖으로 뛰쳐 나왔다.

폭풍우가 지난 후의 아침 해는 더욱 찬란하고 장엄했다. 간밤의 폭우로 물이 많아진 옥류폭포의 물기둥이 폭음을 내며 떨어지고 있었다.

원효는 훌훌 옷을 벗고 옥류천 맑은 물에 몸을 담갔다. 뼛속까지 시원한 물속에서 욕정을 물리친 데 대하여 희열을 느끼고 있는데 여인이 다가왔다.

"스님, 저도 목욕 좀 하겠어요."

125

여인은 옷을 벗어 던지고는 물속으로 들어와 원효의 곁으로 다가왔다. 아침 햇살을 받은 여인의 몸매는 눈이 부셨다. 원효는 여인이 욕망의 대상으로 보이는 자신의 느낌에 대하여 항거했다. 그러나 도저히 자제할 수 없는 한계에 이르자 원효가 마침내 눈을 부릅뜨고 외쳤다.

"네가 나를 유혹해서 어쩌자는 거냐?"

"호호호, 스님도, 어디 제가 스님을 유혹합니까? 스님이 저를 색안色眼으로 보시는 거지……."

순간, 원효는 큰 방망이로 얻어맞은 듯 깊은 혼돈 속에 빠졌다. 자신이 색안으로 보고 있다는 여인의 목소리가 계속 귓전을 때렸다. 거센 폭포소리도 들리지 않았다.

'자신이 색안으로 보는 것'이라는 여인의 말을 거듭 되뇌이면서 원효는 서서히 정신을 차렸다.

폭포 소리가 들리면서 캄캄하던 눈 앞의 사물이 제 빛을 찾아 모습을 드러내기 시작했다. 원효는 의식되는 눈 앞의 광경을 놓치지 않기 위해 눈을 크게 떴다. 처음으로 빛을 발견한 듯 모든 것이 명료하게 보였다.

"옳거니, 바로 그거로구나, 욕망으로 인하여 생기는 그 마음까지도 버려야 하는 그 도리……."

원효는 발가벗은 몸을 여인 앞에 아랑곳없이 드러내며 유유히 걸어나왔다. 주변의 산과 물, 여인과 나무 등 일체의 모습이 생동하고 있었다. 여인은 어느새 금빛 찬란한 후광을 띄운 관음보살이 되어 폭포를 거슬러 올라 사라졌다.

원효는 그곳에 암자를 세우고 자기의 몸과 마음을 뜻대로 다스린 곳이라하여 절 이름을 자재암이라 했다.

1872년, 원공과 제암 스님이 이 절을 중건하게 된 인연담이 《소요벽기消遙壁記》에 전한다.

제암 스님은 수락산 홍국사의 스님이었다. 그런데 그가 보개산 천불전에서 기도를 드리고 돌아오는 길에 소요산 아래 동두천의 어느 주막에서 하루를 묵게 되었다.

그날 밤, 그는 이상한 꿈을 꾸고 아침에 일어나 주인에게 근처에 절이 있는가를 물었다. 주인으로부터 10리 되는 곳에 소요산이 있고, 그곳에 자재암이라는 절이 있다는 대답을 듣자, 스님은 간밤의 꿈과 일치됨을 알고 그 절을 찾아 나섰다. 그러나 막상 절에 가보니 아무도 없고 폭포소리만 요란할 뿐이었다. 스님이 의아해하며 주위를 거닐고 있으려니 저쪽에서 한 스님이 다가왔다. 제암 스님이 달려가서 인사를 하자 그 스님이 말했다.

"나는 이 절의 주지인데 방금 마을에서 탁발을 하고 오는 길이오. 간밤 꿈에 두 사미승이 나타나 나에게 말하기를 '내일 아침에 귀한 손님이 오실 터이니 주지께서는 그 분을 꼭 환대하시기 바랍니다. 저희 소원입니다.' 합디다. 그래서 꿈을 깨고서도 그 뜻이 보통이 아니라고 생각했는데 과연 이렇게 큰 선지식을 만나게 되었습니다."

그는 잠시 말을 멈추었다가 다시 이었다.

"이 산은 본래 경치 좋은 산으로 유명하지만 절은 작고 퇴락하여 대들보 기둥이 곧 쓰러질 듯 위험할 정도이니, 원컨대 스님께서 시주자가 되어 나와 함께 이 절을 중건해주시기 바랍니다. 그러면 삼보三寶가 다행이겠습니다."

절의 주지는 원공대사였다. 제암 스님은 기뻐하며 시주자가 되어 일을

자재암 일주문 : 일주문을 지나면 원효폭포로 가는 자재암길이 나온다. 원효봉이 있는 소요산은 이름 그대로 막힘없이 자유롭게 거닐 수 있는 곳이다.

시작한 지 3년 되는 해 3월에 불사를 완성하였다. 그리고 절 이름을 영원사로 고쳤으나 오래 가지는 못했다.

　일주문을 지나 원효폭포 있는 곳을 하백운대下白雲臺, 자재암 있는 곳을 중백운대, 산의 정상을 상백운대라고 부르기도 한다.
　원효대사와 요석공주의 전설이 얽힌 요석궁지는 하백운대에 있었다고 한다.

옥류폭포 : 자재암이 있는 곳을 중백운대라 부른다. 암자 앞에 있는 이 폭포는 여인으로 현신한 관세음보살과 원효대사가 목욕한 곳이라고 한다.

원효정 : 나한석굴 입구에 있는 약수는 원효대사가 자재암에 기거하면서부터 물이 나오기 시작했다고 한다.

　절 앞에 옥류폭포가 있고, 석굴 나한전에는 석가모니 부처님과 16나한상을 모시고 있다. 그리고 나한전 위의 바위를 나한대라 부르는데 자재암 전체를 조망할 수 있는 곳이다.

　나한전 옆에 있는 원효정元曉井은 원효대사가 자재암에 기거하면서부터 물이 나오기 시작하였다고 한다.

경상도

팔만대장경판 : 750년이란 시간이 지났음에도 완벽하게 보전되어 있다. 정식 명칭은 고려 대장경판이다.

해인사 海印寺

- ■소재지 : 경남 합천군 가야면 치인리 가야산
- ■소　속 : 대한불교 조계종 제12교구 본사

　해인사 海印寺라는 이름은 화엄사상을 가르치는《화엄경 華嚴經》의〈해인삼매 海印三昧〉라는 말에서 유래했다. 해인삼매란 지혜의 바다 海에 도장을 찍듯이 印 무량한 시간과 공간에 있는 일체의 것이 본래의 모습으로 나타나는 경지를 말한다.

　이 사찰은 우리나라 삼보사찰 三寶寺刹 중 법보사찰이자 화엄십찰 華嚴十刹

해인사 전경 : 해인사에는 역사만큼이나 많은 문화재들이 산재해 있어 살아 숨쉬는 박물관이라 할 수 있다.

《조선고적도보》에 실린 해인사 전경으로 오늘날의 모습과 크게 다름이 없다.

《조선고적도보》에 실린 장경각 모습

중 한 곳이다.

화엄십찰은 의상대사, 혹은 그의 제자들에 의해서 세워졌다. 해인사를 창건한 순응順應 스님과 이정利貞 스님은 의상대사의 손제자孫弟子였다.

창건된 시기는 신라 제 40대 애장왕(800~809) 3년이었다.

고려 때에는 희랑希朗 스님이 태조 왕건(918~943)을 도와 이곳에서 화엄사상을 펼쳤다.

조선 태조 7년(1398)에는 강화도 선원사에 있다가 지천사支天寺에 보관 중이던 팔만대장경판을 다시 이곳으로 옮겨 왔다.

해인사는 숙종 때를 비롯하여 영조·정조·순조·고종 때 등 수 차례의 화재를 겪었으나 팔만대장경을 보관한 장경각만은 온전히 보전되었다.

현재는 75개의 말사와 14개의 암자를 거느린 대사찰이다.

암자 중에는 신라 왕실의 원찰로 알려진 원당암顧堂庵도 있다. 장경각과 고려대장경판은 1995년, 유네스코UNESCO에 의해 세계문화유산으로 지정되었다.

이 사찰에 관련된 설화 중 연기설화를 소개한다.

《삼국유사》를 보면 다음과 같은 이야기가 나온다.

중국 양무제 시절, 지공화상이 임종할 때《동국답사기》라는 책을 제자들에게 건네주면서 다음과 같이 유언하고 열반에 들었다.

"내가 죽은 후, 신라에서 두 명승이 찾아와 법을 구할 터이니 그때 이 책을 전하라."

그 뒤 과연 신라에서 순응과 이정, 두 스님이 찾아와 법을 구하자 지공화상의 제자들이 스승의 유언과 함께 그 책을 전했다.

두 스님은 너무나 감격하여 지공화상의 탑묘塔墓에 찾아가 감사드리고 밤낮으로 법을 익혔다. 그렇게 기도하기를 이레, 홀연히 탑 속에서 지공화상이 나타나 두 스님의 구도심을 찬탄하고 의발(衣鉢 : ① 가사와 바리떼. ② 스승이 전하는 교법이나 불교의 깊은 뜻)을 전해주면서 일렀다.

"너희 나라 우두산(지금의 가야산) 서쪽에 불법이 크게 번창할 곳이 있으니 그곳에 대가람을 창건하라."

창건주 순응 화상의 진영. 조사당에 모셔져 있다.

창건주 이정 화상의 진영. 조사당에 모셔져 있다.

사간판 제작에 공헌한 이거인의 진영
성보박물관에 모셔져 있다.

그리고는 더 이상의 설명 없이 다시 탑 속으로 들어가 버렸다.

두 스님은 다시 한번 탑묘를 향하여 감사드리고 법을 구한 후 고국 신라로 돌아 와 곧바로 우두산을 찾아 나섰다.

두 스님은 산속을 헤매다가 맑은 물이 흐르고 산세가 빼어난 곳에 이르러 선정禪定에 들었다. 그리고 이내 깊은 선의 경지에 빠져 들었다. 그런데 문득 두 스님의 이마에서 광채가 나기 시작하여 하늘로 뻗쳐올랐다.

한편, 나라에서는 애장왕의 왕후가 몹쓸 병을 얻어 백방으로 약을 써 봐도 효험이 없자 신통력이 있는 도승道僧을 찾고 있었다.

한 신하가 우두산 근처를 지나다가 하늘로 뻗쳐오르는 신령스런 빛을 보고 숲길을 헤맨 끝에 선정삼매에 든 두 스님을 발견하였다. 그리하여 그곳까지 찾아오게 된 내력을 이야기하니 두 스님은 오색실을 내어주면서 실의 한끝은 궁전 뜰의 배나무 가지에 묶고 한 끝은 황후가 거처하는 병실 문고리에 매어두라고 일러주었다.

신하가 돌아가서 왕에게 사실을 보고하고 두 스님이 시키는 대로 시행했더니 그날부터 배나무는 서서히 말라 죽어가고, 반대로 왕후는 오랫동안 앓았던 병을 말끔히 씻어내고 건강을 되찾았다.

왕은 크게 고마워 직접 우두산으로 가 두 스님을 찾아 뵙고 그 자리에 대가람을 창건하니(애장왕 3년(802) 임오壬午 10월 16일), 이 사찰이 해인사였다.

해인사라는 이름에 관련된 설화도 있다.

옛날 가야산 깊은 골짜기에 자식이 없는 노부부가 살고 있었다. 어느 날 강아지 한 마리가 우연히 찾아 들어 외롭던 노부부는 잘 되었다 생각하고 친자식처럼 길렀다.

그런데 3년이 지나자 개가 사람처럼 말을 하는 것이었다.

그 개의 말인즉, 자신은 원래 용왕의 딸이었는데 죄를 지어 인간 세상에 왔으며, 보살펴준 덕택에 속죄기간인 3년이 지나 이제 다시 용궁으로 돌아가고자 한다고 했다. 그러면서 용궁에 돌아가면 초대할 터이니 그때 부친인 용왕이 은혜에 보답하기 위해 소원을 말하라고 하면 해인海印을 달라고 하라고 했다.

과연 노인은 용궁에 초대되어 후한 대접을 받고, 그 개가 일러준대로 용왕의 옥새인 해인을 선물로 받아 가지고 돌아왔다.

서사간고 : 장경각은 대장경판전으로 장경각 문이 있는 수다라장, 비로자나 불상을 모신 법보전, 동, 서 사간고 등 4동으로 이루어져 있다. 사진은 수다라장과 법보전 사이 중앙에서 바라본 서사간고의 모습이다.

수다라장에서 본 대적광전 뒷면 : 대적광전의 서북면에는 법보단, 동남면에는 금강계단, 뒷면에는 대방광전이라는
편액이 각각 걸려 있다. 수다라장에서 바라본 대방광전의 현판과 지붕의 어울림이 하나의 예술이다.

그러나 노인은 자식이 없었으므로 자신이 죽은 후 그 '해인'을 관리해
줄 사람이 없었다. 그래서 그 보물인 해인을 안치시키기 위해서 절을 짓
고 이름도 해인사라 했다.

팔만대장경의 하나인 사간장경(사찰에서 만든 장경)에 대한 설화도 전해진다.

신라 문성왕(840~856) 때 합천땅에 이거인李居仁이란 사람이 살았다.
집안은 비록 가난했으나 성품이 착하여 동네 사람들이 이서(里胥:요즘의 면
장과 비슷한 직책)의 소임을 맡겼다.
어느 해 가을, 장에 갔다 돌아오다가 길에 버려진 세 눈 달린 강아지를
발견하고 신기한 생각이 들어 데려다가 길렀다. 그는 그 개를 무척 귀여

위하며 잘 길렀는데 3년 째 되던 어느 날, 병도 없이 갑자기 죽었다.

그는 개의 시체를 관에 넣어 묻고, 제물을 차려서 제사 지내기를 마치 친자식처럼 하였다.

다음 해, 그도 병이 들어 시름시름 앓다가 죽었다.

이거인이 저승에 도착하니 그곳의 책임자인 듯한 사자使者가 반갑게 뛰어 내려와서 손을 잡으며 말했다. 자세히 보니 그의 눈이 세 개였다.

"아니, 주인께서 웬일이십니까? 내가 몇해 전에 명부冥府에서 잘못한 일이 있어 개의 몸을 받고 3년 동안 귀양살이를 할 때 주인께서 후하게 대접을 해주시어 참으로 감사했습니다. 그 후 저는 다시 와서 복직되었습니다. 이제 뜻밖에 이렇게 다시 만났으니 어떻게 그 은혜를 갚아야 할지⋯⋯?"

사자는 친절하게 일러주었다.

"잠시 후 염라대왕을 뵙거든 내 말대로 대답하십시오."

그리고 나서 몇 가지 요령을 일러주었다.

이거인은 염라대왕에게로 갔다.

염라대왕이 물었다.

"너는 인간세상에 있으면서 어떤 일을 하였느냐?"

"저는 젊어서부터 동네일을 맡아 보았습니다만 별로 착한 일을 한 것이 없습니다. 다만 큰 불사佛事를 하려다가 갑자기 부름을 받고 들어오게 되어 안타깝습니다. 제가 하려던 일은 불법을 판에 새겨서 널리 유포하는 일이었는데 뜻을 이루지 못하고 왔습니다."

이 말을 들은 염라대왕은 세 눈 사자에게 명부에서 이거인의 이름을 지워주라고 했다. 그렇게 해서 이거인은 다시 살아나오게 되었다. 그때 세 눈 사자가 문밖까지 따라 나오면서 말했다.

"이제 돌아가면 권선문勸善文을 하나 쓰십시오. 그리고 그 제목은〈팔만

대장경 판각 공덕문〉이라 하고 관청에 가서 직인을 받은 후, 내가 나가기를 기다리십시오."

거인이 알겠노라고 대답하고 정신을 차리니 그것은 한 바탕 꿈이었다. 그러나 그는 꿈이 너무 생생하고 신비하여 세 눈 사자가 시킨 대로 했다.

한편, 궁중에서는 문성왕의 공주가 갑자기 실성을 하여 자리에 눕더니 부왕에게 말했다.

"아바마마! 속히 대장경을 만드는 화주를 찾아 주십시오. 그렇지 않으면 저는 죽고 맙니다."

왕이 서둘러 전국에 명을 내려 대장경 화주를 찾도록 했다.

명을 받은 합천 태수는 이거인으로 하여금 궁궐로 들어가게 하였다.

공주는 이거인을 보자 가까이 불러놓고 속삭이듯이 말했다.

"주인께서는 그 동안 무사하셨습니까? 나는 지난번 저승에서 만났던 세 눈 사자인데 전날의 약속을 지키기 위해 공주의 몸을 빌려 다시 찾아 왔습니다."

그리고 나서 왕에게 말하였다.

"이 분은 저번에 저승에 들어 왔었는데 대장경을 판에 새겨 널리 포교하라고 염라대왕께서 도로 내보낸 분입니다. 하오니 임금께서는 큰 시주가 되시어 그 일을 성취하도록 도와주십시오. 그리하시면 저도 무사할 뿐 아니라 나라가 화평하고 왕께서도 무병장수할 것입니다."

왕은 그리하겠노라고 약속했다.

그러자 세 눈 사자는 거인에게 이별을 고하고 공주의 몸에서 떠나갔다. 공주는 곧 병이 완쾌되어 제 정신으로 돌아왔다.

왕은 이거인을 잘 대접하고 사재私財를 보시하였다. 그리하여 나라 안의 모든 양공(良工 : 재주가 뛰어난 기술자)을 모집하여 대장경을 완성시켜 가야산 해인사에 모시었다.

해인사 입구에 있는 영지影池는 허 왕후의 애절한 모정이 서린 곳이다.

김수로왕의 일곱 왕자가 장유화상을 따라 가야산에 들어와 수도하자 왕자들이 보고싶은 허 왕후가 그곳으로 찾아갔다. 그러나 왕자들의 스승이자 허 왕후의 오빠인 장유화상이 왕자들의 수도에 방해가 된다 하여 거절했다. 그리고 정히 보고 싶으면 왕자들의 거처 아래 연못에 가 있으면 그곳에 왕자들의 모습이 비칠 터이니 그곳에서 보라고 했다. 할 수 없이 허 왕후는 그곳으로 가서 연못 수면에 비치는 왕자들의 얼굴을 보며 안타까운 모정을 달랬다 한다.

영지 : 가락국 허 왕후의 일곱 왕자가 가야산에서 수도할 때 허 왕후가 그들이 보고 싶어 찾아왔다가 만나지 못하자 이곳 연못에 비친 왕자들의 모습을 보았다해서 붙여진 이름이다.

일주문을 지나면 오른쪽으로 1,200년쯤 된 고사목枯死木이 있다. 이는 신라 제 40대 애장왕이 순응과 이정, 두 스님의 기도로 왕후의 난치병이 완치되자 그 은덕에 보답코자 해인사를 창건하고, 이를 기념하여 식수한 나무라고 전해지고 있으나 1945년에 고사하여 밑둥치만이 남아 있다.

해인사의 중심 구역인 대적광전 뒤로 돌면 23계단 위로 일각문이 있고, 그 문을 지나면 대장경판전大藏經板殿이 있다.

남북의 두 건물에는 국간판國刊板, 즉 나라에서 만든 팔만대장경판이 보전되어 있고, 동서쪽의 두 건물에는 팔만대장경보다 앞서 만들어진 고려

고사목 : 1,200년 쯤 된 고사목으로, 순응과 이정 두 스님의 기도로 왕후의 난치병이 완치되자 애장왕이 그 보답으로 해인사를 창건하고 기념 식수했다고 전해진다.

학사대 나무 : 1,000년 이상의 수령을 자랑하는 전나무로 고운 최치원의 지팡이가 자란 나무라 한다.

시대 경판들과 사찰에서 그때 그때 필요에 따라 만든 경판, 즉 사간판寺刊板
이 안치되어 있다.

이 사간판 대장경 제작에 공헌한 이거인李居仁의 영정은 해인사 성보박
물관 전시실에 전시되어 있다.

대장경 판전에서 서西사간고 쪽으로 따라 나오면 '고운孤雲 최치원崔致遠
의 지팡이 나무' 라 불리는 전나무가 1,000년 이상의 수령을 자랑하고 있
다. 이 나무는 최치원이 말년에 제자들에게 '내가 살아 있다면 이 지팡이
도 살아 있을 것이니 학문에 열중하거라.' 하며 꽂은 지팡이가 자란 것이
라고 한다.

해인사는 그 전체가 오랜 역사만큼이나 문화가 살아 숨쉬는 박물관 자
체라 할 수 있는 곳이다.

영자당으로 오르는 계단 : 기도 정진하는 스님들에게 방해가 되지 않도록 일반인들의 출입을 제한하고 있다.

백련암 白蓮庵

■ 소재지 : 경남 합천군 가야면 치인리 가야산
■ 소 속 : 대한불교 조계종 제12교구 해인사의 부속 암자

   불교가 전해지기 전 가야산의 옛 이름은 우두산牛頭山이었다. 그러던 것
이 불교가 전래된 뒤 가야산으로 바뀌었다. 범어梵語에서 '가야'는 소를
뜻한다.

백련암 전경 : 백련암 옆 바위에서 바라본 전망은 한 폭의 그림과 같아 가야산 제일의 경승지이다.

원통전 : 의천 스님이 건축했다 하며 백련암에서 가장 오래 된 건물이다.

해인사의 부속암자 가운데 가장 높은 곳에 있는 백련암은 탁 트인 전망이 좋아 가야산 제일의 경승지로 꼽힌다.

불교에서 백련(白蓮 : 흰 연꽃)은 내심(內心), 즉 속마음을 비유하는 말로써 꽃중의 꽃으로 인식한다. 그러므로 백련암은 큰 스님을 모신 절이라는 뜻 그대로 의천 스님을 비롯하여 역대 큰 스님들의 영정을 모시고 있다. 대한불교 조계종 종정이었으며 해인총림의 방장이었던 성철 스님도 1993년 입적할 때까지 이곳에 머물렀다.

백련암의 창건자는 알 수 없고, 1605년(조선 선조38년)에 서산대사의 제자인 소암昭庵 스님이 중창하였다는 기록은 있다. 그 뒤 조선 숙종 때 의천義天 스님이 원통전을 짓고 수도했다. 그는 토굴을 파서 환적대幻寂臺라 이름 짓고 그곳에서 입적할 때까지 좌선했다.

백련암에는 아래와 같은 설화가 전해진다.

의천 스님이 가야산 깊은 골짜기 암자에서 수도할 때였다.

어느 추운 겨울, 큰 절에 갔다가 암자로 올라가는 스님 앞에 큰 호랑이 한 마리가 나타나서 길을 막았다.

스님은 깜짝 놀라 호랑이를 쫓으려 했으나 호랑이는 오히려 업히라는 몸짓을 하며 등을 들이댔다.

스님이 등에 업히자 호랑이는 눈 깜짝할 사이에 암자에까지 데려다 주고는 어디론가 가버렸다.

다음 날, 날이 밝자 다시 나타난 호랑이는 자꾸 머리를 조아리면서 뭔가 애원하는 눈치였다.

호랑이는 그렇게 다음날도, 또 그 다음 날도 가지 않고 같은 동작을 계속했다. 이를 본 동자가 가엾다며 같이 살게 해달라고 스님에게 졸랐다.

스님이 허락하니 호랑이는 기뻐하며 그날부터 한 식구가 되어 암자에서 같이 살기 시작했다. 호랑이는 산에서 맛있는 열매를 따다 주는가 하면 땔나무도 날라다 주었다. 동자는 적은 음식도 호랑이와 사이좋게 나누어 먹으면서 살았다.

그러던 어느 날, 스님이 큰절에 내려간 사이, 동자가 반찬을 만들기 위해 무우를 썰다가 손가락을 베어 피가 흘렀다. 동자는 흐르는 피가 아까워서 호랑이에게 핥아먹으라고 했다.

호랑이는 처음에는 고개를 저으면서 거절하였으나 이것은 살생이 아니니 먹어도 좋다고 허락하자 맛있게 핥아먹었다. 그러더니 순간, 생전 처음 사람의 피 맛을 본 호랑이는 야수의 본성이 드러나 동자를 단숨에 잡아 먹어 버렸다.

의천 스님과 호랑이의 설화를 그린 벽화

밤늦게 돌아온 스님은 이 일을 알고 불호령과 함께 주장자(스님이 좌선할 때나 설법할 때 가지고 다니는 지팡이)로 호랑이를 내려쳤다. 주장자가 허공을 가르며 바람소리를 내는 순간 호랑이 뒷다리 하나가 그대로 부러져 나갔다. 스님은 생명을 아주 끊어버릴까 하다가,

의천 스님의 진영. 영자당에 모셔져 있다.

"이왕지사 한 목숨은 죽은 것이고, 네놈도 중생인 것은 마찬가지이니 그대로 병신인 채로 살되 다시는 내 눈 앞에 나타나지 말라."

하고 가야산 밖으로 쫓아 버렸다.

그 뒤부터 가야산에서는 호랑이의 자취가 사라졌다고 한다.

의천 스님은 백련암에서 수도하였다고 하여 그를 백련선사라 부르기도 한다.

임진왜란 때에는 서산대사의 제자인 소암 스님이 해인사를 수호하였는데, 왜병들은 해인사 앞 산마루턱까지 왔다가 스님의 명성을 듣고 그냥 퇴각하였다고 한다. 지금도 왜병들이 엿보았다는 산마루를 왜규치倭窺峙라 부르고 있다.

백련암 뜰 안에는 불면석佛面石이라고 하는 거대한 바위가 있는데 이는 그 모습이 마치 부처님 같다고 해서 붙여진 이름이다.

고심원 법당 : 성철 스님의 좌상을 모신 곳. 이곳을 찾는 신도들 중 많은 사람들이 성철 스님께 참배하고자 한다 해도 과언이 아니다.

고심원 법당 중앙에 모셔진 성철 스님의 좌상

성철 스님 사리탑 : 해인사 입구에 모셔진 사리탑으로 기존의 사리탑과는 다른 모습이다.

불면석 뒤에는 백련암에서 가장 오래 된 원통전이 있다. 이는 의천 스님이 1687년(숙종.13)에 신축하였고, 뒤에 응해應海 스님이 중건했다. 영자당에는 의천 스님의 영정이 모셔져 있고 백련암 스님들의 기도도량으로 외부인의 출입이 통제되어 있다.

원통전은 현재 원주 스님이 사용하고 있으며 염화실은 성철 스님이 수행했던 곳이다. 그 인연으로 인하여 고심원 법당에는 성철 스님의 좌상이 있다.

의천 스님의 영정이 모셔져 있는 영자당은 고심원 좌측의 계단을 따라 올라가면 있으나 기도 정진하는 스님들에게 방해가 되는 것을 염려하여 일반인에게는 공개하지 않고 있다.

백련암에서 한 시간 가량 올라가면 환적 의천스님이 좌선하던 환적대가 있다.

불면석 : 부처님 모습을 닮은 거대한 이 돌은 백련암을 지키는 수호신 같은 느낌이 든다.

영원사에서 바라본 지리산의 모습 : 사찰이 지리산 920m의 고지에 자리잡은 만큼 가파른 산길을 수없이 굽이굽이
따라 올라야 한다. 그러나 영원사 뜰에 서면 지리산이 품안에 들어온다.

영원사靈源寺

■소재지 : 경남 함양군 마천읍 상정리 지리산
■소　속 : 대한불교 조계종 제12교구 해인사의 말사

영원사는 지리산 920m의 고지대에 자리잡은 내지리산內智異山에서 제일
큰 사찰이다.

신라 진덕여왕(647~654) 때 영원조사靈源祖師가 창건하였다. 이 사찰에서는
서산대사 휴정休靜, 사명대사 유정惟政을 비롯하여 당대 고승 109명이 너와

영원사 인법당 : 너와집 선방으로 유명했던 영원사는 여순반란 사건 때 소실되어 1971년에 중건되었다.

집 선방에서 도를 닦았다고 한다. 그러나 여순반란 사건 때 완전히 소실되어 현재는 1971년에 중건된 인법당[忍法堂]만 남아 있다.

부산 범어사 일주문 : 영원조사가 매학스님에 의해 출가하였던 범어사. 매학 스님이 생전에 탐심으로 일관하다가 죽어 구렁이가 되자 영원조사가 스승을 제도하였다 한다.

신라 때 동래 범어사에 매학이란 스님이 있었다.

스님은 욕심이 많아 수도보다는 신도들로부터 재물을 모으는 데에만 열심이었다.

어느 날, 매학 스님이 한 마을을 지나다가 조그만 초가집에서 범상치 않은 기氣가 돌고 있는 것을 발견했다. 하여 옷깃을 여미고 그 집에 들어서니 갓태어나는 사내아이의 우렁찬 울음소리가 들렸다.

스님은 밖에서 기침을 하고 산모를 향해 말했다.

"지금 태어난 아기는 불연佛緣이 깊은 동자입니다. 그러니 잘 길러 주시면 몇 년 후 내가 와서 데려 가겠습니다."

아기를 낳느라 힘이 빠져 기진맥진한 중에도 산모는 아기가 불연이 있다는 말에 퍼뜩 정신이 들었다.

"불가에 인연이 깊은 아이라면 당연히 부처님 앞으로 가야지요. 하오나 지금 말씀하신 어른은 뉘신지요?"

"소승은 범어사에 있는 매학이라 합니다."

"그럼 언제 쯤 아기를 데리러 오실런지요?"

"10년 후에 들르겠습니다."

산모는 매학 스님의 말에 순순히 응낙했다.

그 후 10년이 지나 매학 스님은 동자를 범어사로 데리고 와서 상좌로 삼았다. 어린 상좌는 영특하여 심부름과 예불을 곧잘 했다.

한번은 매학 스님은 동자에게 뒷산에 가서 나무를 해오라고 시켰다. 그러나 저녁 때가 다 되어 돌아온 상좌의 지게가 비어 있었다.

"하루 종일 어디서 놀다가 그냥 오느냐?"

매학 스님은 불호령을 내렸으나 어린 상좌는 눈도 깜짝 하지 않고 대답했다.

"스님! 그럴 까닭이 있습니다. 제가 나뭇가지를 낫으로 베었더니 그 나뭇가지에서 시뻘건 피가 줄줄 흘러내렸습니다. 그래서 차마 나무를 벨 수가 없었어요."

상좌의 말에 매학 스님은 노발대발하며 호통을 쳤다.

"원, 이런 고약한 놈을 봤나? 어디서 그런 얼토당토 않은 거짓말을 하느냐? 나뭇가지에서 피가 흐르다니! 나를 속이려거든 이 절에서 당장 나가거라."

그리하여 상좌는 그 길로 범어사를 떠나 금강산으로 들어갔다. 그는 금강산 영원동靈源洞에 가서 속세와의 인연을 끊고 오직 한마음으로 정진한 결과 크게 깨달아 영원조사靈源祖師가 됐다.

영원조사는 흰구름 떠가는 푸른 하늘과 흐르는 시냇물 같은 마음으로 유유자적悠悠自適하며 지냈다.

그가 30세가 되던 어느 날, 선정에 들어 스스로 법설法說을 즐기고 있는데 홀연히 십왕동十王洞에서 범어사의 옛 스승이 죽어 심문당하는 소리가 들렸다.

조사는 스승을 구하려고 신통력으로 명부冥府에 이르러 그 까닭을 알아 보았다. 그런즉 스승은 생전에 탐심으로 재물만 모으고 선한 일이라곤 조금도 하지 않아 죽어 구렁이의 과보를 받았다는 것이었다.

영원조사는 다시 세상으로 돌아와 곧 범어사로 향했다. 범어사에 도착해 보니 큰 구렁이가 고방에 또아리를 틀고 앉아 팥죽을 먹고 있는 것이 아닌가!

구렁이가 팥죽을 다 먹길 기다린 조사가 말했다.

"스님! 이게 웬일이십니까? 어서 해탈하시와 승천하시옵소서."

그러자 구렁이는 또아리를 풀고 당연하다는 듯 조사를 따라 나섰다. 구렁이와 함께 시냇가에 이른 영원조사가 구렁이에게 말했다.

"이러한 업신業身을 얻게 된 것은 전생에 탐심으로 재산을 모은 까닭이니 이제부터 모든 인연을 끊고 마음을 비우십시오."

말을 마치는 순간 영원조사는 옆에 놓인 큰 돌을 들어 구렁이를 내려쳤다. 구렁이는 몸을 바르르 떨더니 그대로 숨을 거두었다. 바로 그때였다. 죽은 구렁이의 몸에서 새 한 마리가 날아 올라 영원조사의 품에 안겼다. 영원조사는 그 새를 안고 다시 금강산으로 향했다.

날이 어두워지자 영원조사는 어느 젊은 부부가 살고 있는 집에서 하룻밤을 묵게 되었다.

조사는 품 안의 새를 주인에게 맡기며 말했다.

"지금부터 열달 후에 당신들 내외에게 옥동자가 생길 것이니 잘 길러 주기 바라오. 그 아이는 불연이 깊으므로 10년 후 내가 다시 와서 데려가겠소이다."

10년 후, 그 집의 동자는 영원조사의 지도 아래 열심히 공부하고 불도를 닦아 차츰 스님의 풍모를 갖추게 됐다.

그러던 어느 날. 영원조사가 동자승에게 무릎을 꿇고 큰절을 하며 말했다.

"스님, 저를 모르시겠습니까?"

"아니, 스님! 어찌 이러십니까? 어서 일어나십시오."

동자는 영문을 몰라 어리둥절했다.

영원조사가 수도했던 금강산 내금강의 영원암. 한국전쟁 때 소실되었다.

"스님, 저는 본래 스님의 제자였습니다. 기억을 되살려 저를 똑똑히 보십시오."

영원조사의 목메인 소리를 듣자 동자승은 불현듯 스쳐가는 전생을 보았다. 그리고는 구렁이인 자기를 죽였다는 원한에 사로잡혀 영원조사에게 복수를 하려 했다.

그날 밤, 영원조사가 잠들 무렵, 살그머니 영원조사의 방문을 열고 들어오는 동자승의 손에는 도끼가 들려져 있었다. 그는 살금살금 영원조사에게로 다가가 도끼를 내려쳤다.

그 순간, 벽장문이 확 열렸다.

"스님, 이제 숙업은 다 소멸됐습니다."

동자승은 들었던 도끼를 힘없이 놓았다.

그 뒤 동자승은 착한 일을 많이 하고 바르게 깨달으니 그가 곧 우운조사雨雲祖師다. 스승을 제도한 영원조사는 전국을 운수행각하며 제자들을 가르치다가 지리산에 들어가 절을 세우고 그 절을 영원사라 했다.

칠불사 전경 : 지리산 깊숙히 자리잡은 칠불사는 여순반란 사건 때 완전 소실되어 1970년 이후에 다시 복원되었다.
칠불사 가는 길에는 수많은 차밭들과 계단식 논이 있어 그 풍경이 아름답다.

칠불사七佛寺

■소재지 : 경남 하동군 화개면 법왕리 지리산
■소　속 : 대한불교 조계종 제13교구 쌍계사의 말사

　　칠불사는 얼마 전까지만 해도 쌍계사의 부속 암자였으나 근간에 사찰
로 승격했다. 위치는 지리산 반야봉 남쪽 해안 800m 지점에 있다. 이 암
자는 한 때 운상원雲上院, 칠불선원, 칠불암이라고도 불리웠다.

　　이절에는 창건과 관련된 몇 가지 설화가 있다.

영지 : 일곱 왕자가 성불하여 황금빛 가사를 걸치고 공중으로 올라가는 모습을 허 왕후가 보았던 연못. 사찰 입구에
있다.

가락국 시조
김수로왕

김수로왕
왕후 허황옥

허 황 옥 의
오 빠 로 일
곱 왕 자 의
스승이었던
장유화상

연담蓮潭의〈칠불암상량문〉에는 신라 신문왕(681~692) 때 지리산 옥부선인玉浮仙人이 부는 옥적玉笛의 소리를 들은 7명의 왕자가 입산하여 6년만에 도를 깨닫고 이 암자를 창건하였다고 한다.

그러나 민가에서 전해오는 이야기에 따르면 옥보선사(玉寶禪師 일명 장유화상)를 따라 출가한 가락국 김수로왕의 7왕자가 지리산 운상원에서 성불한 것을 기려 칠불암이라 했다가 최근 칠불사라 고쳐 부르고 있다.

칠불사에는 이외에도 몇 가지 창건설화가 더 있으나 가락국 7왕자 성불과 관련된 설화가 가장 인정받는다.

1568년(선조 1년), 부휴선사를 비롯하여 여러 스님들이 중창을 거듭하여 왔으나 1948년 여순반란사건 때 소실되었다가 최근에 다시 중창하였다.

가락국 김수로왕은 어찌된 영문인지 왕비 맞을 생각을 하지 않았다. 걱정하던 신하들은 어느 날 조정회의에서 왕에게 왕비 간택을 권했다.

그러나 왕은 아직은 때가 아니라고

칠불사 법당 우측 벽에 모신 칠왕자 목각상

한 마디로 잘랐다.

"경들의 뜻은 고맙소, 그러나 내가 이 땅에 내려온 것은 하늘의 명령에 서였고, 왕후를 맞이하는 일 역시 하늘의 명령이 있을 때까지 기다릴 것 이니 경들은 염려치 마오."

얼마 후, 왕은 신하들에게 배와 말을 준비하고 바닷가에 나가 기다렸다 가 손님이 오거든 계수나무로 만든 노를 저어 맞이하여 오라고 명령했다.

신하들이 왕의 명령에 따라 바닷가에 다다르니 멀리 서쪽 바다에서 붉 은 색의 돛을 단 배가 역시 붉은 기를 휘날리면서 다가왔다. 그 배에는 많 은 신하와 노비, 그리고 금은보석이 잔뜩 실려 있었다. 그러나 정작 그 배 의 주인인 공주는 선뜻 따라나서질 않았다.

보고를 받은 왕이 친히 바닷가로 나가 산기슭에 임시 궁전을 만들고 영 접하니 그때서야 공주가 말했다.

"저는 아유타국(인도에 있던 왕국)의 공주인데 성은 허씨이고 이름은 황옥이 며 나이는 16세입니다. 지난 5월, 저의 부왕과 모후께서는 꿈에 하늘의 상 재로부터 가락국 왕이 아직 배필을 정하지 못했으니 저를 보내라는 명을 받고 저를 이렇게 보내셨습니다."

김수로왕은 반갑게 맞이했다.

"잘 오시었소. 나는 이미 공주가 올 것을 알고 있었소."

이렇게 해서 그날로 왕과 공주는 결혼을 했고, 그해 왕후는 곰을 얻는 꿈을 꾸고는 태자 거등공을 낳았다.

그 후 왕후는 9명의 왕자를 더 낳아 모두 10명의 왕자를 두었다. 그 중 큰 아들 거등은 왕위를 계승하고 둘째와 셋째는 어머니 성을 따라 허씨의 시조가 됐다. 나머지 7왕자는 인도에서 함께 온 허 왕후의 오빠 장유화상을 따라 가야산에 들어가 3년간 수도했다.

왕후가 아들들이 보고 싶어 자주 가야산을 찾자 장유화상은 공부에 방해가 된다며 왕자들을 데리고 지리산으로 들어갔다. 그러나 아들을 그리는 모정은 길이 멀면 멀수록 더욱 간절했다. 왕후는 다시 지리산으로 아들들을 찾아갔다. 산문 밖에는 오빠 장유화상이 버티고 있었다. 먼 길을 왔으니 이번만은 면회를 허락할지도 모른다는 희망을 안고 가까이 다가갔으나 장유화상은 여전히 냉랭했다.

"아들들의 성불을 방해해서야 되겠느냐? 어서 돌아가도록 해라."

왕후는 생각다 못해 산중턱에 임시 거처를 짓고 계속 아들을 만나려 했으나 그때마다 오빠에게 들켜 한번도 만나지 못했다.

7왕자는 누가 찾아와도 털끝 하나 움직이지 않고 수행에 전념했다. 허 왕후는 아들들의 모습이 보고 싶어 견딜 수가 없었다.

몇 번이나 마음을 달래던 왕후는 다시 지리산으로 갔다. 그런데 8월 보름달빛이 휘영청 밝은 산문山門 밖에서 장유화상은 전과 달리

법왕마을 : 쌍계사에서 칠불사로 오르다 보면 김수로왕과 허 왕후가 머물렀던 법왕마을이 있다.

아자방 : 아亞자 모양의 방으로 50여 명이 벽을 보고 참선할 수 있는 크기로 한 번 불을 때면 49일간 따뜻하다고 한다.

미소를 지으며 반가이 맞았다.

"기다리고 있었다. 네 아들들이 이제 성불했으니 이제는 만나 보거라."

왕후는 서둘러 안으로 들어갔으나 아들들은 기척이 없었다. 그때였다. 어디선가 모습은 보이지 않고 아들들의 목소리가 들렸다.

"어머니! 연못 속을 보시면 저희들의 모습을 보실 수 있습니다."

허 왕후가 다시 연못 있는 곳으로 내려가니 달빛이 교교한 연못에 황금빛 가사를 걸친 일곱 아들이 공중으로 올라가는 모습이 비쳤다. 왕후에게는 이것이 아들들과의 마지막 만남이었다.

김수로왕은 아들들이 성불하였음을 크게 기뻐하며 공부하던 곳에 대가람을 세우니 그곳이 바로 칠불사이다.

입곱 생불이 출현했다 하여 칠불사라 불리운 이 절은 한번 불을 때면 49일간 따뜻했다는 아자방(亞字房-경남 지방 문화재 제 144호)으로도 유명하다.

제 6대 지마왕 혹은 효공왕 때 축조하였다는 아자방은 1,000년을 지내는 동안 한 번도 개수한 일이 없었다고 한다. 1951년 공비들의 방화로 소실되었다가 1981~1983년에 복원되었다.

김수로왕이 머문 곳은 '범왕부락', 허 왕후의 임시 궁궐이 있던 곳은 '천비촌天妃村'. 김수로왕이 도착했을 때 저자(시장)가 섰다는 '저자골'. 어두워질 때 왕후가 당도하여 어름어름 했다는 '어름골' 등 칠불사 인근에는 이 설화와 관련 있는 지명이 지금도 그대로 사용되고 있다.

쌍계사 경내 : 눈 쌓인 계곡에 칡꽃이 핀 곳을 찾아 사찰의 터를 잡았다고 한다.

쌍계사 雙磎寺

■소재지 : 경남 하동군 화개면 운수리 지리산
■소　속 : 대한불교 조계종 제13교구 본사

　쌍계사는 지리산 남쪽 기슭에 있는 사찰로 서기 724년(신라 성덕왕 23년) 의상대사의 제자인 삼법三法 스님이 창건하였다. 그 뒤 840년(문성왕 2년)에 진감국사眞鑑國師가 중국에서 차茶 종자를 가져와 절 주위에 심고 대가람을 중창하였다. 한때 곡천사라고도 했으나 훗날 쌍계사로 이름을 바꾸었다.

　임진왜란 때 소실된 것을 벽암碧巖 스님이 1632년(인조 10년)에 중건하여 오늘에 이르고 있으며 말사 43개, 부속 암자 4개를 거느리고 있다.

　고대 중국의 문명은 크게 남방과 북방으로 나뉘었다. 따뜻하고 살기 좋은 남방의 문화가 자유분방하고 감상적인 반면에 북방은 합리적이고 지혜롭지 않으면 안되는 여건 때문에 나름대로의 독특한 문화를 이루어냈다.

　이러한 양상은 불교에도 반영되어져 선종禪宗이

발전하였던 바, 5조 홍인에 이어 북방에서는 신수神秀가, 남방에서는 혜능惠能이 나란히 6조의 맥을 이어 나갔다. 그러나 북방의 선종은 오래가지 못하였고, 남방의 선종은 5가家 7종宗으로 번성하였다.

성덕왕 2년, 혜능 스님이 의상 스님의 제자 삼법三法 스님의 꿈에 나타나 말했다.

"내가 열반에 들거든 나의 정골頂骨은 동방 강주康州에 가면 설리갈화처雪裡葛花處가 있으니 거기에 묻도록 하라."

삼법 스님은 혜능의 지시에 따르고자 당나라로 건너갔다. 혜능선사가 입적한 후 제자들은 그 유골의 머리부분을 철갑에 씌워 도둑맞지 않도록 잘 보관해 두었다. (옛날에는 스님이 입적하신 뒤에 머리부분을 분리하여 따로 보관하였다고 한다.) 그런데 신라에서 삼법 스님이 이곳에 도착하자 머리가 저절로 철갑 속에서 밖으로 나왔다.

스님은 그 머리를 가지고 신라로 돌아왔다. 그리고 설리갈화처, 즉 '눈 쌓인 계곡에 칡꽃이 핀 곳' 을 찾으려고 먼저 금강산을 헤매었으나 허사였다. 다음은 한라산을 다 돌아 다녔으나 역시 찾지 못했다. 그래서 지리산으로 들어갔다.

스님이 산으로 들어서자 커다란 호랑이 한 마리가 나타나서 으르렁거렸다. 그러나 이상하게도 덤벼 들지는 않고 따라 오라는 시늉을 하는 것 같았다. 그래서 따라갔더니 겨울인데도 눈 속에 칡꽃이 만발한 곳이

쌍계사 일주문 : 해강 김규진이 쓴 '삼신산 쌍계사' 라는 예서체 현판이 걸려 있다.

금당. 안에는 칠층 육조정상탑이 있다.

나왔다. 그리고 호랑이는 이내 사라져 버렸다.

　삼법 스님은 혜능선사의 머리를 금궤에 넣어 그곳에 묻고 8년 간 그 자
리에서 수도하다 열반에 들었다. 그 뒤 문성왕 때 진감국사가 이곳에 사
찰을 세우고 쌍계사라는 절을 세웠다.

금당 안의 칠층 육조정상탑 : 삼법 스님이 육조선사　성보박물관에 모셔진 육조선사 육신상.
의 정골을 모신 곳에 칠층탑을 세웠다고 한다.

165

    삼법 스님이 육조 혜능선사의 머리를 묻은 곳에는 7층의 육조정상탑六
祖頂上塔을 세우고 금당이라 이름했다.

    《육조단경》의 '내가 간 지 70년이 되면 두 보살이 동방에서 오되 한
명은 출가인이요, 또 한 명은 재가인이니, 두 사람이 화합하여 나의 종宗
을 건립하여 법사를 창륭케 하라'(又云吾去七十年 有二菩薩 從東方來 一出家, 一在家 同
時興化 建立吾宗 締緝伽藍 昌隆法嗣)라는 내용이 쌍계사의 연기설화를 뒷받침하
고 있다.

    〈쌍계사 성보박물관〉에는 '육조대사 육신상' 이라는 이름으로 전시되
고 있지만 자세한 내력은 알 수 없다. 쌍계사 〈진감국사대공탑비〉는 887
년(진성여왕1년)에 진성여왕이 국사의 법력을 기려 탑호를 내리고 이를 만들
도록 한 것이다.

    이 비문은 최치원이 짓고 쓴 유일한 비석으로 우리나라 4대 금석문 가

쌍계사 중창주 진감국사 진영   진감국사 부도비

범바위봉 : 호랑이가 눈 속에 칡꽃이 만발한 곳을 가르쳐 주었다고 전하는 범바위봉을 쌍계사에서 바라본 모습

운데 첫 번째로 꼽는다.

　절에서 500m 정도 떨어져 있는 국사암國師庵 뜰에는 진감국사가 짚고 다니던 지팡이가 살아 자랐다는 1,000년이 넘는 느릅나무가 있는데 그 이름을 사천왕수四天王樹라 한다.

석굴암 본존불 : 우아하고 위엄 있는 모습. 이상적인 아름다움을 예술적으로 묘사한 최고의 석불상이다.

불국사佛國寺 · 석굴사石窟寺

■소재지 : 경북 경주시 진현동 토함산
■소 속 : 대한불교 조계종 제11교구 본사. 석굴사는 불국사의 말사

《불국사 고금창기古今創記》에 의하면 이차돈이 순교한 이듬해인 528년(법흥왕 15년)에 법흥왕의 어머니 영제迎帝 부인과 기윤己尹 부인이 절을 창건하고, 비구니가 되었다고 한다. 그리고 진흥왕의 어머니인 지소只召 부인이 절을 중창했고, 진흥왕의 왕비는 비구니가 된 뒤 이 절에다 비로자나불과

불국사 청운, 백운교 : 청운, 백운교를 지나 지하문을 지나 부처님세계로 들어감을 의미한다.

《조선고적도보》에 실린 다보탑(좌)과 석가탑(우). 그때나 지금이나 큰 변화는 없다.

아미타불상을 봉안했다.

현재 대웅전에 봉안되어 있는 불상의 복장기에는 이 불상들이 681년(신문왕 1년) 4월 8일 낙성되었다고 기록되어 있다.

그 후 김대성이 751년 자신의 부모를 위하여 사찰을 짓고자 공사를 시작하였으나 완공하지 못하고 774년(혜공왕 10년)에 죽자 나라에서 완성하여 대가람이 되었다.

불국사는 고려, 조선을 거치면서 수 없이 중수를 하였으나 퇴락하였던바, 1970년 당시의 대통령 박정희의 발원으로 중창이 시작되어 그때까지 빈터로 남아 있던 무설전, 관음전, 비로전, 경루, 회랑 등을 복원하여 오늘에 이르고 있다.

불국사는 불국정토 건설을 위한 신라인들의 염원이 깃든 곳이다.

불국사와 석굴암은 김대성이 세웠다고 하나 개인적 원찰이라기보다는 나라와 왕(경덕왕)을 위한 국찰로 보는 것이 타당하다. 왜냐하면 두 사찰이 있는 토함산, 특히 그 동쪽은 국토방위상 왜구를 막는 요충지이기 때문이다.

석불암은 창건 이후 조선 중기까지는 어떤 기록도 없다가 숙종 29년(1703)에야 비로소 중수했다는 기록이 나온다.

조선총독부가 1913년부터 3차에 걸쳐 중수했는데 이때 석조물을 조립하면서 시멘트를 사용해 조상의 유물에 큰 흠집을 남겼다.

1945년 해방 후에 거의 버려져 있다가 1962～1964년에 전면적으로 중수하여 오늘에 이르고 있다.

1995년 유네스코에 의해 세계문화유산으로 지정되었다.

석굴암은 산 중턱의 땅을 파고 본존불을 모신 특이한 사찰로써 오늘날에는 석불사라 부르고 있다.

경주 모량리牟梁里에 사는 가난한 여인 경조慶祖에게 아이가 있었는데, 머리가 크고 이마가 평평하여 마치 성城과 같았다. 이 때문에 이름을 대성大城이라고 했다.

대성은 집안이 가난하여 온 가족이 복안福安이라는 부잣집에 가서 품팔이를 하면서 그 집에서 준 약간의 밭을 경작해서 연명했다.

금동 비로자나불(국보 제26호)   금동 아미타 여래좌상(국보 제27호)

석굴암 전경 : 입구에 목조전실을 만들어 석굴암을 보존하고 있으나 많은 문제가 노정되고 있다.

어느 날, 고승 점개漸開 스님이 홍륜사興輪寺에서 육륜회六輪會를 베풀기 위해 시주를 받고자 복안의 집에 들렀다. 마침 대성이 집에 있다가 시주를 하자 점개 스님이 축원했다.

어려운 가운데도 시주를 해주시니 천신이 항상 보호하고 지켜주실 것이며, 하나를 보시하면 만 배를 얻게 될 것이고, 또한 안락하고 장수하게 될 것입니다.”

그 말을 들은 대성이 어머니에게 말했다.

“문 앞에 온 스님의 축원을 들으니 하나를 보시하면 그 만 배를 얻는다고 합니다. 저는 전생에 선업善業이 없어 현생에 와서 곤궁하므로 지금 보시하지 않으면 내세에는 더욱 곤란할 것입니다. 하오니 제가 고용살이로 얻은 밭을 법회에 보시해서 훗날의 응보應報를 도모함이 어떠하겠습니까?”

이에 어머니는 좋다고 했다. 대성은 곧 점개 스님에게 밭을 보시했다.

그런데 오래지 않아 대성이 갑자기 죽었다.

대성이 죽던 날 밤, 재상 김문량金文亮의 집에 하늘로부터 외치는 소리가 들렸다.

"모량리의 대성이란 아이가 지금 그대 집에 다시 태어날 것이니 잘 보살피도록 하라."

김문량은 매우 놀라서 모량리로 사람을 보내 알아보았다. 과연 대성이라는 아이가 죽었는데 그 시각이 하늘에서 외치던 때와 일치했다.

그 후 김문량의 아내가 임신하여 아이를 낳았는데 왼쪽 손을 꼭 쥐고 펴지 않다가 7일만에야 폈다. 손 안에 대성大城이라는 금간자金簡子가 있어 그대로 이름을 짓고, 이전의 어머니도 모셔다가 함께 봉양했다.

장성한 대성은 사냥을 좋아했다.

그가 하루는 토함산에 올라가서 곰 한 마리를 잡았는데 그날 밤 꿈에 곰이 나타나 시비를 걸었다.

"어째서 나를 죽였느냐? 그 복수로 너를 잡아 먹겠다."

대성이 두려워서 용서해 주기를 청하니 곰이 말했다.

"그러면 네가 나를 위해 절을 세워 주겠느냐?"

대성은 약속했다.

"좋습니다. 그리 하지요."

꿈에서 깨자 그 사이 땀이 흘러 이부자리가 축축했다.

대성은 그 뒤로는 사냥을 금하고 곰을 발견했던 자리

석굴암에서 바라본 동해 : 맑은 날 이곳에서 보는 일출은 장관이다.

석굴암 전경 : 《조선고적도보》에 실린 석굴암의 모습.
일본인들의 문화재 강탈로 훼손이 심하다.

《조선고적도보》에 실린 석굴암 천정 : 설화대
로 세 쪽으로 깨어져 있다.

에는 웅수사熊壽寺를, 곰을 잡았던 자리에는 장수사長壽寺라는 사찰을 세웠
다. 그리고 이 일을 계기로 하여 마음에 감동되는 바 있어, 현생의 양친을
위해 불국사를 세우고, 전생의 부모를 위해 석굴암을 세웠다. 그리고 신
림神琳과 표훈表訓 두 선사를 청해서 각각 주석主席하게 했다.

　그는 이렇게 하여 부모님의 은혜에 보답하였다. 대성이 전생과 현생의
두 부모에게 효도함이 알려지니 누군들 그 영험을 어찌 믿지 않겠는가!

　대성이 석굴암의 석불을 조성할 때였다. 하나의 큰 돌로 석굴의 천정을
만들려고 하는데 갑자기 돌이 세 쪽으로 깨어져 버렸다. 그날 밤, 상심하
여 한동안 뒤척이다가 늦게야 잠이 들었다. 그런데 밤중에 천신이 내려와
서 낮에 깨어진 천정을 완전하게 만들어 주고 돌아갔다. 대성은 남령南嶺
으로 달려가 향목香木을 태워 천신께 공양하였다. 그 후부터 그곳을 향령香
嶺이라고 하였다.

불국사와 석굴암을 세우기 이전에 김대성이 곰을 발견했던 곳에 지었던 웅수사는 토함산 정상에 있었으나 임진왜란 때 불국사와 함께 소실된

것으로 추정된다. 절터에 있던 석불은 현재 경주국립박물관 수장고에 보관하고 있다.

김대성이 곰을 잡았던 곳에 세웠던 장수사는 조선 말에 폐사됐다. 지금 옛 절터에는 3층석탑과 금당초석 몇 개만 남아 있다. 경주 보문단지 안에 있는 코오롱 호텔 뒤 3층석탑이 바로 그것이다.

장수사 3층석탑 : 장수사는 조선 말에 폐사되고 금당초석과 3층 석탑만이 남아 있다.

희방폭포, 희방사 오르는 곳에는 처녀가 정신을 잃고 쓰러져 있었다고 전한다. 한겨울 추위에 얼어붙었다.

희방사 喜方寺

■소재지 : 경북 영주시 풍기읍 수철리 소백산 연화봉
■소 속 : 대한불교 조계종 제16교구 고운사의 말사

소백산맥 중에는 '희다', '높다', '거룩하다' 등을 뜻하는 '붉'에서 유래된 백산白山이 여러 개 있는데 그중 작은 백산이라는 의미로 붙여진 이름이 소백산小白山이다.

소백산 제 2연화봉 동남쪽 기슭에 자리 잡은 희방사는 서기 643년 (신라

희방사 전경 : 한국전쟁 때 소실되어 중건했다. 기쁨을 전해주는 곳이라는 뜻에서 희방사라 했다고 한다.

선덕영왕 12년) 두운杜雲대사가 창건하였으나 그 뒤 조선 중기까지의 연혁은 전해지지 않는다. 1849년 (철종 1년) 화재로 소실되어 중창하였으나 한국전쟁 때 건물과 절에 보관되어 오던 《월인석보》 권1과 권2의 판본도 함께 소실되었다. 그러나 주존불만은 무사하여 두운대사가 기거하던 천연 동굴에 봉안했다가 1954년 대웅전 등을 중건하고 그곳에 봉안하였다고 하나 현재는 전해지지 않고 있으니 안타까운 일이다.

신라 선덕여왕 시절.

덕망 높은 두운대사가 지금의 경북 소백산 기슭 천연동굴에서 혼자 기거하며 도를 닦고 있었다.

그런데 호랑이 한 마리가 가끔 찾아와 대사의 공부하는 모습을 물끄러미 바라보다가 가거나 어느 때는 스님과 벗하여 놀다가곤 했다. 그러던 어느 날 석양무렵이었다.

여느 날과 다름없이 찾아온 호랑이가 굴 입구에서 입을 딱 벌리고는 눈물을 줄줄 흘렸다.

이상하게 생각한 두운대사가 가까이 다가가 호랑이 입 속을 들여다 보니 금비녀가 목에 걸려 있는 것이 아닌가. 두운대사는 비녀를 뽑아준 뒤 호통을 쳤다.

"네 이놈! 산에는 네 놈이 먹을 짐승이 많은데 사람을 잡아 먹다니, 천벌을 받을 것이로다. 앞으로는 절대 사람을 해치지 말아라."

호랑이는 목에 걸린 금비녀를 뽑아내니 후련해서 살 것 같은데 대사의 호령이 워낙 추상같으니 인사도 못한 채 슬며시 사라졌다.

그 후에도 호랑이는 다시 새끼 두 마리를 데리고 와서 놀다가곤 했다. 그런데 한번은 큰 멧돼지를 잡아 새끼들과 함께 대사가 있는 동굴로 물고

왔다. 아마 호랑이 생각엔 멧돼지 고기를 대사에게 공양하고 싶었던 모양이었다. 그러나 두운대사는 또 호통을 쳤다.

"이 녀석아! 불도를 닦는 날보고 육식을 하란 말이냐? 썩 물러가거라."

호랑이는 또 고개를 숙인 채 슬그머니 물러났다.

그 후 어느 봄날, 혼자 찾아온 호랑이가 이번엔 두운대사의 옷자락을 물고 끌어당기는 것이었다. 예사롭지 않게 생각한 대사가 호랑이를 따라 나섰다. 호랑이를 앞세워 당도한 곳은 동굴에서 그리 멀지 않은 폭포 아래였는데 그곳엔 아리따운 처녀가 정신을 잃고 누워 있었다.

두운대사는 급히 처녀를 업고 동굴로 돌아왔다. 그리고 물을 끓여 몸을 따뜻하게 적셔주고, 약초를 달여 먹이는 등, 극진히 간병하니 이윽고 처녀가 눈을 떴다.

"이제 정신이 드는가 보군."

7층 석탑에서 바라본 눈덮인 희방사 경내

대웅전에서 예불을 올리는 스님

"아니, 이곳은 어디이며 스님은 뉘신지요?"

"여기는 소백산 중턱이고, 나는 이곳에서 불도를 닦고 있는 두운이란 승려요. 헌데 낭자는 어이하여 혼자 이 깊은 산중에서 변을 당했소?"

"소녀는 서라벌에 사는 유호장의 무남독녀 외딸이옵니다. 전날 밤 안방에서 어머니와 이야기를 나눈 후 제 침소로 돌아가려고 마루로 올라서는 순간 무엇인가 뒤에서 제 등을 덮쳤는데 그만 정신을 잃었사옵니다."

"음, 저런! 아무튼 이렇게 소생했으니 다행이오. 이 모두 부처님의 가피加被입니다. 나무관세음보살."

"목숨을 구해주신 스님의 은혜 죽어도 잊지 못할 것이옵니다. 소녀 집에 도착하는 즉시 아버님께 아뢰어 스님께 보답토록 하겠습니다."

"원, 별소릴 다하는군! 지금 그 몸으로는 서라벌까지 갈 수 없을 테니 불편하더라도 며칠 더 쉬다가 원기를 회복한 후 떠나도록 하시오."

대사는 동굴 속에 싸리나무 울타리를 만들어 한쪽에 처녀를 거처케 하면서 정성껏 보살폈다.

그렇게 5일째 되던 날. 처녀의 얼굴에 생기가 돌자 대사는 남자옷 한 벌을 내 놓았다.

"스님! 웬 남자옷입니까?"

"곧 길을 떠나야 할 터이니 어서 이 옷으로 입으시오. 수도승이 처녀와 함께 길을 가면 남들이 이상하게 볼 것이니 남장을 하는 것이 편하고 부담이 없을 것이오."

두운대사는 처녀를 서라벌의 유호장 집으로 데리고 갔다.

유호장과 유호장 부인이 버선발로 뛰어 나오며 딸을 반겼다. 어느 날 밤 소리없이 증발했던 딸이 스님과 함께 무사히 돌아오니 의아하면서도 마치 죽은 자식이 다시 살아난 듯 기뻐했다.

딸로부터 자초지종을 들은 유호장 내외는 대사께 합장하고 큰절로 예를 올려 감사했다.

"스님! 스님의 크신 은혜, 평생 동안 갚은들 어찌 다 갚을 수 있겠습니까? 은혜에 만분의 일이라도 보답코자 스님께서 공부하시는데 불편함이 없도록 암자를 하나 지어 드리도록 하겠습니다."

"불도를 닦는 소승, 그런 과한 사례 받기 몹시 송구합니다. 이 모든 것이 부처님의 가피일 뿐입니다. 나무관세음보살."

두운대사는 그저 할 일을 했을 뿐이라며 눈을 지긋이 내려감고 굵은 염주만 굴렸다.

유호장은 그날 저녁 성대한 잔

지장전에 모셔져 있는 창건주 두운대사 진영
지장전은 현 대웅전이 건축되기 전까지 대웅전으로 사용되던 곳이다.

수철교 : 두운대사가 놓았다는 수철교는 세월의 흐름 속에 이젠 콘크리트 다리로 변하였다. 뒤에 있는 마을이 수철리이다.

치를 베풀어 온 마을 사람들과 기쁨을 나누었다. 그리고 소백산 중턱에 암자를 세우고 무쇠로 수철교水鐵橋를 놓아 두운대사가 오가는데 어려움이 없게 하였다.

정상의 3분의 2지점이나 되는 높은 곳에 사찰을 지어 스님으로 하여금 불도를 닦게 했다.

불사가 완성되자 유호장 내외는 딸과 함께 두운대사를 찾아갔다.

"스님, 이곳은 저의 가문에 기쁜 소식을 전해준 곳이므로 절이름을 희방사喜方寺라 하면 어떠하올런지요?"

"그거 좋은 생각이군요. 그렇게 합시다."

이렇게 해서 두운대사는 절 이름을 희방사라 명하니 때는 선덕여왕 12년(643)이었다.

그 후 처녀가 정신을 잃고 쓰러졌던 폭포 이름도 절 이름을 따라 희방폭포라 불리우게 됐다.

소백산 국립공원 매표소에서 계곡을 따라 희방사로 오르다보면 처녀가 정신을 잃고 쓰러져 있었다던 희방폭포가 사시사철 시원한 물줄기를 자랑한다.

대웅전에 모셔져 있던 주존불은 한국

희방폭포 : 사시사철 시원한 물줄기로 이곳을 찾는 사람들에게 기쁨을 전해준다.

전쟁 때에도 소실되지 않았으나 현재 대웅전에 모셔져 있는 주존불은 아니라고 한다. 희방사의 종단 소속이 바뀌는 바람에 현재는 정확히 파악하지 못하고 있다.

두운대사가 수도했었다는 석굴 또한 연화봉 중턱, 또는 희방폭포 근처에 있었다고 하나 역시 확인되지 않는다. 다만 수철교는 풍기에서 희방사로 가다보면 희방민박집이 있는 곳에 도로가 확장되는 바람에 시멘트 다리로 바뀌어 남아 있다. 그 부근의 마을 이름도 수철교가 있던 곳이라 해서 수철리라 불린다.

남해 금산 : 높지 않은 산이지만 기암괴석과 난대림이 어우러져 소금강산이라고 불리운다.

보리암菩提庵

■소재지 : 경남 남해군 이동면 상주리 금산
■소　속 : 대한불교 조계종 제13교구 쌍계사의 말사

신선의 섬이라 불리울 만큼 아름다운 남해섬.

그 중에서도 최고 경승지는 금산錦山이다.

산 정상 부근에 있는 보리암과 능선길에서 내려다보는 한려수도의 경
치는 천하 장관이다.

보광전과 금산 대장봉 : 양양 낙산사, 강화의 보문사와 함께 우리나라 3대 관음기도 도량으로 많은 기도인들이 찾는 곳이다.

보광전 관음상 : 아침 햇빛이 떠오르면 정면으로 비쳐 바로 보기 어려울 정도로 눈이 부시다.

보리암은 서기 683년(신라 신문왕 3년), 원효대사가 창건하고 처음에는 보광사普光寺라 했다. 그 뒤 조선 태조 이성계(1335-1408)가 이곳에서 기도하고 조선왕조를 연 것을 감사하는 뜻에서 1659년(현종 1년), 현종이 이 절을 원당으로 삼고, 절 이름을 보리암이라 바꾸었다.

1900년대에 몇 차례 중수, 중건하여 오늘에 이르고 있다.

신라 원효대사가 처음 이곳에 초당을 짓고 수도하던 어느 날, 공양을 마치고 법당을 나오니 멀리 세존도 근처에서 신비한 광채가 떠오르고 있었다. 원효대사는 돛배를 타고 그곳으로 나아갔다.

세존도는 보리암에서 150~160km 정도 떨어진 두 개의 큰 구멍이 뚫려 있는 바위섬이었다.

원효대사가 가까이 가보니 배가 한 척 떠 있고, 그 위에 포장된 물체가 놓여 있었다. 대사는 그 물체를 가지고 암자로 돌아와 풀어보니 일곱 겹으로 싸여진 관세음보살상이었다. 지금의 보리암 관음상이 그때 원효대사가 가져 온 것이라고 한다.

이 관음상은 인도에서 제작되었으며 가락국의 김수로왕의 비 허 왕후가 인도에서 올 때 가지고 온 것이라고 한다. 또 보리암 삼층석탑 탑 밑에는 부처님의 진신사리가 봉안되어 있는데 탑 위에 나침반을 올려 놓으면 신비하게도 바늘이 움직이지 않는 이변을 보인다고 한다.

조선 태조 이성계는 이 곳 보광산 보광사에서 백일기도를 하고 조선왕조를 연 것을 감사하는 뜻에서 금산錦山이라고 명명하였다. 그렇게 된 데에는 이런 사연이 있었다.

이성계는 조선을 건국하기 전 전국의 명산을 찾아다니며 기도를 했다. 그런데 계룡산과 지리산에서 기도하던 중 남해 바닷가의 보광사로 가라는 산신의 계시를 받았다. 그 계시에 따라 이성계는 보광사를 찾아 백일기도를 시작하면서 산신에게 맹세했다.

"만약 내가 새로운 나라를 세우고 왕이 되면 이 산 전체를 비단으로 감싸서 산신님들을 즐겁게 해드리겠나이다."

그렇게 기도한 보람이 있었던지 그 후 이성계는 실제로 왕이 되어 나라를 새로 여는 개조開祖가 되었다.

나라가 어느 정도 안정이 되자 이성계는 조정회의에서 말했다.

"과인이 억조창생을 위해 선정을 베풀고자 뜻을 품고 산신께 기도를 할 때가 있었소. 그때 남쪽 바닷가의 보광사에서 그곳 산신들께 약속한 것이 생각 나서 여러분을 불렀소."

그리고 그는 그가 산신들에게 약속했던 그곳 산을 비단으로 감싸는 문제에 대해서 상의했다.

신하들은 왕의 이야기를 듣고 모두 입을 다물 수가 없었다. 일반 서민

이성계가 기도 올린 것을 기념하여 세운 기도비.

성계 기도터 : 보광전에서 가파른 계단을 내려가면 이성계가 백일기도를 올린 기단이었다.

들로서는 평생 한두 번 만져볼 기회가 올까말까한 비단으로 산을 온통 덮는다는 것은 어불성설이었기 때문이었다. 태조 자신도 그 무리함을 알기에 묘책을 묻고 있었다. 중국에서나 들여오는 그 비싼 비단을 얼마나 구해야 산을 모두 에워싼다는 말인가? 아무도 이렇다 할 방책을 내지 못하고 머뭇거리고 있었다.

왕이 입을 다시 열었다.

"답답한 노릇이오. 내 팔도의 명산에 다니며 산신들의 보살핌을 얻어 이렇게 왕이 되었거늘 이제 와서 그들과의 약속을 어길 수도 없고……"

침묵이 강물처럼 흐르고 무거운 정적이 계속됐다. 그때 평소 계책이 뛰어난 예조참판이 아뢰었다.

"소인의 좁은 소견으로는……"

"그래, 좋은 생각이 떠올랐소? 어서 말해보시오."

"아무래도 그 산을 실제 비단으로는 모두 감싸지는 못할 것입니다. 해서 이제부터 어명을 내리시어 그 산이름을 비단금(錦)자, 뫼산(山)자, 금산 錦山이라 부르게 하면 어떨까합니다. 뭇 사람이 그 산을 금산이라 부르면 실제 비단을 두른 것이나 다를 바 없다고 사료되옵니다."

좌중의 대신들도 묘안이라는 표정으로 서로의 눈치를 살폈다. 왕도 별 방책이 없는 터에 매우 흡족한 제안이라 생각하고 쾌히 그렇게 하였다. 이날의 회의 결과는 이내 백방으로 알려졌고 특히

보리암에서 바라본 남해 : 보리암이 있는 금산 능선에서 바라보는 한려수도의 경치는 답답한 가슴을 시원하게 해준다.

남해의 백성들에게는 반드시 그렇게 시
행하라는 어명으로 전해졌다.

　이후로 보타산 또는 보광산이란 명칭
과 금산이 혼용되어 쓰였으나 지금은 대
부분 금산이라 부르고 있다.

　보리암 삼층석탑은 김수로왕의 비 허
왕후가 인도 아유타국에서 가져온 부처
님 사리를 봉안하기 위해 원효대사가 세
운 것이라 전하나 건축 양식은 전설과는
달리 고려 초기의 양식을 취하고 있어 의
아스럽다.

삼층석탑 : 김수로왕의 왕후 허황옥이 인도에서 가져
온 불사리를 원효대사가 봉안했다고 전하나 탑의 양
식은 고려초기 양식을 취하고 있다.

　삼층석탑 옆에는 해수관음보살상이 있는데 이는 강원도 낙산사의 해수
관음보살상, 그리고 강화도 보문사 관음보살상과 함께 3대관음보살상으
로 꼽히며 지금도 많은 기도인들의 발길이 끊기지 않는다.

　또 태조 이성계가 천운의 뜻을 품고 백두산과 지리산에 갔으나 산신이
받아 주지 않아 마지막으로 이곳 보광산에서 백일기도를 올리고서 조선
왕조를 창업했다고 전하는 기도터가 보리암의 가파른 계단을 조금 내려
오면 있다.

　절 주위에는 원효대사가 좌선했다는 좌선대를 비롯하여 많은 절경이
있다. 특히 남해 38경 중 하나인 금산 앞 바다에서 멀리 바라다 보이는 세
존도는 먹을 물도 없는 아주 작은 무인도인데, 그곳에서 기우제를 지내면
효험이 있다고 한다.

용문사 전경 : 용이 사는 연못 위에 세운 절이라 하여 용문사라고 하였다고 한다.

용문사龍門寺

■소재지 : 경남 남해군 이동면 용소리 호구산
■소 속 : 대한불교 조계종 제13교구 쌍계사의 말사

용문사는 남해 제1의 사찰로 서기 802년(신라 애장왕3년) 창건되었다. 그러나
원효대사가 금산에 창건했던 보광사(보리암)의 후신이라고 전해지고 있다.

 설화에 원효대사(617~686)가 창건하였다고 하는 것은 보리암의 후신이라

경내 : 절에 들어서면 화려하지는 않지만 마음이 편안해지는 것을 느낄 수 있다.

지장보살 좌상 : 원효대사가 꿈에 보았던 보살상을 손수 향나무로
빚어 모셨다고 전한다.

는 데에서 원효대사와 연관시
키는 것이라 생각된다. 설화는
정확한 역사적 기록이 아니기
때문에 어디까지나 설화로써
인식하여야 한다.

1660년(현종 2년)에 인근 보광
사의 건물을 옮겨온 후, 신운
스님이 채진당을, 상운 스님이
적묵당을 세웠다. 이때부터 절
이름을 용이 살던 연못(龍淵) 위에 세웠다고 하여 용문사라 하였다.

조선 숙종(1674~1720) 때에는 이 절을 수국사守國寺로 지정하고 왕실의 축
원당으로 삼았다. 이어 몇 차례의 중수를 거쳐 오늘에 이르고 있다.

원효대사가 관음도량으로 유명한 금산의 보리암에서 기도로써 회향하
고 도읍인 경주로 돌아가는 길에 호구산虎丘山에 잠시 발길을 멈췄다. 그런
데 마을의 큰 연못에서 신비한 영기靈氣가 오색구름과 함께 하늘로 치솟았
다. 하여 산골로 찾아가니 구름 속에서 청룡과 황룡이 나타나 산기슭을
배회하다가 대사를 보고는 하늘로 승천했다. 이를 기려 그곳을 수도처로
절을 지으니 때는 신라 애장왕 3년, 서기 802년이었다.

개산 이후에 유명한 12명의 도승道僧이 배출되어 신라 불교의 발전에 공
헌했다.

금산의 보광사를 1660년(조선 현종 2년)에 학섬대사가 현 위치로 이건하면
서 절 밑에 있는 용연龍淵을 상징하여 사액寺額을 용문사로 했다는 기록이

전해진다.

현재 이 도량의 명부전에 모셔져 있는 지장보살 좌상은 원효대사가 현몽現夢했던 보살의 상을 향나무로 손수 빚은 것이라고 한다. 이 유서 깊은 보살은 몸체가 유난히 크고 상호가 대단히 원만하다.

원효대사와 신라 애장왕은 동시대 인물이 아니다. 원효가 100년 이상 앞서 살았다. 설화는 전승되는 과정에서 굴절되고 변이된다는 것을 새삼 알 수 있다.

용문사의 대웅전 처마밑에는 절의 이름에 걸맞게 용머리가 조각되어 있다. 또 명부전에는 원효대사 설화와 관련된 지장보살이 모셔져 있다.

명부전 : 사람들이 가장 많이 찾는 명부전은 대웅전 우측에 있다.

명부전에 모셔진 지장보살 좌상

옥천사 대웅전 : 자방루 위에서 바라본 대웅전의 모습. 대웅전 구역은 건물 지붕들이 연꽃처럼 둘러 싸여 있다.

옥천사 玉泉寺

■소재지 : 경남 고성군 개천면 북평리 연화산
■소　속 : 대한불교 조계종 제13교구 쌍계사의 말사

반쯤 핀 연꽃을 닮은 연화산(蓮花山 528m)은 고성 제일의 명소다.

옥천사는 의상대사가 화엄학을 널리 펴기 위해 창건한 화엄10찰 중 하나로서 서기 670년(신라 문무왕 10년)에 창건되었다.

1207년(고려 희종4) 보조국사普照國師가 진각국사眞覺國師에게 수선사(修禪社 송

옥천사는 대웅전과 자방루를 중심으로 전형적인 조선시대 가람 형태로 배치되어 있다.

^{광사)}의 법석을 물려 주려 하자, 진각국사는 이를 뿌리치고 이곳으로 들어와 은거하며 이 사찰을 중창하였다.

임진, 정유 재란 때 전소된 것을 1639년^(인조 17년) 현몽을 받은 학명과 의오 스님이 절을 찾아내어 중건했다.

해방 후 교단 정화와 불법 중흥에 앞장 섰던 청담^(1902~1971) 스님이 출가하였던 곳이기도 하다.

신라 문무왕 10년^(서기 670년) 의상대사가 이 절을 세우기 이전부터 바위 틈에서 신비한 옥수가 서출동류_(西出東流)했다.

또 매일 일정량의 공양미도 흘러나왔다. 그러자 공양주 보살이 한꺼번에 더욱 많은 양의 공양미를 얻기 위해 바위를 깨뜨리고 샘을 헐었다. 그러자 공양미는 아예 나오지 않고 물까지 끊어져 낭패를 당하였다.

옥샘 : 많은 이들이 이 약수를 마시기 위해 옥천사를 찾는다.

그 후 주지 스님과 노전 스님이 지성으로 기도 드리며 어리석은 공양주의 탐욕을 참회하는 정진을 하여 그 정성으로 샘물은 전과 같이 기능을 회복하였으나 공양미는 영원히 끊어져 더 이상 나오지 않았다고 한다.

물이 끊어졌다가 다시 분출할 때 연꽃 한 송이가 피어났는데 그때부터 이 물을 마시면 정신이 맑아지고 만병에 신효_(神效)하여 이 소문을 들은 병자들이 전국에서 몰려들었다.

절 이름도 옥수가 넘쳐 흐른다 하여 옥천사_(玉泉寺)라 하였다.

옥천사의 건물들은 그 규모가 대체적으로 크다. 그리고 자방루 옆문으로 들어서면 대웅전을 중심으로 자방루와 적묵당의 지붕들이 마치 연꽃 무늬처럼 둘러쌓여 있어 전형적인 조선시대의 가람 배치 형태를 이루고 있다.

팔상전 옆에는 이곳을 사찰의 터로 잡게 한 '옥샘'을 보호하기 위해 옥천각을 세우고, 그 유래를 적은 옥샘비가 있다.

이 옥샘은 '한국의 명수名水'로 지정되어 지금도 많은 사람들이 즐겨 찾고 있다.

옥천각 : 옥천사 터를 잡게 한 옥샘을 보호하기 위해 세운 보호각이다.

내원사 산신각 : 원효대사가 천명 대중이 수도할 곳을 찾을 때 산신령이 인도하여 가던 중 산신령이 자취 감춘곳에 산 신각을 세웠다.

내원사內院寺

■소재지 : 경남 양산군 하북면 용연리 천성산
■소 속 : 대한불교 조계종 제15교구 통도사의 말사

　내원사는 계곡이 아름답고 정상 부근에 습지가 있어 생태계의 보고로
널리 알려져 있는 천성산 계곡 옆에 있다.
　신라 선덕여왕 15년(646년)에 원효대사가 창건하고, 처음에는 내원암이
라 했다.

경내 : 우리나라 대표적 비구니 수도도량으로 상, 중, 하 내원암 중에서 유일하게 남은 하내원암이 지금의 내원사이

그 후 중창과 중수를 거쳐 1898년(광무 2년) 수선사修禪社를 창설하고 이름도 내원사로 바꾸어 선찰禪刹로써 명성을 떨쳤다.

1950년 한국 전쟁 때 산속에 숨어 있던 공비들의 방화로 전소되었으나 수옥守玉 비구니가 건물들을 재건하고 전국의 대표적인 비구니 수도도량으로 만들었다.

원효대사는 한국은 물론이요, 중국과 일본에까지 널리 알려진 스님이다. 그는 학승으로서 뿐만 아니라 도승으로도 탁월하여 전설적인 기적을 많이 남겼다.

다음의 이야기도 그 중의 하나다.

원효대사가 선정삼매禪定三昧에 들어 중국 대륙을 통찰하니 장안의 태화사라는 큰 절이 여름 장마로 뒷산이 무너지기 직전이었다.

태화사는 중국에서도 유명한 선방으로 천 명이라는 많은 대중이 정진하고 있는 곳이었다. 원효대사는 그들의 위급한 생명을 구하고자 깔고 앉았던 널빤지를 중국 대륙을 향해 날렸다.

그때 태화사에서는 스님 한 분이 도량을 거닐고 있다가 이상한 물건이 마당 한 가운데서 빙빙 돌고 있는 것을 보고 대중에게 이 사실을 전하였다. 그러자 정진 중이던 대중들이 모두 그것을 보기 위해 마당으로 나왔다. 그 순간 뒷산이 무너지면서 절을 덮쳐 버렸다.

기적적으로 목숨을 건진 대중들은 공중에 떠 있는 그 물건을 보고 감사의 배례를 했다. 그랬더니 공중에 떠돌던 널빤지가 그때서야 마당으로 떨어졌다. 그 널빤지에는 이렇게 적혀 있었다.

'신라의 원효가 널빤지를 던져 대중을 구하다(海東元曉擲板救衆).'

이 글을 본 대중들이 원효대사의 도력을 흠모하여 그를 찾아와 제자 되

척판암 : 원효대사가 이곳에서 중국 대륙을 향해 널판지를 던졌다고 한다.   척판비 : 원효대사가 널판지를 중국으로 던져 천 명대중을 구한 것을 기념하기 위하여 세운 비.

기를 간청했다.

원효대사는 기꺼이 허락하고 찾아 온 천 명 대중이 수도할 곳을 마련하고자 지금의 양산시 하북면 용연리에 당도했다. 그랬더니 원적산(지금은 천성산) 산신령이 마중을 나와 말했다.

"이 산에 천 명이 수도할 곳이 있으니 회상會上하소서."

그리하여 그 산신령의 인도로 지금의 내원사 산신각까지 따라 갔는데, 순간적으로 산신령이 자취를 감추어 보이지 않았다.

원효대사는 그곳에 사찰을 창건하고 내원사라 했다. 그리고 산내에 89개의 암자를 두어 그곳에서 천 명 대중이 득도케 가르쳤다.

보통 사찰의 구조상 산신각은 기존 건물보다 위에 짓는 것이 원칙이지만 이곳 내원사는 그 당시 산신령이 사라진 곳에 산신각을 지었기 때문에 일주문보다 훨씬 아래에 있다.

원효대사는 그 많은 대중의 식량을 마련하기 위해서 당시 제일 가는 장

자의 집에 가서 발우 하나에 양식을 가득 채워 주기를 청하였다. 장자는 몇 섬의 쌀을 발우에 부었으나 발우는 차오르지 않았다. 그때서

천성산 화엄벌 : 원효대사가 천 명 대중을 모이게 하여 화엄경을 강설했다고 하여 화엄벌이라 한다.

야 그 부자는 대사의 도력이 뛰어남을 알고 내원사를 방문하여 천 명 대중의 양식을 해마다 시주하였다.

그때 원효대사가 원적산 상봉 아래 너른 들판에서 북을 쳐 천 명 대중들이 모이게 한 후, 화엄경을 강설하였다고 하여 지금도 그곳을 화엄벌이라 하고, 북을 치던 봉우리를 집북봉이라고 한다.

또한 대중들이 북소리를 듣고 상봉으로 올라오다가 칡넝쿨에 걸려 넘어지는 일이 잦자 원효대사가 산신령을 불러 칡넝쿨을 없애라고 명령하여 지금까지도 천성산에는 칡넝쿨이 없다고 한다. 또, 많은 사람들이 모여 떠들썩한 상태를 '야단법석' 이라고 하는데, 이 말의 유래는 많은 대중을 실내에 모아 놓고 설법할 수가 없어 너른 들판 즉, 야단野壇에 법석法席을 깔아놓고 지도한 데서 유래된 말이다.

이렇게 원효대사 밑에서 수도한 천 명 대중 중에 988명은 이곳에서 득도하였다. 또 그 당시 잡역에 종사하던 12명 중 8명은 대구 동화사에 가서 득도하였기에 그곳 산 이름을 팔공산八空山이라 하였고, 4명은 문경 대승사에 가서 득도하였기에 그곳 산의 이름을 사불산四佛山이라 했다고 한다.

또 천명 대중이 모두 득도하여 성인이 되었다는 뜻으로 원적산을 천성산千聖山이라 불렀다.

위의 이야기는 《송 고승전》에도 기록되어 있으며, 지금도 부산광역시 기장군 장안읍 불광산 장안사 좌측 산중턱에 원효대사가 창건하고 수도하면서 널빤지를 던졌다는 척판사擲板寺가 있다.

원효대사가 널빤지를 중국에 날려 천 명의 대중을 구했던 담운사는 이때의 이적을 기리기 위해 척판암이라 부르는데 근래까지 장안사長安寺의 부속암자였으나 최근에 하나의 사찰로 독립했다.

내원사 매표소를 지나면 도로 좌측에 산신령이 원효대사를 이곳으로 인도해 준 것을 기념하여 세워진 산신각이 있다. 그리고 2km정도 더 가면 비구니 스님들의 수도도량인 내원사가 있다.

원효대사는 대둔사大屯寺를 창건하고 상ㆍ중ㆍ하 내원암을 비롯 89개의 암자를 세워 천여 명의 불제자들이 거주케 했다. 그러나 조선 중기에 없어지고 하내원암이 내원사라는 이름으로 바뀌어 오늘에 이르고 있다.

또 원효대사가 세운 89암자도 지금은 대부분 소멸되고 현재는 원효암, 안적암 등 몇몇 암자만이 내원사의 부속 암자로 남아 있다.

척판사에는 원효대사의 척판비 외에도 인법당因法堂에 원효대사 진영이 모셔져 있다.

척판사의 행적구역은 원래 경남 양산군이었으나 현재는 부산광역시로 편입되었다.

구룡지 : 자장율사가 처음 통도사를 창건할 때 독룡이 살았다는 전설이 깃든 곳이다.

통도사通度寺

■소재지 : 경남 양산군 하북면 지산리 영축산
■소　속 : 대한불교 조계종 제15교구 본사

　　영축산靈鷲山의 원래 이름은 축서산鷲棲山이었으나 산의 모양이 석가모니
부처님이〈법화경〉을 설한 독수리 모양의 영축산과 비슷하다고 하여 영축
산으로 바꾸었다. 그러나 축서산 역시 '독수리가 깃들인다.' 는 뜻이니 독
수리와 관련이 있는 것은 분명하다.

금강계단 : 자장율사가 중국에서 가져온 부처님의 사리를 모신 곳으로 석종형 부도에 사리를 모셨다.

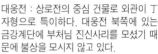

대웅전 : 상로전의 중심 건물로 외관이 丁자형으로 특이하다. 대웅전 북쪽에 있는 금강계단에 부처님 진신사리를 모셨기 때문에 불상을 모시지 않고 있다.

대웅전의 현판 : 丁자형의 대웅전 사면 현판으로 동쪽은 대웅전, 북쪽 적멸보궁, 남쪽 금강계단 서쪽에는 대방광전 현판이 걸려 있다. 대방광전 현판은 촬영을 할 수 없는 위치여서 빠졌다.

통도사라는 절 이름에는 세 가지 의미가 있는데, 첫째, 전국의 모든 승려가 이곳 금강계단金剛戒壇에서 득도하고, 둘째, 만법을 통달하여 일체 중생을 제도하며, 셋째는 산모양이 인도의 영축산과 통한다는 뜻이 담겨 있다.

통도사는 634년, 자장율사慈藏律師가 당나라에서 귀국할 때 가지고 온 부처님 사리와 가사, 대장경 400여 함을 봉안하기 위해 신라 선덕여왕 15년(646년)에 창건한 삼보사찰 중 불보佛寶사찰이다. 그러니까 이 사찰은 우리나라에서 최초로 금강경을 봉안한 사찰이다.

자장율사는 당나라에서 가지고 온 부처님 사리를 셋으로 나누어 경주 황룡사 탑, 울산 태화사 탑, 그리고 통도사 금강계단에 봉안하였다.

경상도
통도사

통도사는 대웅전 내부에 불상을 모시지 않고 있는데 이는 뒷편 금강계단에 부처님 사리가 모셔져 있기 때문이다.

대웅전은 임진왜란 때 불탄 것을 1645년(인조 23년) 우운友雲 스님이 중건하여 오늘에 이르고 있다.

신라 계율종의 초조初祖 자장율사는 어릴 때의 이름이 선종랑善宗郎이었다. 그의 아버지 김무림金茂林은 소판蘇判이라는 높은 벼슬에 있었다. 그러나 일찍이 아들을 두지 못한 것을 한탄하다가 삼보에 귀의한 후 돈독한 신심을 가지고 관세음보살님께 지성으로 기도하였다.

"아들을 낳게 해 주시면 불법의 홍포를 위해 그 아들을 출가시킬 것을

개산조당 삼문 : 자장율사의 진영을 모신 해장보각의 입구. 솟을 삼문이 아름답다.

자장율사 진영 : 해장보각(개산조당)에 모셔져 있다.

207

불도를 위하여 순교하려는 자장율사의 모습을 그린 벽화

맹세합니다."

　기도를 드린 얼마 후 부인이 큰 별이 품속에 떨어지는 태몽을 꾸고 잉태하여 아기를 낳으니, 그가 훗날 불교계의 큰 별이 된 선종랑인 바, 때는 신라 진평왕 29년 4월 8일이었다.

　부처님의 기도 영험으로 태어난 선종랑은 어려서부터 총명하고 재주가 비상하여 그를 가르치는 스승들을 놀라게 하였다. 차츰 문장과 높은 학덕을 쌓은 선종랑은 청렴하고 슬기로운 선비로서 명성을 높여갔다.

　그 후 결혼하여 자식까지 얻었으나 모시고 살던 부모님이 연거푸 돌아가시는 슬픔을 당하였다. 슬픔에 빠진 선종랑은 인간의 고뇌와 무상無常에서 벗어나는 길은 바른 믿음으로 진리를 깨닫는 길이라 생각하였다.

　그리하여 처자권속과 이별하고 깊은 산속으로 들어가 수도 고행을 시작하였다.

　입고 있던 훌륭한 옷도 낡고 해진 옷으로 바꿔 입고, 앉은 자리의 주위를 가시덤불로 뺑 둘러 쳐 조금만 졸거나 움직여도 찔리게 하여 혼미한 정신을 가다듬었다.

　그때 나라에서는 선덕여왕이 등극하고 공석 중인 재상자리에 적당한 인물을 물색하다가 산속에서 수도 하고 있는 선종랑의 학문과 인품을 귀히 여겨 불러오려 하였다. 그러나 여러차례 간곡하게 입궐하도록 종용하였으나 그는 끝내 사양하였다.

　여왕은 크게 노하여 다시 사신에게 조서(詔書 : 임금의 뜻을 적은 문서)를 주면서 이번에도 오지 않겠다고 하면 그의 목이라도 가져오라고 명하였다. 명을 받은 사신이 선종랑에게 다시 찾아가 상황을 이야기하였다.

그러나 선종랑은 침착하게 대답했다.

"내 차라리 하루 동안 계율을 지키다 죽을지언정 파계하고서 백년살기를 원치 않노라.(吾寧一日持戒死 不願百年破戒而生)"

그리고는 목을 내밀었다.

일이 이쯤 되자 사신도 차마 목을 베지 못하고 임금에게 돌아가 사실대로 아뢰었다. 일이 이쯤되니 임금도 어쩔 수 없었다.

"그렇게 불도를 위하는 사람에게 어찌 죄를 줄 수가 있겠느냐?"

그 후 선종랑은 계를 받아 법명을 자장慈藏으로 바꾸고 더욱 수도에만 전념하였다. 그가 수도 중에 양식이 떨어지면 새들이 산열매를 따다가 주었다고 한다.

계율에 철저하고 수행에만 전념하던 자장율사는 당나라에 유학 가서 그곳 황제로부터도 큰 존경을 받았다. 그는 문수보살의 성지인 중국 산서성에 있는 청량산에 들어가 문수성상文殊聖像 앞에서 지극한 마음으로 기도하였다.

기도를 시작한 지 7일째 되던 날 꿈인 듯 생시인 듯 문수보살이 나타나서 가사 한 벌과 진신사리 1백 과, 불두골佛頭骨과 손가락 뼈(指節), 염주, 경전 등을 주면서 말했다.

"이것들은 내 스승 석가여래께서 친히 입으셨던 가사이고, 또 이 사리들은 부처님의 진신 사리이며, 이 뼈는 부처님의 머리와 손가락 뼈이다. 그대는 말세末世에 계율을 지키

《조선고적도보》에 실린 통도사 모습

는 사문(沙門)이 될 것이므로 이것 모두를 그대에게 주노라. 그대의 나라 남쪽, 취서산(鷲栖山:영축산의 옛이름) 기슭에 독룡(毒龍)이 거처하는 신지(神池)가 있는데, 거기에 사는 용들이 독해(毒害)를 품어서 비바람을 일으켜 곡식을 상하게 하고 백성들을 괴롭히고 있다. 그러니 그대가 돌아가서 그 용이 사는 연못에 금강계단을 쌓고 이 불사리와 가사를 봉안하면 삼재(三災 : 물, 바람, 불의 재앙)를 면하게 될 것이며 만대에 이르도록 멸하지 않게 천룡(天龍)이 옹호해줄 것이다."

자장율사는 귀국하여 선덕여왕과 함께 취서산을 찾아갔다. 그리고 독룡들이 산다는 못에 이르러 용들을 위해 설법을 하였다. 자장율사에게 항복한 독룡은 모두 아홉 마리였는데, 그 가운데서 다섯 마리는 오룡동(五龍洞)으로, 세 마리는 삼동곡(三洞谷)으로 갔으나 한 마리만은 굳이 그 곳에 남아 터를 지키겠다고 버티었다. 그래서 자장율사는 그 용의 청을 들어 연못한 귀퉁이를 메우지 않고 그 용이 머물도록 남겨 두었다.

그곳이 지금의 구룡지인데 불과 네댓 평의 넓이에 지나지 않으며 깊이 또한 한 길도 채 안되는 조그마한 타원형의 연못이지만 아무리 심한 가뭄이와도 전혀 수량이 줄어들지 않았다. 자장율사는 그 연못을 메우고 그 위에 계단을 쌓아 통도사를 창건하였다.

사찰의 중심에서 동쪽은 대웅전, 남쪽은 금강계단, 북쪽은 적멸보궁, 서쪽은 대방광전의 현판이 걸려 있는데 사면의 글씨가 각각 다르다.

대웅전(大雄殿)은 대웅, 즉, 곧 석가모니불을 모신 전각이라는 뜻이고, 금강계단(金剛戒壇)은 금강과도 같이 계율을 지킨다는 뜻이다. 또 적멸보궁(寂滅寶宮)은 부처님의 진신사리를 봉안했다는 뜻이며, 대방광전(大方廣殿)은 우주의 본체인 법신불이 상주한다는 뜻이다.

부처님의 사리를 모신 금강계단의 석종형 부도는 1235년(고려 22년)에 상장군上將軍 김이생과 시랑侍郞 유석이 군사들을 시켜 개봉했다는 기록이 있다.

그 뒤 1378년(우왕 5년)에 왜구의 침입을 피해 사리를 개경으로 옮겼고, 임진왜란이 일어나

세존비각 : 1706년(숙종32)년 계파대사가 금강계단을 중수하고 석가여래의 영골사리비를 세우면서 건립한 것으로 사리의 행적을 밝히고 있다.

영남이 왜구의 수중에 들어가자 사명대사가 다시 두 개의 사리함에 나누어 금강산 서산대사에게 보냈다. 그러나 서산대사는 계를 지키지 않는 자라면 그에게는 오직 금과 보배만이 관심의 대상일 것이고 신보信寶가 목적이 아닐 것이니, 옛날 계단을 수리하여 그 자리에 다시 안치하라고 하며 하나는 돌려보내고 나머지는 태백산 갈반지葛礦地에 안치했다. 그 뒤 수차의 중건과 중수를 거쳐 오늘에 이르고 있다.

세존 비각은 1706년(조선 숙종 32) 계파대사가 금강계단을 중수하고 석가여래의 영골사리비를 세우면서 건립한 것으로 비석에는 사리의 행적에 관하여 소상한 기록이 있다.

통도사를 창건한 자장율사의 진영은 개산조당이라고 이름붙은 솟을삼문을 지나 해장보각에 모셔져 있다.

마애불상 : 자장암 관음전 우측 거대한 바위에 1896년에 조성하였다

자장암慈藏庵

■소재지 : 경남 양산군 하북면 지산리 영축산
■소 속 : 대한불교 조계종 제15교구 통도사의 부속암자

　통도사에서 3km 떨어진 부속 암자인 자장암은 신라 진평왕(579~632) 때
자장율사가 통도사를 짓기 이전에 이곳 석벽 아래에서 수도하기 위해서
지은 암자다. 통도사 칠방七房 중의 하나로 자장율사의 제자들이 수도하였
던 이곳은 처음에는 이름을 자장방慈藏房이라 했다. 창건 이후 중건 사실에

자장암 : 자장율사가 통도사를 짓기 이전에 수도하기 위해 지었다고 한다.

관음전뒤 석벽 : 자장율사와 금개구리의 설화가 담겨 있는 곳이다.

금와석굴 : 자장율사가 손가락으로 구멍을 뚫어 개구리를 살게 했다고 한다.

감로수 : 개구리가 놀던 옹달샘으로 현재는 부처님께 올리는 감로수로만 사용한다.

대하여는 전해지는 바가 없고, 다만 희봉대사가 중건했다고만 전해진다.

관음전 법당 안에는 거북처럼 생긴 자연석이 있는데 꼬리부분이 뜰 쪽으로 나와 있다. 그 위로 돌아 들어가면 엄지손가락 두 개가 들어갈 만한 작은 구멍이 있는데 그곳에는 금개구리가 살았다고 한다.

이 금개구리에 대해서 다음과 같은 이야기가 전해온다.

자장율사가 통도사를 세우기 전, 석벽 아래에 움집을 짓고 수도하고 있을 때였다.

어느 날 저녁, 자장율사가 공양미를 씻으러 암벽 아래 석간수가 흘러나오는 옹달샘으로 나갔다. 바가지로 막 샘물을 뜨려던 스님은 잠시 손을 멈췄다.

"원, 이럴 수가! 아니 그래, 어디 놀 데가 없어 하필이면 부처님 계신 금당의 샘물을 흐려 놓는고?"

자장전 : 통도사와 자장암을 창건한 자장율사의 진영을 모시고 있다. 자장율사 진영

　　스님은 샘 속에서 흙탕물을 일으키며 놀고 있는 개구리 한쌍을 두 손으로 건져 근처 숲속에 옮겨 놓았다.

　　다음 날 아침 공양미를 갖고 샘가로 나간 자장율사는 개구리 두 마리가 다시 와서 놀고 있는 것을 보았다.

　　"허참, 그 녀석들 말을 안 듣는구면."

　　스님은 다시 오지 못하도록 이번에는 아주 멀리 가져다 놓아주고 왔다. 그런데 이게 웬일인가! 다음 날에도 개구리는 또 와서 놀고 있었다.

　　"거 아무래도 이상한 일이로구나."

　　스님은 개구리를 자세히 살펴보니 여느 개구리와 달리 입과 눈가에는 금줄이 선명했고, 등에는 거북 모양의 무늬가 있었다.

　　"불연佛緣이 있는 개구리로구나."

　　자장율사는 개구리를 샘에서 살도록 그냥 두었다.

　　어느덧 겨울이 왔다. 자장율사는 개구리가 겨울잠을 자러 갈 줄 알았는데 눈이 오고 얼음이 얼어도 그냥 샘 속에서 놀고 있었다.

관음전 : 바닥에 자연석이 돌출된 형태 그대로 두었다.

법당의 뜰로 나와 있는 거북바위의 꼬리

"거 안되겠구나. 살 곳을 마련해 줘야지."

스님은 절 뒤 깎아 세운 듯한 암벽 바위를 손가락으로 찔러 큰 손가락이 들어갈만한 구멍을 뚫고 그 안에 개구리를 넣어 주었다.

"언제까지나 죽지 말고 영원토록 이곳에 살면서 자장암을 지켜다오."

스님은 이렇듯 불가사의한 수기를 내리고는 개구리를 금와金蛙라고 이름했다.

그 뒤 통도사 스님들은 이 개구리를 금와보살, 바위를 금와석굴이라 불렀다. 금와석굴은 말이 석굴이지 지름이 1.5~2cm에 깊이 10cm정도의 작은 바위구멍이다.

지금도 자장암을 찾는 많은 참배객들은 금개구리를 직접 보고자 모여

든다. 그러나 신심에 따라 보는 사람도 있고 보지 못하는 사람도 있다고 한다.

그 아래에 있는 옹달샘물은 감로수라 하여 지금은 부처님께 올릴 때에만 사용한다.

관음전 옆 암벽에는 거대한 마애불상이 있다. 이 불상은 약 4m에 이르는 마애불로 통도사 산내에서는 유일한 마애불이다.

암벽에는 1896년에 조성하였다는 기록이 새겨져 있다.

자장율사의 진영은 자장전에 모셔져 있다. 암자 입구에는 최근에 지은 선실이 있어 선객들이 즐겨 찾는 곳이 되었다.

자장암의 풍광을 더욱 돋보이게 하는 것은 암자 앞의 개울이다.

암반 위로 흐르는 개울의 물줄기와 아름드리 노송들이 어우러진 모습이 아름다워 영축산의 제1경이라 할 만하다.

영축사 靈鷲寺

■ 소재지 : 경남 양산시 영축산

영축사는 683년(신라 신문왕 3년)에 재상 충원忠元이 창건하였다. 그 후 원성왕 때(785~798) 큰스님 연회緣會가 이곳 영취산에서 법화경을 강론하고 신통력을 발휘했던 낭지朗智 스님의 전기를 지었다.

그는 항상 법화경을 외우며 보현관행普賢觀行을 닦았는데 절 뜰 아래 연

동래온천비를 보호하는 온정비각 : 충정공이 동래온천에서 목욕하고 경주로 돌아오는 도중에 꿩의 모정에 감동하여 절을 세웠다고 한다.

못에 있는 연꽃이 사시사철 시들지 않았다고 한다. 이에 원성왕은 연회를 국사國師로 삼았다.

절의 자세한 연혁은 전해지지 않고 있으며 고려 중기까지도 존재했던 것으로 보여지나 영축산 어느 곳에 있었는지, 언제 폐찰되었는지 알 길 없이 연기설화만이 전해지고 있다.

신라 제31대 신문왕神文王 때의 재상 충원공忠元公이 어느 날 동래의 온천에서 목욕을 하고 경주로 돌아오는 도중 굴정屈井의 동지桐旨라는 들에 이르러 잠깐 쉬고 있었다. 그때 어떤 사람이 매를 놓아 꿩사냥을 했다.

매에게 쫓긴 꿩 한 마리가 금악金岳을 넘어가자 뒤쫓던 매도 따라 넘어가서 돌아오지 않았다. 매 주인이 매의 목에 달린 방울소리를 따라 금악을 넘어가보니 굴정현屈井縣 관가의 북쪽 우물가에 매가 앉아 있었다. 그래서 그 우물 속을 들여다보니 꿩 한 마리가 빠져 있었는데 그 꿩은 핏빛으로 변한 물속에서 날개를 벌려 새끼 두 마리를 품에 안고 있었다.

새끼를 부화시킨 지 얼마 안 된 꿩이 먹이를 구하러 나갔다가 매에게 쫓기자 새끼들을 데리고 필사적으로 도망치다가 우물에 빠진 것이었다.

충원공이 꿩의 모정에 감동하여 풍수지리가로 하여금 그 땅을 점쳐 보게 했더니 가히 절을 세울 만한 곳이라 하였다.

경주로 돌아온 충원공은 왕에게 이 사실을 고하고, 왕은 현청을 다른 곳으로 옮기고 그곳에 절을 세우게 하니 바로 영축사靈鷲寺이다.

남산 탑골 계곡 : 불무사 앞으로 흐르는 계곡은 신라인의 화엄세계에 대한 꿈을 안고 변함없이 흐르고 있다.

불무사佛無寺

■소재지 : 경북 경주시 배반동 남산
■소　속 : 개인사찰

　불무사는 남산 탑골 마을에서 개울을 따라 약 300m 들어가면 부처 바위 못미처에 있다. 서기 757년(신라 경덕왕 16)에 창건되었다.

　이 일대는 통일신라시대에 신인사란 절이 있었던 곳이다. 이곳에 옥룡

부처바위 전경 : 높이 9m, 둘레30m 정도의 큰바위에다 탑, 불상, 비천상, 승려상, 사자상 등 다양한 형상 등 30여 점에 달하는 여러 형상을 조각하였다.

암이라는 암자가 있다. 옥룡암을 발굴 조사한 결과 이곳이 불무사가 있었던 터라는 것이 밝혀졌다. 그리하여 옥룡암과 불무사란 이름을 같이 쓰고 있다.

불무사 대웅전 뒤쪽의 높이 9m, 둘레 30m쯤 되는 큰바위에는 탑, 불상 승려, 비천상, 사자상 등 무려 30여 점의 조각 작품이 새겨져 있어 놀랍다. 이를 부처바위라 부르는데 바위 하나에 불교세계의 모든 내용을 함께 새겨놓은 것이다.

불무사는 망덕사, 사천왕사, 석가사와 연계성을 가지고 있어 같이 이해하여야 한다.

대웅전

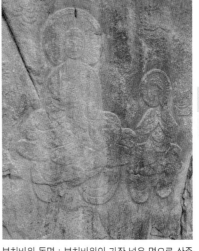

부처바위 남면 : 낮은 감실 안에 삼존불좌상을 조
각했다.

부처바위 동면 : 부처바위의 가장 넓은 면으로 삼존
불상과 승려상, 비천상 등이 있다.

경주시 배반리에 있던 망덕사는 당나라 왕실의 화평과 복을 빌기 위하
여 지은 사찰이었다. 전란으로 이 절이 불타 없어지자 과연 그 해에 당나
라에서는 안록산의 난이 일어났다.

망덕사 낙성식 날, 효소왕(신문왕이라는 기록도 있음)이 행차하여 재례를 친히
받들고 있는데, 행색이 몹시 초라한 한 스님이 뜰 한쪽에서 따로 조용히
예를 드리다가 왕에게 청하였다.

"빈도貧道도 재齋에 함께 참여토록 윤허하여 주소서."

효소왕은 별다른 생각 없이 스님을 끝자리에 앉게 쾌히 허락하였다. 법
회가 끝난 후에 효소왕은 초라한 그 스님에게 어느 절에서 왔느냐고 물
었다.

"네, 소승은 비파암에 머물고 있습니다."

스님이 대답하자 왕은 희롱조로 웃으며 말했다.

"절로 돌아가다가 사람을 만나더라도 행여 왕과 함께 법회에 참여하고
오는 길이라는 말은 하지 마시오."

부처바위 북쪽 면의 중앙에는 부처님이 있고, 동탑에는 9층, 서탑에는 7층의 목탑이 그려져 있다.
이 그림은 황룡사탑을 연구하는 데 소중한 자료가 된다.

그러자 스님도 또한 웃으며 대꾸했다.

"소승에 대한 당부 말씀은 염려 마시옵고, 전하께서도 진신석가眞身釋迦
에게 공양하였다는 말씀은 마소서."

스님은 말을 마치자 훌쩍하니 몸을 솟구쳐 남쪽으로 갔다. 왕은 깜짝
놀라 동쪽 누각에 올라 남쪽 하늘을 향하여 무수히 배례하며 용서를 빌고
사람을 보내어 찾아보도록 했다.

왕명을 받은 사자가 돌아와서 말했다.

"남산 참성곡參星谷이라는 계곡까지 뒤쫓았으나 스님은 뵙지 못하고 그
곳에서 석장錫杖과 발우만을 발견하여 가져왔습니다."

왕은 697년(신라 효소왕 6년)에 그 초라한 모습의 스님이 있었다는 월성군
내남면 용장리의 비파
암에 석가사釋迦寺를 세
웠다. 또한 같은 해에 석
장과 발우를 얻은 곳에
는 부처님이 모습을 감
춘 곳이란 뜻으로 불무
사佛無寺를 세운 후 석장
과 발우를 두 사찰에 나
누어 두고 석가모니 부
처님을 받들어 모셨다.

석가사는 연혁이 전해
지지 않고 있다. 때문에
고려시대 일연(一然 1206~

3층석탑 : 부처바위 윗편에 있는 3층석탑. 이 탑 때문에 이곳을
남산 탑골이라 부른다.

불무사 오르는 길 : 소박한 돌계단으로 되어 있어 자연과 조화를 이루고 있다.

1289)이 《삼국유사》를 저술할 때까지는 절이 존재하였음을 알 수 있으나 폐사된 시기는 알 수 없다.

석가사 터에는 삼층석탑의 것으로 추정되는 석탑재들이 남아 있다. 절 터가 사적으로 지정되지 않아 일반인들은 위치마저 찾기가 어렵다.

남산 전망대 부근에서 북동쪽의 계곡을 따라 400여 m를 들어가면 삼층석탑이 있는데 이 골짜기를 탑골이라고 부른다.

　삼층석탑 아래에 옥룡암이 있다. 이곳이 옛 불무사가 있었던 곳이라 한다.

　암자 윗편에는 삼층석탑과 함께 마애불상군(보물 제201호)이 있다. 이 일대를 통일신라시대의 신인사 터라고 하나 암자측에 따르면 1982년말 사적 고증을 한 결과 암자터는 불무사가 있었던 곳이며, 마애불상군도 불무사 경내라고 한다.

　마애불상군은 높이 9m, 둘레 30여m 되는 큰바위의 사면에 여래, 보살, 비천, 나한, 탑, 사자 등 많은 불교와 관련된 부조가 있어 부처바위라고도 부른다.

　부처바위에 새겨진 그림들은 화엄세계에 대한 신라 사람들의 꿈이라고 볼 수 있을 것이다.

　부처바위 남쪽면에는 삼존상이 있고, 서쪽에는 입체상이 있다. 북쪽면 중앙에는 부처님이 앉아 계시고, 동탑9층 서탑7층의 목탑이 양쪽에 배치되어 있다.

　부처바위의 가장 넓은 면인 동쪽면의 큰 불상은 본존여래상이다. 부처바위 윗쪽에 삼층석탑이 있다고 해서 이곳을 남산의 탑골이라 부른다.

사천왕사지에서 본 일몰

망덕사望德寺 · 사천왕사四天王寺

■소재지 : 경북 경주시 배반동 낭산

　망덕사는 황룡사, 사천왕사, 황복사 등과 함께 경주의 중요한 절 가운데 하나였으나 언제 폐사되었는지 알 수 없고, 다만 사적 제7호로 지정된 절터에는 동탑터와 서탑터, 그리고 당간지주(보물 제69호)만 남아 있다.

　사천왕사(천왕사)는 서기 679년(신라 문무왕 19년), 명랑明朗 법사가 낭산狼山 남쪽 신유림神遊林에 창건하였으나 폐사되고 지금은 절터가 사적 제8호로 지정되어 있다. 망덕사와 사천왕사가 길 하나를 사이에 두고 나란히 있게

사천왕사터 : 금당터와 목탑이 있던 자리가 남아 있다.

망덕사터 : 망덕사는 당나라 사신에게 사천왕사를 감추기 위해 갑자기 지었던 절이다. 지금은 건물터와 초석만 남아 있다.

229

사천왕사 당간주 : 별다른 장식이 없이 소박하게 만들어졌다.

망덕사 당간주 : 2.5m 정도의 크기로 역시 소박한 모양이다.

된 유래에 대해서 전해진다.

674년 2월, 당나라에 머물던 의상義湘은 당나라의 옥에 갇혀 있던 김인문金仁問에게서 '신라가 당나라의 도독부를 공격한다는 핑계를 내세워 곧 당나라가 신라를 침략할 것'이라는 말을 듣고 즉시 귀국하여 문무왕에게 이 사실을 알렸다.

이에 문무왕이 명랑법사에게 적을 막을 수 있는 계책을 묻자, 법사는 신유림에 사천왕사를 세우고 도량을 열면 부처님의 가피력으로 이를 막을 수 있을 것이라고 말했다.

그러나 당나라가 50만 대병으로 침략해 오자 절을 완성할 시간적 여유가 없었다. 그러자 명랑은 채색된 비단으로 임시로 절을 짓고, 풀로써 오방五方의 신상神像을 만든 뒤 유가瑜伽에 밝은 승려 12인과 더불어 밀교의 비법인 문두루文豆婁 비법을 썼다. 그 결과 두 나라의 군사가 접전하기도 전에 풍랑이 사납게 일어 당나라의 배가 모두 침몰했다.

그 뒤 당나라는 다시 5만 명의 군사로 쳐들어왔으나, 역시 문두루 비법에 배가 또다시 모두 침몰하고 말았다. 이에 당나라의 고종高宗이 김인문과 함께 옥에 갇혀 있던 박문준朴文俊에게 그 까닭을 물었다. 그러자 박문준이 둘러 댔다.

"우리 나라가 당나라의 은혜를 두텁게 입어 삼국을 통일했으므로 그 은 덕을 갚으려고 낭산 남쪽에 새로 천왕사를 짓고 황제의 만수무강을 비는 법석을 열고 있다고 들었습니다."

이에 고종은 크게 기뻐하여 신라에 악붕구樂鵬龜를 사신으로 보내 그 절 을 살펴보게 했다.

문무왕은 재빨리 새로 남쪽에 절을 짓고 그곳으로 사신을 안내했다. 그 러나 사신은

"이 절은 황제의 수명을 비는 사천왕사가 아니고, 망덕요산望德遙山의 절 입니다."

라고 하며 끝내 들어가지 않았다. 문무왕은 할 수 없이 사신에게 금 천 냥을 주며 달래자 그때서야 마음이 풀어져서 본국에 돌아가 보고했다.

"신라에서는 천왕사를 지어 모든 승려와 백성들이 황제의 무병장수를 빌고 있었습니다."

이때부터 이 새 절을 망덕사望德寺라고 부르게 되었는데 이는 중국의 사 신이 '망덕요산의 절'이라고 일컬은 데 연유한 것이다.

그 뒤 서기 679년, 망덕사와는 별도로 임시로 지었던 절을 다시 고쳐 짓 고 사천왕사라고 했다.

고려시대에 목암 일연睦庵 一然, 1206~1289)이 《삼국유사》를 지을 때까지는 문두루 비법文豆婁 秘法을 행한 단석壇席이 남아 있었다고 한다. 명랑법사는 선덕여왕 1년(632), 당나라로 건너가서 진언밀교眞言密教(입으로 부처의 말을 외움으

사천왕사 전돌(벽돌) : 사천왕사 목탑의 중심 기둥 네 벽에 안치되었던 것으로 추정되는 전돌로 현재 국립경주박물관 불교 조각실에 전시되어 있다.

로써 부처와 감응하여 성불함)의 비법을 배워 와서 밀교적 성격의 신인종을 처음 열었다.

문두루 비법이란 사람이 병에 걸려 생명이 위태롭거나 그 나라가 위험에 처했을 때 오방신상을 만들어 비법을 쓰면 오방신장들이 각각 7만의 부하들을 거느리고 나와 보호해 준다는 묘법이다.

이 절터인 신유림은 칠처가람七處伽藍터의 하나로서 선덕여왕(재위 632~647)은 도리천忉利天이 있는 곳이라고 하여 신성시 했다.

선덕여왕은 죽으면서 낭산의 남쪽에 있는 도리천에 묻어 줄 것을 유언했다. 선덕여왕이 죽은 지 30여년 만에 왕릉 아래에 이 절을 짓게 되자, 사람들은 선덕여왕의 예언이 맞았음을 알게 되었다.

불교에서 사천왕이 거주하는 사왕천四王天은 사바세계의 중심지인 수미산須彌山의 중턱에 위치하며 그 꼭대기에 도리천을 두고 있는데, 낭산을 이러한 수미산으로 생각하려 했던 것에서 신라인의 불국토佛國土 사상의 일면을 엿볼 수 있다.

사천왕사는 일탑일가람제에서 신라가 삼국통일 이후 금당을 중심으로 동서에 각각 탑을 세우는 쌍탑가람제雙塔伽藍制로 변모되는 최초의 절 가운데 하나로 전해진다.

절터에는 옛 주춧돌과 당간지주 1기가 있다.

양지良志의 작품으로 추정되는 사천왕 부조 전돌은 허리 윗 부분이 잘린 채 국립 경주박물관에 보관되어 있다.

이 부조의 모양은 감은사感恩寺 석탑에서 발견된 금동사리외함의 사천왕상과 흡사하다. 알맞게 균형 잡힌 몸매, 사실적으로 묘사된 갑옷, 사천왕에게 밟힌 악귀의 고통스런 얼굴표정, 힘찬 근육, 탄력성 있는 신체 변화 등에서 통일신라 초기에 나타난 사실주의 조각양식의 정수를 볼 수 있다. 전체적으로 느껴지는 강한 서역풍西域風으로 미루어 감은사의 사천왕상과 함께 양지의 작품으로 추정하고 있다.

이차돈 순교비 : 불교를 제창하다 순교한 이차돈을 기리기 위하여 건립된 비석.
원래 백률사에 있었으나 현재는 국립경주박물관 미술관 불교조각실에 전시되어 있다.

백률사栢栗寺

■소재지 : 경북 경주시 동천동 금강산金剛山
■소　속 : 대한불교 조계종 제11교구 불국사의 말사

　이차돈異次頓(506~527)이 순교할 때 목이 잘리는 순간 흰 피가 솟구치고 목이
공중으로 치솟았다가 떨어진 곳에 세운 절이라고 한다. 그러나 또 다른 설
에 의하면 이차돈의 시체를 북악에 장사지내고 그의 명복을 빌기 위해 세운
절이 자추사刺楸寺이고, 훗날 이 자추사를 백률사로 개칭했다고도 한다.

백률사 전경 : 경주시민들이 가장 많이 찾는 곳으로 그들은 오늘날 이차돈의 순교정신을 그리워 할지도 모른다.

절의 정확한 창건 연대는 알 수 없고 서기 693년(효소왕 2년)에 백률사와 부례랑夫禮郞에 대한 기록이 있는 것으로 보아 삼국통일 무렵에 창건된 것으로 추정된다.

임진왜란 때 폐허가 되었던 것을 대웅전과 함께 중창하였다.

우리나라에 최초로 불교가 들어 온 것은 고구려의 소수림왕 2년, 서기 372년이었다. 전진前秦의 왕, 부견符堅이 순도順道라는 스님을 사신으로 보내면서 불상과 경문經文을 함께 보냈는데 이것이 근역(槿域 : 무궁화가 많은 땅. 즉, 우리나라를 가리킴)에 불교가 전래된 시초가 된다.

그러나 신라는 소백산맥 아래에 위치하고 있어 문물의 전래가 늦은데도 이유가 있었지만 일찍부터 섬겨 오던 조상신에 대한 신앙이 강했기 때문에 이방異邦의 종교인 불교를 강력히 반대하고 쉽게 받아들이지 않았다.

신라 제 23대 법흥왕 때 양나라의 무제가 향을 보내 왔다. 법흥왕이 그 향을 만져보니 상서로운 냄새가 났다. 하여 신하에게 그 용도를 물으니 사인舍人 이차돈異次頓이 말했다.

"이것은 서역국에서 온 것으로 우리나라에서는 일선군 사람 모례毛禮가 잘 알고 있지만 그는 이미 죽고 그 자손이 아직 일선에 살고 있사오니 그에게 물어 보심이 좋을 듯하옵니다."

왕이 즉시 사람을 보내 찾아보니 과연 모례라는 사람의 후손이 살고 있었다. 그런데 모례의 후손보다 그 집에 머물고 있던 스님이 그에 대해서 잘 아노라고 했다.

그는 나이가 많은 늙은이로써 스스로를 묵호자라 했다. 그가 모례의 후손 대신 사신과 함께 궁궐로 갔다.

그때 공주가 병중에 있었는데 묵호자가 향을 피우고 불경을 읽으니 병이 금방 쾌차하였다. 이를 본 왕은 불교를 좋아하게 되었고, 부처님의 가르침으로 국민들의 뜻을 하나로 뭉쳐 나라를 태평하게 하려는 생각을 가지게 되었다.

그러나 신하들의 반대가 완강하였기 때문에 마음속으로 깊이 고민하고 있었다.

이때 이차돈이 왕의 뜻을 헤아리고 청했다.

"전하! 제가 전하의 명령이라 하며 천경림을 베고 그곳에 절을 세우겠습니다. 그렇게 되면 많은 신하들이 극심하게 항의할 것인 즉 그때 전하께서는 왕명을 거짓으로 퍼뜨렸다는 죄로 저의 목을 베어 주십시오. 그러하오면 제가 기이한 이적異蹟을 보여 불법을 홍포洪布하게 하겠나이다."

그러나 왕은 이차돈의 갸륵한 뜻을 받아 들이려 하지 않았다.

"내가 불교를 펴려는 것은 백성들을 복되게 하려는 것이거늘 어찌 죄없는 사람을 죽이겠는가?"

그러나 이차돈도 뜻을 굽히려 하지 않았다.

"세상에서 생명처럼 귀한 것이 없다는 것을 소신도 알고 있사옵니다. 그러나 이 한 몸을 버려 온 백성이 길이 편하고 부처님의 법이 이 땅에 퍼질 수 있다면 소신은 목숨을 기꺼이 바칠 것입니다. 마치 저녁에 지

이차돈 순교 장면 벽화

237

백률사에서 본 경주 : 백률사에 오르면 경주시내와 신라의 옛 궁궐지들이 한눈에 들어온다.

는 해처럼 이몸이 죽어지면 내일 아침에는 불법의 해가 찬란하게 솟아오를 것입니다. 이처럼 옳은 일을 두고 어찌 목숨을 아끼겠사옵니까?'

이차돈은 왕의 간곡한 만류에도 불구하고 천경림을 베었다. 그러자 예상했던 대로 여러 대신들과 백성들의 항의가 빗발쳤다.

결국 왕은 이차돈에게 그에 대한 벌로 사형을 내리지 않을 수 없었다. 드디어 사형을 집행하는 날이 왔다.

신하들을 비롯한 사람들이 이차돈의 마지막 모습을 보려고 구름처럼 모여들었다. 이차돈은 태연하였다. 그리고 부처님께 기원했다.

"이 몸의 죽음을 자비로 받으소서. 참된 진리를 위해 이 한 목숨 헛되지 않게 하소서."

그는 마지막으로 하늘을 향해 축원하였다.

이윽고 사형 집행인의 칼이 봄날의 풀잎을 베듯 이차돈의 목을 베었다. 그런데 이것이 웬일인가!

이차돈의 목에서는 흰 피가 한 길이나 솟아오르고, 천지가 진동하면서 꽃비가 내려 형장을 수놓았다. 모였던 사람들은 경탄하였고, 그의 거룩한 순교정신에 감동하여 모두들 눈물을 적시었다.

왕은 그의 시체를 북악에 장사지내주고 그의 명복을 빌기 위해 자추사라는 절을 세웠다.

이렇게 해서 드디어 법흥왕 14년, 서기 527년에 불교는 공인되었고, 신라의 위대한 불교문화가 이로부터 시작되었다.

백률사 경내에는 옛건물에 쓰였던 초석과 석등의 석재 일부가 남아 있다. 그리고 대웅전에 봉안되었던 이차돈 순교비와 금동약사여래상은 지금은 경주 박물관에 안치되어 있다.

이차돈 순교비는 육면의 특이한 기둥형식으로 만들어져 있다. 다섯 면은 비문이 새겨져 있고, 한 면에는 목에서 흰 피가 솟아오르고 하늘에서 꽃비가 내리는 순교장면이 양각되어 있다.

이 비는 비문이 마모되어 건립연대와 누가 건립했는지 알 수 없으나 766년(혜공왕 2년) 이후에 건립된 것만은 확실하다.

법흥왕릉 : 이차돈의 순교로 법흥왕은 불교를 공인했다.

비문의 글씨는 중국에까지 이름을 떨친 김생의 글씨라고 전해진다.

현재 백률사에서는 이차돈과 관련된 유적을 찾기가 어렵다.

일반적인 범종에는 비천상 등의 무늬를 넣는 반면 백률사 법종에는 이차돈이 순교할 때의 장면을 그려 이차돈 순교의 뜻과 백률사와의 관계를 말해주고 있다.

이 절에는 이차돈 순교 설화 외에 중국의 공장工匠이 만든 것이라 하는 대비관음상에 얽힌 영험담이 전해져 온다.

서기 692년에 국선國仙 : 화랑이 된 부례랑은 이듬해인 693년 3월, 화랑의 무리를 거느리고 북명北溟의 지경地境에 이르렀다가 말갈족의 포로가 되었다. 다른 사람들은 당황하여 허겁지겁 되돌아갔으나 안상安常이라는 사람만은 그를 뒤쫓아 갔다.

효소왕이 그 소식을 듣고 안타까워 하고 있는데 상서로운 구름이 창고를 덮었다. 이상하게 생각한 왕이 그 안을 조사하게 했더니 현금(玄琴 : 거문고)과 신적(神笛 : 피리)의 두 보물이 없어진 것이 확인되었다.

한편, 부례랑의 부모가 자추사에 있는 대비관음상 앞에서 자식의 무사 귀환을 기원하고 있었는데, 난데없이 향을 피우는 탁자 위에 현금과 신적이 올라와 있고, 부례랑과 안상 두 사람도 불상 뒤에 와 있었다. 부모가 놀라 그 내력을 물으니 부례랑이 대답했다.

"네! 제가 잡혀 가서 마부가 되어 방목放牧을 하고 있는데, 용모가 단정한 스님이 손에 현금과 신적을 가지고 와서 위로하며 '나를 따라오라' 고 해서 쫓아갔습니다. 그래서 해변으로 가니 거기에 안상이 있었습니다. 그 스님이 신적을 둘로 쪼개어 저와 안상에게 하나씩 주고, 순식간에 현금을 타고 하늘을 날아서 이곳에까지 왔습니다."

백률사 금동약사여래 입상 : 통일신라 시대의 3대 금
동불상 중의 하나로 〈삼국유사〉에 기록된 '백률사의
대비상'이 이 불상인지는 알 수 없으나 대비상으로 추
측한다.

백률사 범종에 부조된 이차돈 순교장면 : 범종에 비천도가 아
닌 이차돈의 순교장면을 넣어 순교정신이 종소리를 따라 널
리 전해지기를 염원하고 있다.

부례랑이 현금과 신적을 왕에게 바치고 이 사실을 아뢰니, 왕이 이는
부처님의 보살핌이라고 하며 절에 금과 은으로 만든 그릇과 마납가사摩衲
袈裟를 바쳐 부처님의 은덕에 보답했다.

국립경주박물관 미술관 조각실에 전시되어 있는 백률사 금동약사불 입
상이 〈삼국유사〉에 기록된 '백률사 대비상'의 금동불을 가르키는 것인지
는 분명치 않다. 그러나 대비상이라고 추측하기도 한다.

백률사로 오르는 초입에는 굴불사가 있었던 자리로, 사방불이 있어 경
주의 많은 사람들이 즐겨 찾는 기도터가 되고 있다.

남산 석조 관음보살입상 : 보살상의 머리는 일제시대 때 경주박물관으로 옮겨갔으며, 몸은 1997년 남산 서쪽 기슭의 밭둑에 상체만 노출된 채 묻혀 있던 것을 발굴하여 복원하였다.

중생사衆生寺

■소재지 : 경북 경주시 배반동 낭산狼山
■소　속 : 대한불교 조계종 제11교구 불국사의 말사

　중생사는 신라 때 창건되었다가 언제 폐사되었는지 알 수 없는 것을
1940년대에 중창하여 오늘에 이르고 있다.

　중국 오나라 황제에게 사랑하는 여자가 있었는데, 그녀는 천하절색의

중생사 전경 : 역사에 비해 소박하고 한적한 모습이 특별한 느낌으로 사람을 반긴다.

지장전

미녀였다.

"이처럼 아름다운 여인은 고금동서에는 물론 그림에서도 볼 수 없을 것
이니라."

마음이 흡족한 황제는 화공을 불러 명령했다.

"화공은 듣거라. 이 여인의 모습을 한 치 틀림없이 그려 그녀의 아름다
움을 오래오래 볼 수 있도록 하라."

명을 받은 화공은 최선을 다하여 여인의 모습을 그렸다. 그리고 나서
마지막 붓을 놓는 순간, 그만 붓을 잘못 떨어뜨려 그림의 배꼽 밑에 붉은
점이 찍혔다. 화공은 아무리 고쳐보려 했으나 고칠 수가 없었다. 화공은
할 수 없이 그대로 황제에게 바쳤다.

"아니, 이럴 수가. 옷 속에 감춰진 배꼽 밑의 점까지 그리다니……"

그림을 본 황제는 놀라지 않을 수 없었다.

"그림은 실물과 똑같이 매우 잘 그렸도다. 그런데 감추어진 배꼽 밑의 점은 어떻게 알고 그렸느냐?"

화공이 대답을 못하자 황제가 진노하였다.

"화공을 당장 하옥하고 중벌로 다스리도록 하라."

그때 옆에서 듣고 있던 재상이 아뢰었다.

"저 사람은 마음이 아주 곧습니다. 그가 그 부분까지 그린 것은 그의 능력이 그만큼 탁월함을 말해주는 것이오니 원컨대 용서하여 주옵소서."

"만약 그렇다면 어젯밤 짐이 꿈에 본 사람의 형상을 그려 보아라. 그 그림이 짐의 꿈과 같으면 능력을 인정해서 용서해 줄 것이니라."

황제의 명을 받은 화공은 11면 관음보살상을 그려 바쳤다. 황제는 놀라움을 금치 못했다. 과연 간밤 꿈에 본 보살상과 똑같지 않은가! 황제는 그

자장전 안의 삼존불 : 지장보살이 특이하게 모자를 쓰고 있다.

제서야 화공이 예사롭지 않은 사람임을 인정하고 용서해줬다.

죄를 면한 화공은 박사博士 분절芬節에게 물었다.

"내가 듣기로는 해동 신라국에서는 불법을 높이 받들어 믿는다 하니 그대와 함께 그곳에 가서 그곳 백성들에게 널리 이롭게 하면 어떻겠소?"

이에 박사 분절도 좋다고 승낙하여 두 사람은 신라국에 이르러 중생사衆生寺에 안치할 관음보살상을 만들었다. 그 관음상이 봉안되자 그 보살상에게 기도한 신라인들이 많은 영험을 얻었다.

이러한 일도 있었다.

최은함催殷誠이라는 사람이 중생사의 관음보살상에게 기도한 끝에 아들을 얻었다. 그리고 석 달이 채 되지 않았는데 후백제의 견훤(甄萱, ?~936)이 서라벌을 침공하자 급해진 그는 부득이 아이를 관음보살상 앞에 놓아 두고 난을 피했다. 그 후, 보름 만에 다시 찾아오니 아이는 더욱 생기가 있고, 입에서는 젖냄새가 났다. 관음보상상이 보살펴 주었던 것이다. 이 아이가 곧 최승로(崔承老, 927~989)다.

또 서기 991년(고려 성종 11년) 3월, 이 절의 주지 성태性泰가 시주가 없어 절을 유지할 수 없음을 걱정할 때 관음보살상이 금주(金州 : 김해) 사람들에게서 시주를 얻어 주었고, 절에 불이 났을 때에도 스스로 절 마당으로 옮겨 앉아 화재로부터의 재난을 피했다고 한다.

1172년(명종 3년)에는 문자를 모르던 점숭占崇이 주지로 있었다. 그러자 한 승려가 점숭을 몰아내고 자신이 주지직을 맡으려고 나라에서 보낸 관리에게 점숭을 모함했다. 그런데 점숭이 축원문을 거꾸로 들고도 잘 읽어내자 관리는 '이 스님은 관음대성이 보호하는 분' 이라고 하여 그대로 머물게 했다. 그 후 이 절은 나라의 은혜를 빌고 복을 구하는 역할을 했다.

능지탑 : 문무왕의 화장터로 추정된다. 이 탑의 150m 정도 뒤에 중생사가 있는데 이렇게 가까이 있는 것으로 미루어 능지탑과 중생사가 연관이 있을 것으로 추정된다.

중생사에는 통일신라시대의 것으로 추정되는 지장보살상과 좌우에 신장상이 나란히 배치되어 있다. 보살상은 모자를 쓰고 있는 희귀한 모습을 하고 있다.

현재는 삼존불의 보호각을 짓고 지장전이라는 현판을 붙여 보존하고 있다.

석조관음보살상은 밭둑에 상체만 노출된 상태로 묻혀 있던 것을 발굴하여 경주 박물관 야외 전시장에 〈낭산狼山 석조관음보살 입상〉이라 이름 붙여 전시되어 있다.

흥덕왕릉 : 경주 안강읍에 있다. 흥덕왕은 자신이 왕위에 오를 때 죽은 장화부인을 못잊어 유언으로 함께 묻어달라해서 이 능에 합장되었다.

홍효사弘孝寺

■소재지 : 경북 경주시 건천읍 모량리 취산醉山

신라 흥덕왕(826~836) 때에 손순이 취산醉山 골짜기에 창건하였으나 연혁이 전해지지 않고, 언제 폐사되었는지도 알 수 없다.

흥덕왕은 엄격한 신분사회에서 비천한 장보고를 등용하여 청해진 대사로 삼아 해상권을 장악했던 임금이다.

흥덕왕릉은 경주 외곽에 수천 그루의 소나무에 둘러싸여 있다.

흥덕왕 때에 경주 모량리牟梁里에 손순孫順이라는 사람이 살았다.

그는 아내와 함께 품팔이를 하며 홀어머니를 봉양하였는데 그 어머니의 이름은 운오運烏였다.

손순 부부 사이에는 어린아이가 하나 있었다. 그런데 아이는 식탐이 많아 노모에게 드리는 음식까지 다 빼앗아 먹었다. 이를 민망히 여긴 손순은 부인과 상의했다.

"여보, 아이는 다시 낳으면 되지만 어머님은 한번 돌아가시면 다시는 뵈올 수 없는 일이 아니오? 아이가 어머니께 드리는 음식을 다 빼앗아 먹으니 어머님 뵙기 민망하기 짝이 없구려. 그러니 어머니를 위하여 아이를 땅에 묻어버립시다."

"당신 뜻이 정히 그러하시다면 그러시지요."

그리하여 부부는 아이를 업고 마을의 서북쪽에 있는 취산醉山으로 올라갔다. 그리고는 한참 땅을 파다보니 석종石鐘이 하나 나왔다. 부부가 놀라 근처의 나무에 석종을 매달고 두드려 보았더니 오묘한 소리가 났다.

아내가 남편, 손순에게 말했다.

"아이를 묻으려다 이처럼 기이한 물건을 얻었으니 이는 아이의 복이라 생각됩니다. 아이를 묻지 맙시다."

"그렇군요. 이는 분명 아이의 생명을 중히 알라는 계시인 듯싶으니 그리합시다."

아내는 다시 아이를 업고 손순은 종을 들고 집으로 돌아왔다. 그리고 들보에 그 종을 매달아 놓고 두드리니 그 소리가 대궐에까지 들렸다.

종소리를 들은 경덕왕은 이제껏 들어보지 못한 은은하고 오묘한 소리여서 시종에게 명하였다.

"서쪽 마을에서 들리는 종소리가 오묘하기 짝이 없구나, 속히 가서 알아보도록 하라."

시종이 달려가 손순 부부에게 종을 얻게 된 내력을 자세히 듣고 돌아와 왕에게 아뢰었다. 그러자 왕이 감탄하여 말했다.

"옛날 중국 한나라의 곽거郭巨가 어머니 음식을 빼앗아 먹는 아들을 땅에 파묻으려 할 때 하늘이 금솥을 내리셨다고 한다. 지금 손순이 아들을 묻으려다 석종을 얻었으니, 그 효도는 천지에 보기 드문 귀감이로다."

홍덕왕은 손순에게 집 한 채를 하사하고 또 해마다 벼 50석씩을 주어 노모를 봉양케 했다. 손순은 모든 게 석종이 베푼 은덕이라 생각하고 자신이 살던 집에 절을 지으니 이것이 곧 홍효사(弘孝寺)다. 석종은 물론 그곳에 봉안하였다.

석종은 진성 여왕(887~897) 때에 후백제의 도둑이 들어 훔쳐가고, 현재에는 절의 초석과 축대마저도 제대로 보존되지 않아 일반인은 그 터도 찾기 어렵게 되어 안타깝게 한다.

대승사 사방불 : 《삼국유사》에 의하면 하늘에서 내려온 불상이라 한다. 대승사에서 15분 여를 산으로 올라가야 사불산 정상에 있는 사방불을 만날 수 있다.

대승사 大乘寺

■소재지 : 경북 문경시 상북면 전두리 사불산
■소　속 : 대한불교 조계종 제8교구 직지사의 말사

　　서기 587년(신라 진평왕 9년), 이곳 그다지 높지 않은 산마루에 사면석불상(四面石佛像) 하나가 갑자기 하늘에서 떨어졌다. 이를 신비하게 여긴 진평왕이 명령하여 사찰을 짓게 하고 대승사라 이름하였다. 그때부터 이 산은 사면석불상이 있다해서 사불산(四佛山 912m)으로 불리게 되었다.

대승사 경내 : 신라 진평왕 때 창건되었으나 소실되어 1960년에 다시 복원하였다.

그후 선조 25년(1592년) 임진왜란 때 전소된 뒤 여러 차례 중건을 거듭하다가 1956년 화재로 대부분의 건물이 소실된 것을 1960년에 주지 남인 기종南印 基琮이 다시 세워 오늘에 이르고 있다.

신라 진평왕 9년, 커다란 바윗덩어리 하나가 죽령竹嶺에서 1백여 리 되는 산꼭대기에 떨어졌다. 그 바윗덩어리는 붉은 천으로 곱게 감싸져 있었는데 풀어보니 사면에 여래의 모습이 새겨져 있었다.

이러한 사실이 궁중으로 전해지자 진평왕이 친히 그곳을 찾았다. 보고받은 대로 바위에는 여래의 모습이 정교하게 새겨져 있었다. 그 때까지 이름이 없던 그 산은 네 면에 불상이 새겨진 바위가 떨어졌다 하여 사불산四佛山이라는 이름이 지어졌다.

진평왕은 바위를 향하여 배례를 하고 바위 주위에 절을 세우도록 하니 이 절이 바로 대승사다.

대승사를 창건하는데 일심정념으로 기도하며 주석한 망명 스님은 음양술에 통달한 도승이었다.

어느 날, 상주 고을 신도 한 사람이 돌아가신 부모의 혼을 위해 고승대덕을 초청하여 천도제를 올리는데 망명 스님도 그 자리에 초청되어 하룻밤을 유숙케 되었다. 캄캄한 밤중에 망명 스님이 코를 골며 잠자고 있는데 그의 입에서 괴이한 빛이 일어나므로 사람들이 놀라 스님을 깨워 그 연유를 물었다.

"허어! 그래? 나는 그저 평소 수신과 수행이 부족하여 법화경을 외웠을 뿐인데……."

그 자리에 있던 사람들이 놀라 존경하여 마지 않으니 이 소문은 서라벌에까지 전해졌다.

사방불 : 대승사 부속 암자는 현재 묘적암, 윤필암, 안정암만 남아 있다.
윤필암 사불전에는 부처를 모시지 않고 유리창을 만들어 밖에 있는 사방불을 바라볼 수 있게 하였다. 사
방불은 풍상에 마모되어 희미한 모습만을 볼 수 있다.

사찰 이름이 대승사라 지어진 데에는 두 가지 전설이 있다.

첫째 전설은 사불이 하늘에서 내려와 공덕산에 머물렀다는 소문을 들

고 임금이 친히 출어하여 참배하고 왕명으로 절을 세우게 했다. 그때 임금의 큰수레 대련이 머물러 많은 백성을 선정으로 이끌었다 하여 탈 승乘 자를 넣어 대승사라 했다는 것이다.

두 번째 전설은 큰 바윗덩어리가 떨어지자 불가에서는 법화경을 외우는 스님을 초청하여 사불의 안면을 깨끗이 닦고 향화香花와 등화燈火를 끊이지 않게 밝히며 사불을 모셨다. 그리고 지금까지 공덕산으로 불리던 산 이름도 사불산으로 개칭했다. 그 후 절을 세운 다음 무명의 망명 스님을 주석케 했다. 그런데 망명 스님은 묘법연화경을 즐겨 외웠다. 그 경전은 대승경전 중에서도 으뜸이므로 대승을 구현한다 하여 대승사라 명명했다고 한다.

대웅전 목각 후불탱 : 두꺼운 판목에 깊고 정교하게 새긴 후 금박을 입혔다. 원래는 영주 부석사 무량수전에 있었다.

대웅전 안에 후불로 모셔진 아미타 목각부조상은 보물(제 575호)로서 본래 부석사의 무량수전에 봉안했던 것을 부석사가 폐찰되면서 이곳으로 옮겨온 것이라고 한다. 재료는 나무이고, 부조기법의 조각상인데 중앙에 키 모양의 광배와 연꽃대좌를 하고 있으며 협시상(脇侍像 : 좌우에서 가까이 모시는 불상)들을 배치했다.

　정면에는 석가모니 부처님이 문수, 보현 보살을 거느리고 있다. 부조는 두꺼운 판목에 깊고 정교하게 새긴 후 금박을 입혔다.

　대승사에서 왼쪽 사잇길로 15분여 산을 오르면 연기설화緣起說話와 관련된 사방석불이 있다.

　《삼국유사》에는 하늘에서 내려온 불상이라고 기록되어 있는데 오랜 세월 풍상에 마모되어 모습을 제대로 알아보기가 어렵다.

원진국사비 : 원진국사비 옆에는 지명법사, 원진국사 등 역대 고승들의 영정이 함께 모시어져 있으나 원진각이라 이름한 것은 원진국사가 찾이하는 비중이 그만큼 크기 때문이다.

보경사寶鏡寺

- ■소재지 : 경북 포항시 북구 송라면 중산리 내연산
- ■소 속 : 대한불교 조계종 제11교구 불국사의 말사

신라의 지명智明법사가 중국 진나라에 유학하고 돌아오면서 가져온 8면 보경八面寶鏡을 서기 602년(신라 진평왕 24년), 내연산內延山에 묻고 사찰을 세운 뒤 보경사라 이름하였다.

서기 723년(성덕왕 22년)에는 각인覺仁과 문원文遠이라는 사람이 금당 앞에 5

보경사 : 아름다운 내연산과 조화롭게 어우러져 찾는 사람을 편안하게 한다.

층 석탑을 조성했다.

그 후 745년(경덕왕 4년)에는 주지 철민哲敏이 중창했고, 1214년(고려 고종 1년)에는 원진국사가 중수하는 등 여러 차례 중수와 중창을 거치면서 오늘에 이르고 있다.

지명법사는 중국에서 10년 동안 불교 연구와 구도의 날을 보냈다. 그리고는 자신이 수학한 것을 유명한 도인이나 법사로부터 확인받기 위하여 양자강을 건너 불교가 인도에서 중국으로 전해질 때 중국 최초의 사찰이었던 하남성河南省 낙양洛陽의 백마사白馬寺를 찾아갔다.

백마사는 이미 5백 년의 역사를 지닌 고찰로서 가람이 웅장하고 고색이 창연하여 순례자들은 누구나 경탄했다.

5층석탑 : 금당탑이라 불리우며 신라시대 각인, 문원 보경사 창건주인 지명법사 진영과 지명법사상
두 스님이 '절에 탑이 없을 수 없다' 며 세웠다고 한다.

지명법사는 우선 대웅전의 부처님을 친견하기 위하여 법당에 들어섰다. 대웅전에 봉안된 불상은 인도에서 가습 마등과 법란 두 스님이 중국으로 불법을 전하기 위하여 모셔온 석가모니 불상이었다.

지명법사는 이 석가모니 불상을 우러러 보자 뜨거운 감동의 눈물이 하염없이 흐르기 시작했다. 지명법사는 왜 눈물이 비오듯하며 서러움이 북받쳐 오는지 자신도 알지 못했다.

참배가 끝난 후, 80세가 넘은 주지 노승에게 해동 계림국에서 불법을 구하기 위하여 중국에 유학왔다가 사찰 순례 길에 첫 번째로 찾아왔노라고 말씀드렸다. 주지 노승은 아무런 대답도 없이 눈을 감고 있다가 한참 후에 조용히 말했다.

"아! 이제야 그렇게 기다리던 백마총의 임자가 왔구나! 법사는 나를 따라 오너라!"

그리고는 백마사를 나서면서 말하였다.

원진각에 모셔진 역대고승의 진영들

"불교가 처음으로 중국에 전해질 때 가습 마등과 법란 두 스님이 석가모니 불상 한 분, 그리고 불경 12면경과 8면경을 백마에 싣고 왔느니라. 그런데 백마가 중국에 도착하자마자 죽었기 때문에 그 공덕을 찬양하기 위해 사찰을 짓고 그 이름을 백마사라 했다. 이제 그 백마의 무덤인 백마총으로 가고자 하느니라."

과연 백마사에서 한 5리쯤 가니 곱게 단장되어 있는 무덤 하나가 나타났다.

"저것이 그 백마총이니라."

지명법사는 백마총에 세 번 절하고 비문에 새겨진 사연을 읽었다.

"서천 중인도에서 태어난 이 백마는 속세의 인연으로 말의 몸을 받았으나 체구가 건장하며 지혜가 뛰어 났다. 이 백마가 석가모니 불상과 불경을 등에 싣고 험악한 산과 계곡의 10만 리 길을 거쳐 진단국에 도착했는데 그만 기진하여 생명을 마쳤다. 그러나 부처님과 인연을 맺지 못한 사람에게 인연을 맺게 한 공덕으로 이제는 축생의 몸을 받지 않고 정토에 태어나되 이목이 청수하고 총명하리라. 또한 동진출가童眞出家하여 3장의 교의를 통달하고 불법의 대도를 깨우친 대법사가 되리라. 하여 불법을 널리 선포하고 수없는 중생을 교화, 제도하는 보살도를 닦아 마침내 최 정각을 이룰지니 이 인연 공덕과 원력으로 세세생생의 대복전이 될 지어다.

아! 거룩하고 성스러운 공덕이여!

그 빛은 진단국과 해동에 빛이 될 지니라!'

비문을 읽고 난 지명법사는 주지 노승이 새삼 말해주지 않아도 자신이 전생에 백마였다가 전법한 공덕으로 해동의 승려로 태어나 이제 인연이 닿아 이곳에서 다시 만났음을 깨닫고 무한한 감회에 젖어 하염없이 눈물을 흘렸다.

주지 노승은 주장자를 세 번 치면서 외쳤다.

"오늘 백마총의 임자인 지명법사가 여기 왔으니 호법신령과 호법신장은 그 법보를 주인에게 돌려주도록 하라."

주지 노승의 외침이 끝나자마자 백마총 바로 옆의 땅이 갈라지면서 석함이 하나 솟아 올랐다.

"지명법사는 저 석함을 열어 보아라!'

보경사 적광전 : 비로자나불을 주불로 모신 금당으로 지명법사가 세웠다고 한다.

　지명법사가 주지 노승의 말대로 석함 뚜껑을 열자 종이장처럼 가볍게 열렸다.

　그 뒷면에는 다음과 같은 글이 새겨져 있었다.

　"내 일찍이 백마의 몸으로 태어나 마등, 법란의 두 도인을 모시고 불상과 불경, 그리고 12면경과 8면경을 운반했다. 그 공덕으로 마등, 법란 두 도인의 제자가 되는 인연을 얻었다. 마등, 법란 두 도인이 나에게 이르기를, '조선국 해뜨는 곳 중남산 아래에 백 척의 깊은 못이 있으니 그곳이 동국의 명당이다. 그곳을 메워 이 8면경을 묻고 사찰을 창건하면 만세천추에 불법이 멸하지 않을 것이니 너는 그곳에 태어나 이 인연을 짓도록 하여라.' 하는 법연을 받았다.

　이제 나의 인연이 다 함을 알고 해동 계림국에 호법성왕이 출현할 때에 인간의 몸을 받아 해동의 사문이 되어 다시 이곳 백마총에 와서 이 8면경

관음폭포 : 내연산 계곡의 12폭포는 아름답기로 유명하다.

을 가지고 해동으로 돌아가 대불사를 일으켜 세세생생 불법이 흥하여 정토를 이루고자 한다. 일조 근지."

이 기록의 주인인 일조 스님은 지명법사가 중국에 도착하기 4백5십 년 전에 있었던 백마사 주지 노승이었다.

그때 백마사의 주지 노승인 일조 스님이 전생의 지명법사였던 것이다.

석함 속에는 지명법사의 마음을 알고 있다는 듯 8면경이 더욱 빛나고 있었다.

주지 노승은 아무런 표정도 없이 말했다.

"자! 이 물건과 내가 임자가 나타나기를 이제까지 기다리고 있었단다. 오늘에야 임자를 만났으니 할 일을 다 마친 것 같구나! 자! 이 8면경을 잘 간직하라!'

지명법사가 8면경을 받들자 석함이 저절로 땅속으로 사라졌다. 주지 노승은 이 8면경은 돌로 만들어진 거울이지만 보배의 거울이니 8면보경이라고 하라며 앞으로 할일을 설명했다.

"이 큰 뜻을 지닌 8면보경을 소중히 보호하여 본국에 돌아가 정토를 이루고 만민을 제도, 교화하는 대불사를 일으키도록 하여라!'

이어서 주지 노승은 승려들과 모든 대중을 모아 놓고 말했다.

"이제 나는 이승에서 할일을 다하고 인연에 따라 몸을 버려야 할 때가 왔구나! 사부대중들은 의심나거나 알고자 하는 바가 있으면 질문하라!'

모든 대중은 주지 노승의 갑작스런 말에 숙연해지면서 당황하였다. 주지 노승이 계속해서 말했다.

"현재의 과果를 잘 관찰해 보면 전생을 알 수가 있고, 현재의 인因을 잘 관찰하면 미래를 알 수 있느니라!"

말을 마친 주지 노승이 조용히 열반에 드니 모든 대중이 부모님을 잃은 것처럼 통곡하며 슬퍼하였다.

지명법사는 주지 노승의 49제를 지내면서 밤낮을 가리지 않고 대덕 노승의 수행원력과 공덕을 찬미하는 예불을 올렸다.

지명법사는 자신이 전생에는 백마였다는 것을 안 후부터는 말을 타지 않고 걸어 다니며 선지식인들을 순방하였다.

그는 이제 순례가 끝났으니 고국으로 돌아가 대불사를 일으켜야 되겠다고 생각했다. 하여 문황제에게 귀국의 뜻을 밝히고 고국에 돌아오니 왕과 대신들이 8면보경을 친견하기를 원했다. 지명법사는 8면보경을 부처님의 불단 위에 안치하고 향과 3배를 올린 후 보자기를 푸니 보경이 푸른빛을 발하면서 나타났다.

지명법사는 왕에게 아뢰었다.

"8면보경은 소승의 전생 인연으로 구했지만 호국성왕이 탄강하시어야 이 국토에 전해질 수가 있는 것이기에 대왕

천왕문에서 본 금탑과 금당 : 금탑인 5층석탑과 금당인 적광전이 천왕문에서 정면으로 일직선상에 있다.

265

님의 인연이기도 합니다."

"그럼, 내일부터라도 동해안에 있는 해맞이(迎日) 고을로 나가 모든 백성들이 동참하는 대불사를 성취시키도록 하라!"

이렇게 하여 왕이 지명법사와 함께 신하 수십 명을 대동하고 영일 해안에 이르자 하늘은 끝없이 높고 바다는 만경창해, 말 그대로 끝없이 푸르고 넓었다.

왕이 어디를 금당으로 정하였으면 좋겠느냐고 묻자 지명법사는 보살의 형태를 한 구름을 가리키면서 말했다.

"저 구름을 따라 가면 명당자리를 찾을 수가 있을 것입니다."

일행이 보살 모양을 한 5색구름을 따라 북으로 거슬러 올라가니 마치 신선이 사는 곳과 같은 맑은 계곡이 나왔다.

그 산의 이름은 내연산內延山이라고 했는데 계곡 주위에 병풍처럼 둘러처져 있는 정경이 너무나 아름답고 그윽하여 그 장관을 말로써는 표현할 수가 없었다.

그곳 계곡 중간에 고요하고 넓은 연못이 있었다. 일행은 누구의 지시가 있는 것도 아닌데 저절로 그곳에 멈추었다.

지명법사가 왕에게 아뢰었다.

"바로 이곳이 8면보경의 법보를 모시고 금당을 모실 성역이옵니다."

왕은 그의 말에 따라 많은 인부들을 동원하여 연못을 메우고 그 중앙에 8면보경을 봉안, 사찰을 세운 후 보경사寶鏡寺라 부르게 하였다.

사명 유정(1544~1610)이 지은 〈금당기문金堂記文〉에 의하면, 서기 67년 인도의 승려 마등과 법란이 불상과 불경, 8면원경八面圓鏡, 12면원경을 가지고 중국에 와서 12면원경을 묻고 백마사白馬寺를 지었으며, 그들의 제자인 일조日照스님이 바다를 건너 이곳 내연산에 와 8면원경을 묻고 보경사를 창건했다고 하나 신빙성이 없어 보인다.

내연산은 기암절벽으로 산세가 빼어나고 20리가 넘는 계곡마다 12폭포가 이어져 있다. 이 골짜기를 내연산 12폭포골, 또는 청하골이라 한다.

보경사 경내의 천왕문을 들어서면 뜰에 금당탑이라 불리는 5층석탑이 있다.

〈금당탑기〉를 보면 탑을 세운 이는 각인 스님과 문원 스님으로서 '절에 탑이 없을 수 없다'며 기금을 모아 청석靑石으로 탑을 만들어 대전大殿 앞에 세웠다고 했다.

이 탑에서 관심을 끄는 것은 연봉자물쇠와 문고리 2개가 너무나 사실적인 1층 몸돌이다. 이 탑은 그 양식 등을 보아 신라 말이나 고려 초에 조성했던 것으로 여겨진다.

탑 뒤의 적광전寂光殿은 비로자나불을 주불로 모신 불전으로, 보통 금당金堂이라고도 한다.

적광전은 지명법사가 절을 창건할 때 세웠다하니 보경사에서 현존하는 건물 중 제일 오래 된 건물이다.

보경사는 천왕문, 5층석탑, 적광전, 대웅전이 일직선상에 있고 좌우에 승방과 대웅전 뒤로 전각들과 이절의 중창주인 원진국사비가 있다.

대웅전 뒷 구역에 중창주인 원진국사비를 오른편에 두고 원진각을 중심으로 명부전, 영산전, 산여각, 팔상전이 일렬로 배치되어 있다.

원진각은 원진국사를 모신 전각이란 뜻이나 개산조인 명랑법사상과 영정을 중심에 모시고 원진국사 영정을 비롯 역대 고승들의 영정을 모신 영정각이라 할 수 있다.

오어사 전경 : 오천과 절이 어우러진 모습은 한 폭의 동양화를 연상케 한다.

오어사 吾魚寺

■소재지 : 경북 포항시 남구 오천읍 항사리 운제산
■소　속 : 대한불교 조계종 제11교구 불국사의 말사

　오어사는 신라 진평왕(579~632) 때 창건되었으며 처음에는 항사사恒沙寺라

고 했다.

　혜공대사惠空大師(신라 진평왕·선덕왕 때 기승)가 노년 무렵 이 절에 머물 때 원

오어사 대웅전 : 조선 영조 때 지은 건물로 상량문에 혜공과 원효스님에 관한 일화가 기록되어 있고 중건 당시 전국
360곳의 고을에 83,000개의 절이 있었다는 내용도 있다.

오어사 앞 오천의 물고기들 : 원효대사와 혜공대사의 설화를 생각하게 한다.

효대사(元曉大師 617~686)가 찾아와 자신의 저술에 대한 자문을 구하며 함께 지낸 적이 있었다. 그때 두 대사는 곧잘 운제산雲梯山의 물이 흐르는 절앞 계곡에 나가서 휴식을 하곤 했다. 그런데 한번은 두 대사가 여흥으로 계곡물에 각각 방변放便을 하고 도력道力을 발휘하여 그 변을 각각 물고기로 만들었다. 그런데 두 물고기 중 한 마리는 상류로 거슬러 올라가고, 한 마리는 하류로 내려갔다. 그러자 두 스님은 서로 상류로 올라간 고기가 자기의 것이라고 우겼다. 이를 본 스님들이 두 대사의 도력과 그 일화를 기리고자 사찰이름을 '내 물고기' 즉 오어사吾魚寺로 바꾸었다.

1735년(조선영조 12년)에 불이나 전소된 뒤 5년 후에 중수했다.

혜공 스님은 천진공의 집에서 잡일을 하던 하인의 아들로 어릴 때 이름은 우조였다.

어느 해 여름, 천진공이 심한 종기를 앓다가 거의 죽을 지경에 이르니 문병하는 사람이 집 앞을 메웠다. 그때 우조의 나이는 7세였다.

"어머니, 집에 무슨 일이 있기에 손님들이 이렇게 많이 찾아 오지요?"

"주인어른께서 몹쓸 병에 걸려 잘못하면 돌아가시게 되었는데 아무리 어려 철이 없기로서니 그것도 모르고 있단 말이냐?"

"어머니, 제가 그 병을 고치겠습니다."

"아니, 네가 그 병을 고치다니 무슨 뚱딴지 같은 소리냐?"

"글쎄, 두고 보시면 아실 테니 어서 주인 어른께 말씀드려 주세요."

하인은 아들의 말이 어이없기는 했으나 그래도 혹시나 하는 생각에 주인에게 말했다. 백약이 무효라서 죽을 날을 기다리며 고통스러워 하던 천진공에겐 아무리 어린아이의 말이었지만 반가운 소리였다.

"그럼, 어서 우조를 가까이 들도록 해라."

부름을 받은 우조는 천진공의 머리맡에 앉더니 조용히 눈을 감고만 있을 뿐 이렇다할 말도, 움직임도 보이질 않았다.

"우조야, 어서 이리 가까이 와서 이 종기를 치료해야 할 것이 아니냐?"

원효암 : 원효대사가 창건하였다는 원효암은 산불로 전소되어 근래에 중건하였다.

원효대사 진영

주인의 말을 들었는지 못 들었는지 우조는 여전히 눈을 감은 채 요지부동이었다. 그렇게 얼마의 시간이 지났을까, 천진공의 종기가 여기저기서 터져 고름이 줄줄 흐르더니 금세 씻은 듯이 나았다. 그러나 주인은 우조가 아무런 조치도 취하지 않았기 때문에 우연한 일로 생각하고 우조에 대해서 대수롭게 여기지 않았다.

우조는 자라면서 주인을 위해 매를 길들였는데 그것이 천진공의 마음에 들었다.

어느 날, 천진공의 동생이 벼슬을 얻어 지방으로 부임하게 되자 천진공은 축하의 뜻으로 우조가 길들인 매를 주었다.

동생이 매를 가지고 임지로 떠난 뒤 얼마 안되어 천진공은 갑자기 그 매 생각이 났다.

"내일 새벽 일찍이 우조를 보내 그 매를 가져오게 해야지."

그런데 이게 웬일인가. 언제 어떻게 알았는지 우조는 어느 결에 그 매를 갖다 천진공에게 바쳤다.

"아니 우조야, 네 어찌 내 심중을 알고 이 매를 가져 왔느냐?"

우조는 다만 빙그레 미소를 지을 뿐 그날도 역시 말이 없었다. 천진공은 그제야 깨달았다. 지난 날 종기를 고친 것도 모두가 우조의 범상치 않은 힘에 의한 것임을……

"나는 훌륭한 성인이 내 곁에 있는 것을 알지 못하고 예의에 벗어난 말과 행동으로 욕을 보였으니 그 죄를 어찌 씻을 수 있겠습니까? 이제부터는 부디 도사께서 저를 인도해 주십시오."

천진공은 우조 앞에 엎드려 절을 하며 지난 날을 사과했다.

그렇게 신령스런 현상을 자주 보여주던 우조는 마침내 출가하여 스님이 되고 법명을 혜조라 했다.

스님이 된 우조는 항상 술에 취한 채 삼태기를 지고는 노래하고, 춤추며, 미친 듯 거리를 쏘다녔다. 그래서 사람들은 그를 부궤화상이라 부르고, 스님이 사는 절을 삼태기란 뜻에서 부합사라 불렀다.

뿐만 아니라 걸핏하면 우물 속에 들어가서 몇 달씩 나오질 않았다. 그런데 스님이 우물 속에 드나들 때면 항상 푸른 옷을 입은 신동神童이 앞장서 다녔으므로 대중들은 그를 보고 스님의 행동을 미리 알았다.

스님은 우물에서 몇 달만에 나와도 옷이 젖지 않는 기이한 현상을 보여 대중을 놀라게 했다.

만년에는 경북 영일군 항사리恒沙里에 있는 항사사(恒沙寺, 지금의 오어사)에 머물면서 원효대사와 교유했다.

1774에 쓰여진 〈영일 운제산 오어사 사적迎日雲梯山吾魚寺事迹〉에 의하면 운제산에는 신라의 네 분 조사祖師가 신발을 벗어 지팡이에 걸었던 터전이 있었다고 한다.

오어사의 북쪽에 자장암과 혜공암, 남쪽에 원효암, 서쪽에 의상암이 있었던 것으로 보아 혜공, 원효, 자장, 의상의 네 조사의 이야기인 듯하다. 현재는 자장암과 원효암만이 남아 있다.

원효대사 삿갓 : 오어사 유물전시관에 있는 원효대사가 직접 썼던 삿갓. 실오라기처럼 가는 풀뿌리로 만들어졌다.

오어사 대웅전은 조선 영조 때 중건한 건물로 오어사에서 가장 오래된 것이고, 이 밖의 건물들은 모두 근래 새로 지은 것이다.

오어사의 대표적인 유물로는 동종과 원효대사의 삿갓이 있다. 동종은 1215년(고려 고종 3년)에 제작된 것으로 1996년 오어사를 감싸고 있

오어사 동종과 부조 : 1985년 오어천 준설 작업 도중 발견되었다. 팔공산 동화사에서 제작되어 오어사로 옮겨 안치된 것이란 기록이 몸체에 새겨져 있다.

는 오천의 연못 준설작업 중에 발견됐다.

원효대사의 삿갓이라 전해지는 삿갓은 매우 정교하게 만들어졌으며 높이는 1척이고, 지름은 약 1.5척이다. 그리고 뒷 부분은 거의 삭아 한지로 겹겹이 붙여 놓았다. 재료는 실오라기처럼 가느다란 풀뿌리다.

산내의 원효사는 원효대사가 창건하였다고 하나 자세한

원효암 으로 가는 길 : 오어사에서 오천을 건너 원효암에 오르는 길은 한적한 산길로 되어 있다.

내용이나 연혁이 전해지지 않고, 1937년 산불로 전소된 것을 이듬해 중건하여 오늘에 이르고 있다.

전설에 의하면 원효대사는 원효암에서 거처하면서 자장암으로 가는 길이 기암절벽으로 되어 있어 신통력으로 구름을 타고 다니며 혜공대사와 교유했다고 한다. 이런 연유로 운제산이라 이름했다는 설과 신라 제 2대 남해왕의 왕비인 운제부인의 성모단이 이곳에 있어서 운제산이라 하였다는 두 가지 설이 있다.

소백산 제2봉인 연화봉에서 바라본 계곡

보리사菩提寺

■소재지 : 경북 영주시 소백산

보리사는 서기 755년(신라 경덕왕 14년), 아간阿干 귀진貴珍이 여자 노비였던 욱면郁面의 극락왕생을 기려 창건했다. 그러나 창건 이후의 연혁이 전해지지 않아 창건 및 폐사의 시기에 대해서는 자세히 알 수가 없다.

욱면과 관련된 설화는 보리사 외에도, 미타사彌陀寺, 법왕사法王寺 등 세 개 사찰이 공히 일치한다. 《삼국유사》에는 이 사찰들이 지금의 진주에 해당하는 강주康州에 있었다고 하지만 《한국사찰전서》에는 소백산이 있는 지금의 영주시 부근에 있었

277

다고 기록되어 있다.

전설은 떠도는 구름 같아서 확실한 근거를 찾기가 쉽지 않다.

신라 경덕왕(742년~765년) 때 귀진이라는 갑부가 있었다.

그는 신도들을 모아 불사를 갖기 위한 계를 한 끝에 보리사를 짓고 극락세계로 가기를 정성껏 발원했다. 그는 불심은 남달리 돈독했지만 평소의 사고방식은 상당히 권위적이었다.

귀진의 집에는 욱면이라고 하는 젊은 여자 노비가 있었다. 그런데 욱면은 주인이 절에 갈 때마다 함께 따라가 지성으로 염불을 하는 것이었다.

귀진은 그녀가 노비의 직분에 맞지않게 사찰에 다니는 것이 못마땅했다. 그래서 사찰에 갈 여유를 주지 않기 위해 매일같이 곡식 두 섬씩을 주고 그날 하루에 다 찧어 놓으라고 했다. 그러자 욱면은 그것을 초저녁에 잽싸게 다 찧어 놓고는 절에 가는 것이었다.

속담에 '내 일이 바빠서 주인집 방아를 서두른다.' 하는 말이 있는데 아마 그때 욱면을 두고 생긴 말인 듯싶다.

그녀는 불심이 대단했다.

그녀는 자신의 불심이 해이됨을 늘 경계하였다. 그래서 뜰 좌우에 긴 말뚝을 세워 놓고 손바닥을 뚫어 노끈으로 꿰어 그 말뚝에 매고 정진할 정도였다.

그러기를 9년, 그녀는 그런 노력의 보람이 있어 스스로 숙명통을 얻어 자기가 전생에 스님이었음을 알았다.

그녀는 전생의 초기에는 오로지 염불참선만 했던 스님이었다. 그러나 나중에는 타락하여 안일과 방종으로 허송세월을 했을 뿐만 아니라 시주받은 물건까지 탕진하는 바람에 그 업보로 죽어 소가 되었다.

소백산은 많은 등산객들이 즐겨 찾는다.

　그는 비록 전생의 업보로 소가 되었지만 그래도 석가와는 인연이 깊
어 영주 부석사에서 일하게 되었다.

　그러던 어느 날, 수레에 불경을 가득 싣고 산넘어 암자로 가야 하는
일이 생겼다.

　차곡차곡 쌓인 불경을 한 수레 가득 싣고 산비탈길을 오르자니 욱면
은 힘에 부쳐 도저히 움직일 수가 없었다. 코에서는 연신 더운 김이 뿜
어져 나왔고 멍에를 멘 어깨는 아파서 죽을 지경이었다.

　욱면은 그때서야 자기의 잘못을 뉘우치고 후회했다. 그리고 자신도
모르게 부처님에게 발원을 했다.

　"석가모니 부처님! 소생이 부처님의 큰 뜻과 가르침을 잊고 안일과
나태에 빠져 있었을 뿐만 아니라 부처님께 올려야 할 시주까지 탕진하
였아오니 그 죄, 겁을 두고 갚아야 함을 이제야 알겠나이다. 하오니 더
많은 시련과 고통을 주시어 벌하시어도 원망치 않겠나이다. 나무석가
모니불, 관세음보살."

　그는 진심으로 뉘우치며 눈물을 흘렸다. 순간 마음이 푸근하고 따뜻
해지면서 그대로 쓰러져 죽었다. 그리고 무거웠던 축생의 업보에서 벗

소백산의 모습

어났다. 그러나 전생에 스님이었을 때 주인이었던 귀진의 시물을 너무 많이 탐진한 업보가 너무 커 다시 귀진의 집에 와서 종노릇을 더 해야 했던 것이다.

그녀가 어느 날 평상시처럼 맡겨진 일을 하느라고 정신이 없는데 꿈인듯 생시인 듯 하늘에서 이상한 소리가 들렸다.

"욱면은 하던 일을 멈추고 법당에 들어가 염불에 정진하라."

욱면은 말씀대로 마음을 깨끗하게 가다듬고 염불을 하기 시작했다.

그리고 3일째 되던 날, 하늘에서 음악 소리가 들리고, 그윽한 향기가 온 도량에 풍겼다. 그러더니 법당에서 예배하던 욱면의 몸이 홀연히 떠올라 지붕을 뚫고 하늘로 올라갔다.

그런데 신기하게도 욱면이 뚫고 승천한 법당의 그 구멍으로는 아무리 큰비, 눈이 와도 새는 일이 없었다.

욱면은 하늘로 올라가면서 소백산에 이르러 신발 한 짝을 떨어뜨렸다. 사람들은 그를 기려 그곳에 사찰을 짓고 보리사라 했다.

한편, 미타사에는 '욱면등천지전' 이라하여 욱면과 관련된 내용이 다음과 같이 시로 전해져 왔다.

'서편 이웃 옛 절에

불들이 밝았는데

방아 찧고 거기 오면

밤은 벌써 이경이다.

한 소리 염불마다

부처가 되기 원하더니

꿰맨 손 형체를 잊고

천정을 뚫고 올라갔도다.

세상 사람들아,

일 많다 핑계 말고

욱면같이 염불하라.'

앞에서 이야기했듯이 욱면과 관련된 사찰은 두 개가 더 있다. 그 중에 미타사는 신라 진평왕(579~632) 시대에 활동했던 혜숙惠宿대사가 창건했다. 위치는 소백산 아래 영주라고만 나와 있다.

법왕사 역시 같은 곳에 있었다고 전해오고 있어 어쩌면 세 사찰이 모두 한 사찰이고 다만 이름만 달리 불리웠었는지 모를 일이다.

법왕사는 신라 말에 회경대사懷鏡大師가 승선, 유석이라는 사람들과 공동으로 발원하여 중건했다고 한다.

회경대사가 사찰의 중건에 워낙 열심인지라 사람들은 그를 부활한 사람이라고 부르기도 했다.

부석 : 의상대사가 부석사 터를 잡을 때 방해하는 무리들이 나타나자 선묘룡이 바위로 변하여 공중을 날며 물리쳐 주
었다는 부석. 부석사란 사명도 이에서 유래했다고 한다.

부석사 浮石寺

■소재지 : 경북 영주시 부석면 북지리 봉황산
■소 속 : 대한불교 조계종 제16교구 고운사의 말사

　부석사는 서기 676년(신라 문무왕 16년) 2월 의상대사가 문무왕의 명을 받고

창건했다. 의상은 이 절에서 40일 동안 화엄을 설함으로써 우리나라에 화

엄종華儼宗을 정식으로 펼치고, 이 절을 화엄종의 중심 도량으로 삼았다.

의상의 존호를 부석浮石존자라 하고, 화엄종을 부석종이라 부르기도 하는

무량수전 : 현재 우리나라에 남아 있는 목조건물 중 봉정사 극락전 다음으로 오래된 건축물. 건축기술의 완숙한 경지
를 보여주는 백미이다.

부석사 전경 : 삼층석탑에서 바라보는 부석사는 무량수전, 안양루 등과 소백산맥의 수많은 봉우리들을 한품에 안고 있는 듯하다.

것은 모두 이 절과 관련이 있다.

고려시대에는 부석사를 선달사善達寺, 또는 흥교사興教寺라 하였다. '선달' 이란 선돌을 음역으로 푼 '부석' 의 향음(鄕音 : 사투리)이라는 견해도 있다.

이 절은 고려 말에 중건을 했고, 조선 선조 때 사명대사 등이 다시 중건하여 오늘에 이르고 있다.

아미타불 닫집(궁전 안의 옥좌 위나 법당의 불좌 위에 만들어 달아 놓은 모형집)의 용
무량수전 앞 석등은 선묘룡의 꼬리이며 무량수전 아미타불 위 닫집에 조각된 용은 선묘용 설화와 관련이 있다고 한다.

서기 650년, 의상대사義湘大師는 중국 당나라에 불교가 융성하고 있다는 말을 듣고 원효대사元曉大師와 함께 유학을 하고자 하여 요동반도에까지 갔다. 가던 도중, 두 사람이 야외에서 노숙을 하게 되었다. 원효는 밤중에 목이 말라 주위를 더듬거리니 물이 담긴 바가지가 잡혀 그 물을 맛있게 마셨다. 그런데 아침에 보니 그건 해골 바가지에 고인 물이었다.

그런 사실을 확인한 원효는 심하게 구토를 하기 시작했다. 그리고 구토의 고통에서 벗어난 원효는 크게 깨달았다. 즉 불도는 밖에 있는 것이 아니라 마음속에 있는 것이라는 사실이었다. 그는 이를 깨달은 바에야 굳이 법도를 구하기 위하여 당나라에까지 갈 필요가 없다 생각하고 귀국하니 의상만이 홀로 장도에 올랐다.

의상은 먼 여정을 가느라고 모습이 그야말로 말이 아니었다. 요동에서는 변방을 지키는 순라군에게 수상한 사람이라고 붙잡혀 옥에 갇히기도 했다. 그러나 의상은 어떤 어려움이 닥치더라도 당나라에 들어가 더 깊이 불도를 닦겠다고 결심했다. 요행히 상선商船을 만나 그 도움으로 등주 해안에 이르게 되었다. 그러나 이역 만리에서 지리도 어둡고, 언어까지 생소한 데다 마음만 다급했다. 게다가 식사도 걸식으로 해결해야 했다.

그런 의상을 보고 한 불자가 비록 의복은 남루하지만 용모에 위엄이 넘쳐 범상한 인물이 아니라고 판단, 자신의 집으로 초대하여 머물게 했다.

그 불자에게는 선묘善妙라는 딸이 있었는데 뛰어나게 아름다웠다. 선묘 역시 의상의 범상치 않은 풍모를 알아 보고 연모하게 되었다.

그녀는 의상의 환심을 사기 위하여 갖은 교태와 아양을 부렸다. 그러나 불도를 구하러 그 먼 곳까지 간 의상인지라 마음이 호락호락 움직일 리가 없었다. 그래서 선묘의 간절한 구애도, 아름다운 육체의 유혹도 의상의 마음을 움직이지는 못했다.

도저히 의상의 마음을 돌이키게 할 수 없음을 깨달은 선묘는 의상을 지아비로서가 아니라 정신적인 스승으로 섬기기로 결심했다.

"스님께서 소저를 거두시지 않겠다니 스님의 그 굳은 마음을 소저가 어찌 바꾸게 하겠습니까? 그러나 소저는 이미 이 몸을 스님께 바치기로 맹세했으니 이제 스님께 귀명歸命하여 대승大乘을 배워 큰일을 성취할까 하나이다. 하오니 스님께서는 하루 바삐 도를 깨치시어 무지한 소저를 제도하여 주소서. 오늘부터 소저는 스님의 몸종이 되어 스님께서 필요로 하는 모든 일을 하겠나이다."

의상은 선묘의 간절한 청마저 거절할 수 없어 허락한 후, 종남산終南山으로 지엄선사智儼禪師를 찾아 나섰다. 지엄선사는 당대에 손꼽히는 고승으로 사부대중의 우러름을 받고 있었다.

한편, 지엄선사는 어느 날, 해동海東 땅에 있는 큰 나무가 가지를 길게 뻗어 그 그늘이 중원 땅에까지 드리우는 꿈을 꾸었다. 지엄선사는 꿈이 참으로 이상하다고 생각하여 깨끗이 목욕을 하고 기다렸더니 바로 그날 의상이 그곳에 당도하였다.

지엄선사는 극진한 예로 의상을 맞이했고, 의상은 지엄으로부터 오랫동안 화엄華嚴의 깊은 뜻을 전수 받았다.

그때, 신라에서 사신으로 왔던 승상 김인문金仁問이 당 황제 고종에게 제출한 상소문이 문제가 되어 연금을 당하는 일이 벌어졌다.

당 황제는 김인문을 가둔 뒤에 군사를 이끌어 신라를 치려고 하였다. 김인문은 고국의 위태로움을 직감하고 의상대사에게 '빨리 귀국하여 중국이 심상치 않음을 알려 조국을 구하라' 고 했다.

하여 의상은 선묘의 집에 찾아가 수년 동안 보살펴준 점에 대하여 고마움을 표하고 귀국길에 올랐다.

그러자 선묘는 미리 준비해 두었던 법복을 의상에게 전하기 위하여 선착장으로 나왔다. 그러나 의상을 실은 배는 이미 돛에 바람을 가득히 받으며 멀리 떠나가고 있었다. 의상에게 아무런 정표도 전하지 못한 선묘는 가슴이 메어지는 듯했다. 선묘는 그 자리에 무릎을 꿇고 부처님께 빌었다.

"부처님이시여! 소저는 진심으로 의상대사를 모시고자 이 물건들을 가져왔습니다. 하오니 이 상자가 날아서 저 배에 전해지게 하여주옵소서."

기원을 마친 선묘는 상자를 들어 바다를 향하여 던졌다. 순간, 선묘가 던진 상자가 마치 가벼운 솜털처럼 날아 의상이 탄 배 위에 떨어졌다.

선묘는 부처님께 감사의 예를 올리며 다시 빌었다.

"영묘하신 시방세계의 여러 보살님이시여! 소저는 비록 죽는 한이 있어도 오직 의상대사를 모시겠사오니 원컨대 이 몸이 용이 되어 스님이 타고 가시는 저 배를 호위하게 하여 주소서."

말을 마친 선묘는 넘실거리는 물에 몸을 던졌다. 그러자 정성이 부처님의 마음을 움직여 선묘는 뜻대로 한 마리 용이 되어 의상이 탄 배를 호위할 수 있었다.

선묘각 : 무량수전 동쪽 뒷편에 자리한 선묘각. 의상대사를 사모하여 목숨까지 바친 선묘의 초상을 모시고 있다.

선묘초상

무사히 귀국한 의상은 화엄정법을 펼 터전을 찾아 산천을 두루 돌았다.

그러던 중 산수山水가 빼어난 곳을 발견하고 법륜法輪을 전할 만한 곳이라 생각하여 그곳에 터를 잡았다. 그랬더니 난데없이 이교도가 나타나서 군중을 모아 놓고 요설을 하는 것이었다.

이를 본 의상이 혼자 한탄했다.

"대중엄교大衆嚴教는 복선福善의 땅이 아니면 흥할 수 없거늘 이 어인 해괴한 일인고."

항상 곁에서 의상을 호위하던 선묘룡은 의상의 이러한 마음을 꿰뚫어보고 즉시 크고 널따란 바위를 이교도들의 머리 위에 띄워놓았다. 이를 본 이교도 무리는 혼비백산하여 흩어졌다.

의상이 그곳에 사찰을 지어 화엄경을 강講하니, 여름에는 서늘하고 겨울에는 따뜻하여 사부대중이 구름처럼 모여들었다.

부석사라는 이름은 선묘룡이 이처럼 돌을 띄워 이교도들을 물리치고 절을 이룩하게 했다는 데서 유래했다.

우리나라 절은 일반적으로 산속에 안기듯이 자리잡고 있는데, 부석사는 봉황산 산등성이에 자리잡고 있어 소백산의 수많은 봉우리들을 한눈에 내려다보고 있다.

이곳에 있는 무량수전은 마치 한 장의 예술사진처럼 완벽하게 아름답다. 이 건물은 고려 중기에 건축되었으나 공민왕 7년(1357년)에 왜구의 침노로 불타서 1376년에 원응국사가 고쳐 지었다고 한다. 현재 우리나라에 남아 있는 목조 건축물 중 안동 봉정사 극락전 다음으로 오래된 건물이다.

안양루 아래를 지나 나오면 무량수전 앞마당에 통일신라시대를 대표하는 팔각석등(국보 제 17호)이 외롭게 서 있다. 석등 하대석에는 용의 꼬리가

석등의 대석 : 사각의 대석 위에 연꽃 여덟 잎과 용(선묘룡)의 꼬리가 조각되어 있다.

석등 : 통일신라시대의 대표적 석등으로 거의 완전한 형태로 남아 있다.

조각되어 있는데 선묘룡이 아닐지…….

이 석룡은 무량수전 밑에 묻혀 있었는데, 일제 강점기에 절을 개수할 때 일부가 발견되었다. 당시에는 용의 비늘 모습이 뚜렷하게 있었다고 전해진다. 용의 머리 부분은 무량수전 안에 흙으로 빚어 만든 조소 여래상 위의 닫집에 조각되어 있다. 이 또한 선묘룡과 관련이 있다고 보아진다.

무량수전 서쪽에는 의상이 처음 이곳에 터를 잡을 때 방해하는 무리를 선묘룡이 바위를 띄워 물리쳤다는 전설의 바위인 부석浮石이 있고, 동쪽

조사당 : 의상대사가 처음 수도하던 곳이다.

조사당 내부 : 의상대사상과 조사들을 모셨다.

윗편에는 선묘룡을 모신 선묘각이 있다.

삼층석탑 옆으로 나 있는 숲길을 조금 오르면 부석사 창건주인 의상대사와 역대 조사들을 기리는 조사당이 나온다.

조사당은 원응국사가 부석사를 중창하면서 세웠는데 정면 3칸 측면 1칸의 작은 전각이다.

이곳은 어느 사찰의 조사당보다 많은 사람이 찾고 있는데 그 이유는 조사당 동쪽 창 밑에 의상의 지팡이라고 전해지는 선비화仙扉花를 보기 위해서다. 의상은 짚고 다니던 지팡이를 이곳에 꽂으면서

"싱싱하고 시듦을 보고 나의 생사를 알라. 이 지팡이에 잎이 나고 꽃이 피면 우리나라 국운이 흥왕하리라."

고 했다고 한다. 실제로 일제 때에는 꽃이 안 피다가 해방과 더불어 다시 피기 시작했다고 한다.

선비화는 조사당 처마 안쪽에 있다. 퇴계 이황은 이 선비화를 보고 〈부석사 선비화〉라는 글에서 '비와 이슬의 은혜는 조금도 입지 않았네.' 라고 읊었다. 과연 지금까지 비와 이슬을 맞지 않고도 항상 푸르게 자라고

선비화(골담초) : 의상대사가 지팡이를 꽂으며 '싱싱하고 시듦을 보고 나의 생사를 알라' 고 했다고 한다. 천년이 넘는 세월을 지키며 비와 이슬을 맞지 않고도 오늘날까지 꽃을 피운다.

있어 신비하게 여겨진다. 그러나 지금은 사람들이 함부로 그 가지를 꺾고 잎을 따내자 손을 대지 못하게 철망으로 막아 놓아 〈죄수화〉가 되어 버렸다.

선비화의 학명은 골담초骨曇草로, 산에서 자라는 낙엽 관목인데 5월경에 청사초롱 모양의 적황색 꽃이 핀다.

조사당 자리는 의상이 처음 부석사를 세우고 수도하던 곳이라고 한다.

조사당 안에는 의상의 일대기를 근래에 새로 그린 탱화가 걸려 있다. 원래 고려시대에 그려진 벽화는 조사당을 해체 수리하면서 벽을 통채로 떼어서 유물전시각에 전시해 놓았다. 이는 우리나라 사찰 벽화로는 가장 오래된 것이다.

부석사에는 어느 사찰보다도 연기설화와 관련된 유물들이 많이 있어 천년의 시간여행을 만끽할 수 있는 곳이다.

불영사 연못 : 산 위에 부처님과 닮은 비위가 연못에 부처님 영상으로 비쳐 나타난 이곳에 절을 세우고 불영사라 이름하였다.

불영사佛影寺

■소재지 : 경북 울진군 서면 하원리 천축산
■소　속 : 대한불교 조계종 제11교구 불국사의 말사

　서기 651년(신라 진덕여왕 5년), 의상대사가 부처님의 그림자가 비친 연못을 메우고 절을 짓고 불영사라 불렀다. 그 후 676년(문무왕 16년) 의상대사가 다시 돌아온 절이라 하여 마을 사람들이 불귀사佛歸寺라 부르기도 하였다.

　불영사는 창건 후 여러 차례 중수를 거쳤으나 임진왜란 때 영산전만 남

대웅보전과 3층석탑 : 대웅보전 앞 무영탑이라고도 불리는 3층석탑은 대웅보전 기단에 눌린 돌거북과 함께 불영사 창건 당시의 것이라 전해진다.

불영사 전경

고 모두 전소되어 다시 수차례 중건을 거쳐 오늘에 이르고 있다. 불영사는 국내에서 유일하게 비구니들의 사계절 선방을 운영하고 있다. 보통 사찰 선원에서는 동·하선으로 겨울과 여름에만 선방을 개설하는데 비해 이곳에서는 봄, 여름, 가을, 겨울 사계절 내내 선방을 운영하고 있는 점이 특이하다.

의상대사가 당나라에서 귀국하여 화엄법회를 열고 교화에 힘쓸 때였다.

어느 날 노인 한 사람이 8명의 동자를 데리고 찾아왔다.

"대사시여! 저희는 동해안을 수호하는 호법신장이옵니다. 이제 인연이 다하여 이곳을 떠나면서 스님께 드릴 말씀이 있어 찾아왔습니다."

"그동안 불법을 수호하느라 수고가 많으셨습니다. 소승에게 하실 말씀이 무엇인지요?"

"그동안 저희들은 이곳에 부처님을 모시고자 했으나 인연 닿는 스님이 없어 원력을 성취 못했습니다. 떠나기 전에 스님께서 오시어 이렇게 친견케 됨을 참으로 다행스럽게 생각합니다. 스님의 화엄법계로 중생을 계도하려는 뜻을 저희들이 터잡아 온 도량에서 시작하여 주시면 더 없이 감사하겠습니다."

"옹翁께서 소승에게 불사의 인연을 맺도록 해주셨으니 여한을 풀도록 최선을 다하겠습니다."

의상대사의 대답을 들은 호법신장들은 고맙다는 인사를 하고는 홀연히 사라졌다.

며칠 후 의상대사는 동해안으로 불사를 할 만한 곳을 찾아 나섰다. 포항을 거쳐 동해안을 거슬러 북쪽으로 오르는데 어디선가 한 마리 용이 나타나 앞장서서 길을 인도했다. 그러다가 울진포 앞바다에 다다르자 용은 바닷속으로 자취를 감추었다. 잠시 후 오색안개가 자욱하게 일면서 중국에서부터 스님을 사모한 나머지 용이 되어 따라 온 선묘룡이 나타나 반갑게 맞았다.

"스님! 어서 오세요. 지금부터는 제가 안내하겠습니다."

선묘룡은 앞장 서서 가다가 지금의 천축산 입구에서 멈추었다.

"이제부터는 스님께서 손수 인연이 될 곳을 찾으시지요."

인사를 마친 선묘룡은 훌쩍 사라졌다.

하여 홀로 천축산을 돌아보며 절터를 찾던 의상대사는 피로에 지쳐 어느 연못가에 앉아 잠시 쉬고 있었다. 그러다가 문득 못 쪽을 바라보던 스님은 깜짝 놀라 일어섰다. 그곳 연못의 물 위에 금빛으로 찬연한 부처님

부처바위 : 연못이 있는 곳에서 바라보면 부처님의 형상을 한 바위가 보인다. 이 바위가 연못에 부처의 형상으로 나타났다고 한다.

의 형상이 비치고 있지 않은가. 감격한 의상대사는 그 자리에 엎드려 수 없이 절을 했다. 그리고는 부처님 영상이 물 위에 비친 것이 궁금하여 주 위를 살펴보니 맞은 편 산에 부처님의 형상과 꼭 같은 바위가 보였다. 순 간 의상의 뇌리에는 노인의 말이 스쳐갔다.

"아! 이곳이 바로 호법신장들이 기거하며 불법을 수호하던 연못이로구 나. 그렇다면 이곳에서 화엄대법회를 열고, 가람을 세워야겠다."

의상대사는 우선 노인과 8명의 동자 호법신장들을 위해 화엄경을 독송 하고 그 뜻을 설하기 시작했다. 그러자 노인과 8명의 동자가 연못 속에서 나와 설법을 들었다.

"이 산은 석가모니 부처님께서 천축산天竺山에 계실 당시의 형상과 똑같 으며 연못에 비친 부처님 영상 또한 그때 설법하시던 부처님 모습 그대로 입니다."

설법을 들은 노인은 의상대사에게 그곳에 대해서 설명을 해주고 동자 들과 함께 용으로 변하여 승천했다.

의상대사가 주위를 살펴보니 산세가 노인의 말대로였다. 의상대사는 그곳에 사찰을 건립하 고 부처님 영상이 물에 비쳐 나타난 곳이라 하여 불영사佛影寺라 이름했다. 또 부처님 영상이 나타 난 곳에 탑을 조성하고 무영탑이라 했다.

돌거북 : 사찰 창건 당시의 유물이라는 돌거 북은 대웅보전 기단에 눌려 고개만 내밀고 있다.

무영탑은 3층석탑으로 현재에는 상대 중석中石 4쪽 중 두 쪽은 없는 상태다. 연못에 비친 부처님 형상의 바위는 불영암佛影岩, 또는 부처바위라 불 리우고, 탑모양의 바위는 탑바위, 연꽃현상의 봉우리는 연화봉이라 하며, 산 이름은 석가모니 부처님이 있던 산이름을 따서 천축산이라고 지었다. 또 불영사 앞으로 흐르는 광천光川계곡은 일명 구룡계곡이라고도 한다.

불영사 연기설화 또한 설화 특성상 조금씩 다르게 전해지기도 한다.

유백유柳伯儒의《천축산 불영사기》에는 다음과 같은 이야기가 나온다.

의상대사가 경주에서 해안을 따라 단하동丹霞洞에 들어가서 해운봉海運峰에 올라 북쪽을 바라보니 그 모습이 마치 자신이 당나라 유학 시절에 보았던 천축산을 그대로 옮겨 온 듯했다. 그 신기함에 잠시 멈추고 감탄하고 있는데 맑은 연못 위에 갑자기 부처님 영상이 떠오르는 것이었다. 너무 기이하여 내려가 살펴보니 9마리의 독룡毒龍이 살고 있어 그들에게 법을 설하고 그곳에다 절을 지으려 했다. 그러나 독룡들이 듣지 않으므로 주문을 외워 그들을 쫓아낸 뒤 그곳을 메우고 절을 지어 불영사, 혹은 아홉 마리 용이 출현했다 해서 구룡사九龍寺라 했다.

의상대사가 불영사를 창건한 후 25여 년만(문무왕 시대)에 다시 불영사를 향해 가다가 선사촌仙槎村에 이르렀을 때 한 노인이 '우리 부처님이 돌아오셨구나' 하면서 기뻐하였다.

그 뒤부터 마을 사람들은 부처님이 돌아오신 곳이라 하여 불귀사佛歸寺라고도 불렀다.

의상대사는 이곳에서 9년을 수행했으며 뒤에 원효대사도 이곳에 와서 함께 수행했다고 전한다.

의상대사 진영

불영계곡 : 15km에 걸쳐 흐르는 불영계곡은 기암괴석과 맑은 물, 그리고 숲이 아름답게 어우러져 명승 제6호로 지정되었다.

불영사 앞으로 흐르는 15km의 아름다운 불영계곡은 명승 제 6호로 지정되리만치 자연의 경관이 빼어나다. 또 이곳에는 50~100m 정도의 키가 크고 오래된 적송이 우리나라에서 가장 많은 곳이기도 하다.

계곡을 따라 오르면 불영사 연못이 나오고, 그 연못에서 우측 산 위를 바라보면 불영암佛影岩이 보인다. 불영암과 탑바위 등은 눈여겨 찾아야 볼 수 있다.

　　대웅보전 앞의 무영탑無影塔이라 불리우는 3층석탑은 본래 황화당 옆에
있었으나 1977년에 현재의 위치로 옮겼다.

　　3층석탑을 지나 대웅보전 계단을 오르다 보면 양쪽에 사찰 창건 당시
조각되었다는 돌거북이 대웅보전 기단에 눌려 고개만 빼꼼이 내놓고
있다.

　　이 거북을 두고 불영사의 자리가 화산火山이어서 그 불기를 누르려고 물
의 신인 용왕을 모신 것이라고 전해지기도 한다.

기림사 전경 : 인도의 광유성인의 제자 안락국이 창건했고, 원효대사가 중창하였다. 부처님이 머문 기원정사가 있는 곳의 숲을 기림이라고 하는데 이에 연유하여 이름을 지었다.

기림사祈林寺

■소재지 : 경북 경주시 양북면 호암리 함월산
■소 속 : 대한불교조계종 제11교구 불국사의 말사

천축국(天竺國 : 인도)의 승려 광유 성인光有聖人의 제자 안락
국이 신라로 와서 서기 643년(신라 선덕여왕 12년)에 절을 창건
하고 처음에는 임정사林井寺라고 했다.

그 뒤 원효대사가 중창하여 머물면서 이름을 기림사로
바꾸었다. 이는 부처님이 깨달음을 얻은 후 20년이 넘게
머물었던 곳이 기원정사였고, 기원정사가 있던 숲을 기
림이라고 하는 데에 연유하여 붙인 것이다.

《삼국유사》에 의하면 신문왕이 682년, 감은사 앞바다
에 행차하여 만파식적萬波息笛을 얻은 후 기림사의 서쪽
계곡에 들러 점심을 먹었다는 기록이 있을 뿐 원효대사
가 중창한 이후의 절의 역사에 대해서는 전해지는 바가
없다.

그 후 중수와 중창을 거듭하다가 1862년에 대화재로
소실되어 다시 복원하였다.

기림사는 31본산시대에는 경주 일대를 관장하는 본산

301

대적광전 : 배흘림 기둥의 맞배지붕으로 장엄하다. 안에는 비로자나 삼존불이 모셔져 있다.

이었으나 현재는 불국사에 그 자리를 물려주고 그 말사가 되었다.

1739년(조선 영조 16년)의 《신라 함월산 기림사 사적》에는 기림사의 연기설화가 상세히 기록되어 있다. 이는 사적을 편찬하면서 《기림사 중창기》를 비롯 당시에 남아있던 여러 기록을 종합한 것으로 보여진다.

인도 범마라국의 임정사林井寺라는 절에서 광유성인光有聖人이 어느 날 제자들을 모아 놓고 말했다.

"나는 전생에 석가모니 부처님시대에 태어나 그의 제자가 되었었다. 그때 석존은 사위국舍衛國에서 많은 중생을 교화, 제도하시었다. 그때 비사익 왕의 시녀 중 세 시녀가 일심으로 석존과 제자들에게 꿀물과 우유를 공양하였다. 그 세 시녀는 서로 매우 절친한 사이였으며, 부처님께 귀의한 불자들이었다.

그런데 부처님의 제자들 중에 미모가 청수하고 우아하며 자애스럽게 생긴 스님 한 분이 계셨다. 세 시녀는 석존께 공양을 올린 후에는 반드시 그 스님에게 가서 공양을 올리는 것을 습관처럼 하였다. 그러다가 세 시녀는 그 스님을 공경하는 마음이 사랑으로 변하여 서로 질투를 느끼며 시기하기 시작하였다.

스님은 자신을 유혹하는 세 시녀를 제도하려 하였으나 도저히 불가능하자 산속으로 도피하였다. 그러나 마음은 항상 아름답고 상냥했던 세 시녀를 잊지 못하고 번뇌에 싸여 결국은 도를 이루지 못하고 입적하고 말았다. 나는 그 스님과 친구였다.

우리는 서로 먼저 도를 이룬 사람이 나머지 사람을 제도하여 주기로 약속했었다. 이제 나는 금생에서 불도를 성취하였기에 이제 그를 제도하려고 한다. 하니 너희 중에서 누가 나의 속세 인연자를 이곳 임정사까지 모셔오겠느냐?'

많은 제자들은 그저 묵묵히 있을 뿐이었다.

그때에 승열 비구勝熱 比丘가 말했다.

"스승님! 제가 다녀오겠습니다. 그 인연자는 어디서 무엇을 하고 있습니까?'

"으음! 그 스님은 금생에 왕으로 환생했고, 세 시녀 중 두 시녀는 지금 왕후와 후궁이 되어 서쪽 해안 인도하印度河 하류의 수다라라는 대국에 계시니라. 그러니까 그곳의 국왕이 전생의 나의 도반 스님이고, 왕후와 후궁으로 있는 사람은 전생에 시녀였느니라."

승열은 광유성인의 전생 도반인 수다라 왕을 찾아 떠났다. 오랜 고생 끝에 승열이 왕을 찾아 부처님의 말씀을 전하자 왕은 크게 반색하며 승열을 궁중으로 안내했다.

그 후 승열은 궁중에서 1년 동안 왕과 왕비, 후궁들을 교화 제도하였다. 그리고 10여 명을 출가시켜서 제자로 만들어 불교의 진수를 가르치며 봄

대적광전 삼존불 : 흙으로 빚은 이 세 불상은 손의 위치와 자세만 다를 뿐 표정과 자세, 옷고름까지 비슷하다.
노사나불과 석가모니불은 둘다 오른손을 들고 있는 것이 특이하다.(좌 : 노사나불, 중 : 비클자나불, 우 : 석가모니불)

베이에 최초로 불교를 전래한 승려가 되었다.

수다라의 왕은 승열의 법문을 듣고 크게 깨우쳐 기뻐하였다. 승열은 왕
의 전생 인연이었던 광유성인의 말씀을 전하였다. 그러자 수다라 왕은 눈
물을 흘리며 말했다.

"선지식이시여! 저는 내일이라도 왕후와 함께 임정사로 수도하러 떠나
겠습니다."

그리하여 수다라 왕과 왕후 원앙부인鴛鴦夫人은 태자에게 왕위를 맡기고
범마라국의 임정사를 향해 떠났다. 그러나 원앙부인은 임신한 지 8개월
이 된 만삭의 몸이라 중간에 더 버티지 못하고 쓰러지고 말았다.

하여, 승열과 왕은 어쩔 수 없이 원앙부인을 남기고 떠나게 되니 원앙
부인이 왕에게 말했다.

"대왕이시여! 이 몸이 잉태한 아기를 낳으면 이름을 무엇이라 하오

리까?"

"아들을 낳으면 안락국이라 하고, 딸을 낳으면 안양이라 하시오!"

왕은 눈물로 작별한 후 가시밭과 황야와 계곡을 넘어 범마라국의 임정사에 도착하니 광유성인이 기뻐하면서 말했다.

"오! 수다라왕이여! 잘 왔구려. 나는 그대 만나기를 몇 생동안 기다려 왔으나 금생에야 인연이 닿아 이렇게 만나게 되는구려. 만약 금생에 인연이 닿지 않았더라면 다시 무궁한 시간을 보내야 그대를 만날 수 있을 터여서 나는 걱정이 대단하였소. 자! 오늘부터 도를 닦아 그대와 전생에 약속했던 대로 성불하도록 합시다."

광유성인은 수다라 왕의 머리를 깎고 장삼을 입히어 그날부터 5백 제자의 식수와 차 달이는 물을 긷게 했다.

세월이 흘러 7년이 지나갔다.

그 사이 원앙부인은 장자의 집에서 아들을 낳으니 왕의 말대로 안락국이라 하였다. 그 아들은 총명하고 영특하여 하나를 들으면 열을 아는 수재였으며, 미모가 수려하여 칭송이 자자했다. 그러나 아버지 없는 자식이라 하여 놀림과 천대를 받았다.

그러던 어느 날, 안락국이 어머니에게 아버지가 없는 사연을 묻자 어머니는 사실을 모두 밝히고 어쩔 수 없는 운명이니 여기서 함께 불도를 닦아 성불하자고 했다. 그러나 안락국은 어머니의 권고를 뿌리치고 아버지

건칠보살좌상 : 박물관에 전시되어 있는 기림사를 대표할 만한 불상. 종이로 만든 후 옻칠을 하였다. 이런 불상은 보기 드물다.

를 만나기 위해 도망하였다.

그리하여 오랜 여행 끝에 범마라국의 임정사에 도착하여 지나가는 승려에게 자기 부친인 수다라 왕의 소식을 묻자 물긷는 승려가 바로 그라고 가르쳐 주었다.

안락국은 아버지 수다라 왕을 부여안고 울기 시작했다. 그러나 수다라 왕은 그동안의 수련으로 불법의 경지가 높았기 때문에 안락국에게 법문을 하였다.

"안락국아! 네가 장자의 집에서 도망쳐 나왔으므로 네 어머니는 장자의 손에 죽게 될 것이다. 그러나 이별이란 인간에게 주어진 필연적 고통이고 또한 태어나면 반드시 죽어야 하는 것도 역시 인간의 필연적 업보란다. 안락국아! 너도 여기서 나와 함께 고통과 번뇌의 불을 끄고, 생사 별리, 고통의 바다를 건너 영원한 불법의 도를 깨우치도록 하자!'

그렇게 해서 그때부터 안락국도 아버지 수다라 왕과 함께 광유성인을 모시고 도를 닦기 시작하였다. 20여 년의 세월이 흐른 후, 수다라 왕은 입적하기에 앞서 안락국을 불러 놓고 말했다.

"네가 인연 지을 곳은 여기서 250만 리 떨어진 해동이니라. 그곳에는 부처님의 지시에 따라 문수보살이 8만 4천의 법기 보살을 거느리고 교화, 제도하고 계실 것이다. 그곳의 남쪽 지방에 명당자리가 있다. 거기에 절을 창건하고 너도 중생을 교화, 제도하여 그곳이 영원한 불국토가 되도록 최선을 다하여라!'

그리고 나서 명당에 대해 설명하여 주었다.

"산의 형상이 거북이가 물 마시는 모양과 같으면서 달이 질 때에 그 산속으로 묻혀 들어가는 듯한 곳을 찾아라. 동쪽에는 동해 바다의 기운을 들여마시는 용이 사는 연못이 있고, 서쪽에는 여기 인도의 계족산鷄足山과 똑같은 형태를 지닌 산이 있을 터이니, 그 산을 계족산이라 이름하여라. 남쪽으로는 탑의 형상을 갖춘 돌산이 있으며 그곳에 옥정玉井이라는 우물이 있을 터이니 그 우물물을 먹으면서 수도하여라. 그리고 중국의 독성獨聖들이 노리는 천태산天台山과 똑같은 형상을 지닌 산이 있을 터이니 그 산을 천태산이라고 하라. 또 북쪽으로는 석존께서 수행하시던 설산雪山을 그대로 닮은 산이 있고, 그 산에는 흰 광채가 나는 작은 돌산이 있을 것이다. 그 산에 굴이 있을 터이니 그 굴속에 부처님을 조각하여 모시도록 하여라."

안락국은 절을 세울 명당과 불법에 대하여 상세히 듣고, 동으로 동으로 250만 리의 머나먼 고행길에 나섰다. 그리하여 해동 계림국에 도착하여 명당을 찾아 절을 창건하고 임정사林井寺라 이름하였다.

기림사가 643년 광유성인의 제자 안락국에 의해 창건되었다는 명확한 근거는 없다. 우리나라 대부분의 사찰은 정확한 창건의 기록을 갖고 있지 못하다.

이는 사적과 기록이 각종 전쟁이나 오랜 세월 탓으로 유실되기도 했지만 우리나라의 사찰들이 교종敎宗보다는 좌선하는 것을 종지로 하는 선종禪宗에 기반을 두었기 때문이기도 하다.

창건에 대한 확실한 기록이 없다고 해서 구전으로 전해지는 사실마저 부정할 수는 없다. 이를 부정할 만한 다른 자료 또한 없기 때문이다.

함월산含月山에서 함자는 달을 삼키는 듯한 산세 때문에 붙여졌다.

정화수 : 오정수 중 큰방 앞에 있는 우물로, 이 물을 마시면 마음이 편안해진다고 한다.

기림사에는 각자 특성을 지닌 다섯 개의 우물이 있었다고 한다.

대적광전 삼층석탑 옆의 장군수를 마시면 힘이 용솟음치고 기개가 커져 장군이 된다고 했다. 그러나 조선시대 어떤 사람이 이곳에서 역적모의를 하다가 발각되어 나라에서 메워버렸다고 하기도 하고, 임진왜란 때 일본인들이 장군의 출현을 두려워하여 메웠다고도 한다.

나한전 앞쪽에 있는 탑 자리에도 샘이 있었다고 하나 언제부터인지 자취가 없고, 절 입구에 있었던 샘은 도로 확장으로 매몰되었으며, 현재는 큰방 옆에 있는 정화수와 아랫마을, 두 곳에만 보존되어 있다.

대적광전은 배흘림기둥의 맞배지붕집으로 건물 전체가 웅장하고, 꽃창살무늬가 아름답다.

김시습 사당 : 매월당 김시습이 기림사에 머문 인연으로 후학들이 세운 사당이다.　　　매월당 김시습 진영

　　대적광전에 모신 삼존불은 흙으로 빚었으며, 표정이 거의 비슷하다. 건칠비로자나불은 중원中原 사람이 조성하였다고도 한다.

　　약사전의 탱화는 기림사 창건의 연기설화를 보여주는 특이한 불화인데 근래에 다시 그린 것이다.

　　삼신각 뒤쪽에는 매월당 김시습이 기림사에 머문 인연을 기리기 위해 후학들이 세운 사당이 있다.

송림 속의 원원사 터 : 《삼국유사》에 자주 등장하는 원원사는 금당 앞에 있던 2기의 3층석탑만이 옛일을 이야기해준 다. 그나마 도괴되었던 것을 1993년에 복원하였다.

원원사遠願寺

■소재지 : 경북 경주시 외동읍 모화리 봉서산
■소 속 : 대한불교 천태종

　원원사는 신라 신인종神印宗의 개조인 명랑明朗법사가 세운 금광사金光寺
와 더불어 통일신라시대 신인종의 중심도량이었다.
　명랑법사의 후계자인 안혜, 낭융 등과 김유신, 김의원, 김술종 등 중요
한 인물들이 뜻을 모아 세운 호국사찰이다.

경내 : 옛 원원사 앞에 근래에 새로 들어섰다.

삼층석탑 : 기단부와 탑신부에 새겨진 십이지신상과 사천왕상의 조각이 빼어난 원원사지 삼층석탑은 8세기 중엽에 건립된 것으로 보인다. 석탑의 십이지신상은 우리나라 석탑 중에 가장 오래된 것이다.

임진왜란이 일어나자 이 절의 위찬, 찬희 스님 등이 싸움에 나가 여러차례 전공을 세웠다. 그러나 절은 소실되어 중건하였다가 1655년에 또 불에 타 다시 재건했다. 그 뒤 언제 폐사되었는지 알 수 없으나 빈터에 3층석탑마저 도괴되어 뒹굴던 것을 1993년에 복원하였고, 근래에 원원사 터 아래에 새로 사찰을 지어 원원사라 이름하고 있다.

원원사 창건의 목적은 통일 신라의 영원한 번영을 기원하는 데 있었으나, 그와는 달리 민중들의 염원이 담긴 다른 형태의 연기 설화가 전해오고 있다.

보구는 나이 40이 넘도록 장가를 못 든 채 마을 좌장 집에서 머슴살이를 하며 혼자 살고 있었다. 비록 함께 사는 가족이 없어 혼자였지만 그는 외로운 줄 모르고 성실히 일하며 주위 사람들에게 웃음을 주는 착한 사람이었다. 그런데 웬일인지 여름이 다가고 찬바람이 불기 시작하면서 보구는 전보다 말수가 줄고, 뭔가를 골똘히 생각에 잠기는 시간이 늘어갔다.

이상히 여긴 좌장이 물어봐도 보구는 시원한 답을 들려주지 않았다.

그렇게 며칠이 지난 어느 날, 나들이에서 돌아 오던 좌장은 자기 눈을 의심했다.

"보구가 이웃마을에까지 와서 빈집을 헐고 있다니……? 그러나 저건 분명 보구 모습인데……."

좌장은 가던 길을 돌려 빈집을 부수고 있는 사람 가까이 다가갔다. 틀림없는 보구였다.

"여보게, 자네 거기서 무얼 하고 있나?"

"예, 절을 지으려고 헌 집을 헐고 있습니다."

좌장은 기가 막혔다. 장가도 못간 머슴 주제에 절을 짓다니…….

"이 사람아! 자네는 이제 나이가 들어 머슴살이도 얼마 못할 처지인데 절을 짓다니 무슨 연유인가?"

좌장은 보구가 분수를 모르는 것 같아 심하게 나무랐다. 옆에서 이 말을 듣고 있던 좌장의 동생이 말했다.

"형님, 말씀이 너무 과하신 듯합니다. 평생 머슴살이 하여 알뜰히 모은 돈으로 절을 지으려는 보구의 마음이 갸륵하지 않습니까? 형님, 우리가 도와주도록 합시다."

그러자 언제 그런 노래를 익혔는지 보구가 염불하듯 노래를 불렀다.

'좌장어른 좌장어른, 그런 말씀 마세요. 니무아미타불, 관세음보살! 어영땅! 김수로왕은 무엇이 모자라서 높고높은 봉우리에 허어이! 허어이! 아버지를 위로하고자 부운암을 짓고, 어머니를 위로하고자 모운암을 지었나요? 나무아미타불, 관세음보살!'

노래를 들은 좌장과 그 동생은 보구가 예사 머슴이 아니라는 생각이 들었다.

"형님, 보구를 도와줍시다. 절이 다 이뤄지면 우리도 저승에 가신 부모님을 위해 기도하고, 자손들도 대대로 그절에 가서 불공을 올리게 하면 얼마나 좋습니까?"

"음, 그렇게 하세. 내 잠시 보구를 업신여긴 것이 미안하구먼."

마을에 돌아온 좌장은 온 동네 사람들에게 보구가 절 짓는 것을 도와주자고 설득했다. 동네 사람들도 이구동성으로,

"착한 보구가 절 짓는 게 소원이라고 입버릇처럼 말하더니 드디어 시작을 했군!"

하며 너나없이 나서서 도와주었다.

그런데 좌장집 머슴 중 가장 기운이 센 큰머슴은 시큰둥하니 겉돌며 빠졌다. 평소 심술궂어 주인에게 꾸지람을 많이 들었으나 기운이 센 덕에 내쫓기는 것만은 면하고 머물고 있던 그는 아침마다 늦잠을 자는 게으름뱅이였다.

그날도 주인어른으로부터 보구 절 짓는데 부역할 것을 채근 받고도 배가 아프다고 핑계를 대고 꽁무니를 뺐다.

"흥! 같은 머슴 처지에 누구는 절을 짓고, 누구는 부역하러 가다니…….
속이 뒤틀려 그럴 수는 없지."

큰머슴은 심술이 나서 더욱 늑장을 부렸으나 좌장의 눈이 무서워 할 수 없이 지게를 지고는 어슬렁 어슬렁 불사 현장으로 갔다. 사람들은 모두 열심히 일하느라 큰머슴이 오는 줄도 몰랐다. 아무도 쳐다보지 않자 큰머슴은 칡덩굴 속에 지게를 처박고는 벌러덩 누워 하늘에 떠가는 구름을 보면 신세 한탄을 하고 있었다.

마침 마을 사람을 대접하려고 주막에 가서 술 한 통을 사서 지고 오던

보구가 먼발치서 이 광경을 보았다.

보구는 시치미를 뚝 떼고 큰머슴이 누워 있는 숲가에 가서 노래를 불렀다.

'오늘 이 부역 해주는 사람 소원성취한다니 소원을 말해보소.
장가 못 든 사람은 장가를 들고, 시집 못간 사람은 시집을 가네.
나무아미타불 관세음보살, 고대광실 높은 집 네 귀퉁이 풍경 달고
아들을 낳으려면 옥동자를 낳고, 딸을 낳으려걸랑 옥낭자를 낳으시라
까마귀야 까마귀야 헤에이 헤에이, 나무아미타불 관세음보살.'

큰머슴은 노래 소리에 귀가 번쩍 뜨였다.

"뭐, 장가도 들고, 고대광실 좋은 집에서 아들 딸 낳고 잘 산다고……?"

큰머슴은 벌떡 일어나 지게를 지고는 보구를 따라 일터로 가며 노래를 부르기 시작했다.

'가자 가자 부역 가자, 보구대사 절을 짓네.
헤에이 부역 가자, 절을 지으러 가자.
까마귀야 까마귀야, 갈가마귀야 너도 가자.
보구대사 절을 짓네. 나무아미타불 관세음보살.'

큰머슴은 신명이 나서 보구에게 "대사님! 대사님!" 하며 열심히 일을 거들었다. 사람들은 그런 큰머슴을 보고는 이제야 철이 났다며 웃었다.

이렇게 해서 보구 혼자 지으면 몇 달이 걸릴 지 모를 절이 순식간에 완공됐다.

김유신 묘 : 신라의 명장 김유신의 묘는 경주 충효동에 있다. 호국일념으로 한 평생을 산 그는 원원사를
세우고 불력으로 나라를 지키고자 했다.

회향回向날, 좌장을 비롯한 동리사람들은 모두 마음속으로 한 가지씩 부
처님께 소원을 빌었다. 그랬더니 과연 그 소원이 모두 이루어졌다. 물론
착한 사람이 된 큰머슴도 소원대로 장가를 들어 아들 딸 낳고 행복하게
살았다.

그 후로 이 절은 인근 주민들은 물론, 멀리서까지 와서 소원을 비는 절
이라 하여 원원사라 불리었다.

지금 원원사의 옛터에는 도굴되어 오랫동안 방치되어 오다가 1933년에
복원된 삼층석탑과 노송들만이 지키고 있다.

석탑에 그려진 십이지신상은 우리나라 석탑 가운데 가장 오래된 것으

용당 보호각 : 원원사터 좌측에 신라시대의 우물이 지금도 보호각 안에 남아 있다.

용당 : 원원사터 옆에 신라시대 우물이 지금도 남아 있다.

로 통일신라시대의 전형적인 양식을 따르고 있어 조각이 화려하다.

또한 십이지신상과 사천왕상을 함께 새긴 석탑도 현재까지는 원원사 석탑이 유일하다.

석탑 왼쪽에는 신라 때의 우물인 '용당' 이 있고, 누각 안 벽면에는 용왕 그림이 그려져 있다.

운문사 벚꽃길 : 운문사 가는 길은 소나무 터널과 벗나무 터널을 지나야 한다.

운문사雲門寺

■소재지 : 경북 청도군 운문면 신원리 운문산
■소　속 : 대한불교 조계종 제9교구 동화사의 말사

　운문사는 서기 557년(신라 진흥왕 18년), 이름이 전해지지 않는 한 신승神僧이 창건한 사찰이다. 그는 처음, 북대암 옆 금수동金水洞에 작은 암자를 짓고 3년동안 수도하였다. 그 결과 도를 깨닫고 도반들의 도움을 받아 동쪽에

비로전과 삼층석탑 : 비로전을 대웅보전이라 부르는 경우가 있다. 이는 현재의 대웅보전을 짓기 전 비로전을 대웅보전으로 사용할 때 보물로 지정되었기 때문이다. 비로전에는 보처불이 없이 비로지니불이 홀로 있다. 동서삼층석탑은 전형적인 신라 삼층석탑의 양식이다.

가슬갑사嘉瑟岬寺, 서쪽에 대비갑사大悲岬寺, 남쪽에 천문갑사天門岬寺, 북쪽에 소보갑사所寶岬寺, 중앙에 대작갑사大鵲岬寺 등 다섯 암자를 창건하였다.

이 가운데 대작갑사가 바로 지금의 운문사다.

대작갑사를 창건한 데에는 목적이 있었다. 지금은 운문사 동쪽의 산을 지룡산池龍山이라 하지만 옛날에는 호랑이가 엎드려 있는 형국이어서 호거산이라고 했다. 그런데 이 산은 풍수지리상 흉맥이어서 인근 마을에 재난이 그치지 않았다. 그래서 그 흉맥을 그를 제압하기 위해서 사찰을 세웠다.

서기 608년(신라 진평왕 30년)에는 원광圓光국사가 중창하였다. 원광국사는 말년에 가슬갑사에 머물며 귀산과 추항에게 세속오계世俗五戒를 가르쳤다.

후삼국시대에는 중국으로 유학하고 돌아온 보양寶壤선사가 쇠락한 다섯 갑사를 대작갑사로 통합하였다. 그 후, 왕건이 후삼국을 통일하는데 도움을 주었던 보양선사의 공에 보답하기

운문사 중창주 원광법사가 귀산과 추항에게 〈세속오계〉를 내려주는 모습을 담은 벽화.

위해 통일 직후 대작갑사를 운문선사雲門禪寺로 바꾸어 편액을 내리고, 오갑五岬의 땅 500결을 부치도록 하였다.

그 후 중수와 중창을 거듭하여 오다가 1950년 불교 정화 후 비구니 스님들의 도량이 되었다. 1958년에 비구니 강원을 개원한 후, 1997년에는 비구니 강사를 양성하는 우리나라 불교 최초의 승가대학원을 개설하였다. 그리고 선원을 건립함으로서 운문사는 비구니 강원과 선원을 갖춘 수행처가 되었다.

보양선사는 신라 말에 중국으로부터 환국하는 길에 서해 용왕의 청을 받아 용궁에서 법을 설했다. 선사의 설법을 들은 용왕은 크게 기뻐하여 금라가사(金羅袈沙 : 비단 승려복) 한 벌을 베풀어 그 은혜에 답례했다. 또 자신의 아들 하나를 딸려 보내 보필하게 하면서 말했다.

"지금 해동 삼국이 몹시 소란한데 진정으로 불법에 귀의하는 임금이 없으니 내 아들과 함께 본국에 돌아가서 작갑鵲岬에 절을 건립하십시오. 그러면 소란을 피할 수 있을 뿐만 아니라 머지 않아 사법성군沙法聖君이 나타나서 삼국을 평정하고 불법을 크게 번창케 할 것입니다."

보양선사는 용왕의 아들인 이무기를 데리고 귀국하여 경북 청도의 운문산雲門山으로 들어갔다.

그런 어느 날, 자신을 원광圓光이라 소개하며 한 노승이 나타나 인궤印櫃 하나를 전해 주고 갔다. 이에 보양선사는 이 산에 있던 쓰러져 가는 고찰을 다시 세우기 위해 북쪽 고갯마루로 올라가 굽어 살폈다.

멀리 5층석탑이 보였다. 선사가 덤불을 헤치고 탑이 있던 곳으로 내려갔으나 분명히 있어야 할 탑이 보이지 않았다.

이상한 일이라고 생각한 선사가 다시 고갯마루로 올라 가 살펴보니 까치 떼가 땅을 쪼고 있었다. 그제야 보양선사는 용왕이 말하던 작갑鵲岬, 즉 까치 떼가 쪼는 곳에 사찰을 세우라는 말이 생각났다. 그래서 내려가 그 자리를 파보니 땅속에서 옛날 절을 지었던 벽돌들이 무수히 쏟아져 나왔다.

보양선사는 그 벽돌들을 주워 모아 탑을 쌓고, 운문사雲門寺를 세웠다.

한편, 서해에서 보양선사를 따라온 이무기는 절 옆의 작은 연못에 살면서 선사를 보필했다. 그런데 한 해에는 가뭄이 심하여 오곡이 거의 타 죽게 되었다.

하여 보양선사가 이무기에게 비를 내리게 해달라고 부탁하니 이무기의 조화로 일시에 비가 쏟아져 타 죽어가던 곡식이 다시 살아났다.

이를 지켜 본 천제天帝가 크게 진노하여 사자를 내려보내 하늘의 뜻을 어긴 이무기를 죽이려 하였다.

그러자 겁에 질린 이무기가 선사의 방으로 기어들어 살려 줄 것을 청했다. 보양선사는 그를 안집 마루 밑에 숨겨 주었다. 뒤따라 온 사자가 선사

만세루 : 운문사에서 면적이 가장 넓은(164평) 건물이다.

만세루 내부 : 한때는 종각으로 사용하였다고 한다.

처진 소나무 : 경내에 들어서면 가장 먼저 가지를 늘어뜨린 소나무를 만난다. 동서12m, 남북 21m의 거
대한 소나무다.

에게 이무기를 내놓으라고 하자 선사는 손을 들어 뜰 아래에 서 있는 배
나무(梨木)를 가리켰다. 이무기의 한자 표기와 배나무의 한자 표기가 같았
기에 선사는 배나무를 가리켰던 것이다. 그러자 사자는 선사가 가리킨 배
나무에 벼락을 치고 올라갔다. 그래서 배나무는 벼락을 맞고 타 죽었지만
이무기는 살았다.

그 후 이무기는 선사가 열반에 들 때까지 항상 옆에 있으면서 도왔다.

보양선사가 처음 당나라에서 돌아와 추화군(推火郡, 지금의 밀양)에 있는 봉
성사奉聖寺에 머물 때였다.

왕건이 동쪽을 징벌하기 위해 청도淸道에 이르렀을 때 산적들이 무리를
이뤄 견성犬城을 점거하고 왕건에 대항하였다.

이에 왕건은 견성을 에워싸고 그들을 쳤으나 그 성을 함락시키지는 못
했다. 할 수 없이 왕건은 산 밑에 진을 치고, 보양선사를 찾아가 견성을 공
략할 방법을 물었다.

보양선사가 말했다.

운문사 가는 길

　"개는 밤에는 지킬 줄 알되 낮에는 지킬 줄 모르오. 또 앞만 보고 뒤를
보지 못하는 짐승이니 백주에 뒤쪽인 북쪽을 치면 성공할 수 있을 것이
요."

왕건은 보양선사의 가르침에 따라 백주에 북쪽을 공략하여 견성을 손에 넣었다. 그리고 나서 신라와 후백제를 아우러 고려 태조가 된 후, 보양선사가 있는 운문사에 전답田畓 오백 결(結 : 논, 밭의 넓이 단위)을 내리고, 그때까지 쓰던 보양이라는 법명 대신 운문이라는 법명을 내렸다.

운문사 가는 길은 솔숲 터널과 벚나무 터널을 지나야 하는데 운취가 좋아 언제 걸어도 마치 오랜만에 찾아온 고향길 같다.

절 안에 들어서면 가지를 늘어뜨린 소나무가 먼저 반긴다. 천연기념물 제 180호인 소나무의 크기는 동서 18m, 남북 21m 정도나 된다.

비구니 스님 도량이라 그런지 너무나 정갈하여 절을 찾는 내방객마저 몸가짐을 살피게 한다. 처진 소나무 옆의 만세루는 조선말기 누각으로 164평이나 되어 운문사에서 제일 넓은 건물이다. 비로전 앞에 있는 두 기의 3층 석탑은 비로전이 위치한 자리의 지세가 전복되기 쉬운 배의 모양 즉, 행주형行舟形의 흉맥이라고 하여 그 지세를 누르기 위해 양쪽에 세웠다고 한다.

비로전을 대웅보전이라 하기도 하는데 이는 현재의 대웅보전을 짓기 전 비로전이 대웅보전으로 사용될 당시에 보물(제835호)로 지정되었기 때문이다. 비로전에는 보위불 없이 비로자나불상만 모셔져 있다.

《삼국유사》를 저술한 일연 스님도 72세 되던 해인 1277년부터 1280년까지 4년동안 이 절에서 머문 적이 있었다. 일연 스님은 그때 이곳에서 《삼국유사》를 쓰고, 탈고하였다고 한다.

송림사 5층전탑 : 가마에 구워서 만든 점토벽돌로 건축한 전탑. 여러차례 보수가 있었으나 처음 모습을 잃지 않고 있다.

송림사 松林寺

■소재지 : 경북 칠곡군 동명면 구덕리 가산
■소　속 : 대한불교 조계종 제9교구 동화사의 말사

　　송림사는 신라 눌지왕 때 아도화상이 창건하였다고 하나 공식적으로는
진나라에서 귀국한 명관明觀이 중국에서 가져온 불사리를 봉안하기 위해
서기 544년(신라 진흥왕 5년)에 창건하였다.(신라 애장왕 때 창건했다는 설도 있다.) 이 때
호국안민을 기원하는 5층전탑도 함께 세웠다고 한다. 그 뒤 대각국사 의

전경 : 송림 속의 절을 생각하고 송림사를 찾으면 의아해 한다. 송림사 경내에는 이름과는 달리 소나무가 없기 때문이다.

대웅전 : 우리나라 사찰의 목조건물은 칸과 칸의 너비가 비슷하나 유달리 이곳 대웅전은 한 가운데 칸은 넓고 좌우칸은 이보다 좁으며 가장 구석칸은 더 좁은 특이한 구조로 되어 있다.

천이 중창하였고, 1234년(고려 고종 22년), 몽고군에 의하여 폐허화 되었으나 다시 중창한 것을 정유재란 때 왜병들의 방화로 또 다시 소실되었다.

그 후 1685년(조선 숙종 12년)에는 기성대사가, 1858년는 영추永樞가 중창하여 오늘에 이르고 있다.

송림사에는 창건과는 관계없이 송림사라는 사찰 이름과 관련된 연기설화가 전해지고 있다.

때는 신라시대.

눈발이 희끗희끗 날리며 바람마저 세차게 부는 추운 겨울의 저녁이었다. 아름드리 소나무가 무성한 얕은 산에 화려한 상여 하나가 다다랐다.

관이 내려지자 상주들의 곡성이 더욱 구슬퍼졌다. 그러나 정작 맏상주는 전혀 슬픈 기색을 보이질 않았다.

40세 쯤 되어보이는 그는 울기는커녕 오히려 감시하는 듯한 태도로 사방을 둘러보며 눈을 번득였다. 마을 사람들과 일꾼들은 그를 이상하다는 눈으로 쳐다보며 수군댔다. 그러자 이를 눈치 챈 맏상주가 그런 분위기를 누르려는 듯 말했다.

"죄송합니다. 오늘 장례식에서는 떡 한 쪽, 술 한 잔도 드릴 수가 없습니다. 또 새끼줄 한 뼘, 거적 한 장도 가져가면 안됩니다. 그대신 일꾼 여러분에게는 장례식이 끝난 뒤 품삯을 곱으로 드리겠습니다."

장례식장에서는 당연히 나눠 먹어야 할 음식을 줄 수 없다는 까닭 모를 말을 하자 사람들은 술렁대기 시작했다. 그러나 맏상주에게는 그럴 만한 사연이 있었다.

간밤이었다. 돌아가신 부친 옆에서 꼬박 이틀 밤을 새운 그는 몹시 고단해 잠시 졸았다. 그때 그에게 백발의 노인 한 분이 다가와 산을 가리키며 말했다.

"맏상주는 명심해서 듣거라. 그대 부친의 묘자리는 길흉이 함께 앉았으

대웅전 내부 : 건물 내부는 여느 법당과 달리 불단이 앞으로 돌출되어 불단 앞 공간이 아주 좁다. 낮은 불단에 모셔진 이곳 삼존불은 우리나라에서 가장 큰 목불木佛이라고 한다.

329

5층전탑을 보수할 당시의 모습

니 잘하면 복을 누리고 잘못하여 패가망신할 것이니라."

깜짝 놀란 그는 노인에게 매달렸다.

"그렇다면 어떻게 해야 되겠습니까?"

"내 말을 잘 듣고 명심해서 실천하라, 장례를 지낼 때 술 한 잔은 물론 물 한 모금도 남에게 줘서는 안되느니라. 만약 새끼줄 한 토막이라도 적선하게 되면 가세가 기울어 대가 끊길 것이고, 이르는 대로 잘 지키면 가세가 번창할 것이니라."

노인은 말을 마치자 홀연히 사라졌다. 맏상주는 아무에게도 이 사연을 공개할 수가 없었다.

그래서 행여 누가 음식을 먹을까, 아니면 새끼줄 한 토막이라도 집어갈까 열심히 주위를 살펴야 했다. 주린 배를 움켜쥐고 부지런히 삽질을 하는 일꾼들은 아무래도 무슨 곡절이 있을 거라 수군거렸다.

이때 걸인들 한 패가 몰려왔다. 그러나 떡 한 쪽 얻지 못한 패거리들은 욕설을 퍼붓기 시작했다.

그러나 맏상주는 못들은 척했다. 혹시 걸인들이 행패라도 놓으며 음식을 먹을까 불안해진 그는 음식을 모두 집으로 가져가게 하고는 머슴에게

5층 전탑에서 나온 사리함

다시 단단히 일렀다. 아무도 음식에 손을 대서는 안된다고……. 허나 그는 여전히 걱정이 앞섰다.

"집으로 보낸 음식을 누군가가 남은 음식인 줄 알고 퍼가거나 먹으면 어쩌나?"

그는 더 이상 참을 수가 없어 일꾼들에게 부탁했다.

"내 품삯을 세 곱, 네 곱, 아니 그 이상이라도 줄 테니 묘를 다 쓰거든 거적과 새끼줄, 지푸라기 하나 남지 않게 모조리 태워 주시오."

"아무래도 말 못할 깊은 사연이 있으신가 본데, 염려 마십시오. 이왕 물 한 모금 안 먹고 시작한 일, 분부대로 잘 해드리리다."

5층전탑 탑신에서 나온 8세기의 각종 공양품

두 번 세 번 다짐받은 맏상주는 황급히 집으로 달려갔다. 막 대문 안으로 들어서는데 잔치 일을 하는 아낙들과 걸인들이 시비를 하고 있었다. 맏상주는 급하게 두 팔을 내저으며 사람들을 내몰았다.

한편 산에서는 산소가 다 마무리되자 흩어진 새끼줄을 모아 태우기 시작했다. 바로 그때였다.

5층전탑 상륜부 복밭에서 나온 12세기 상감청자 함

어디서 나타났는지 깡마른 거지 소년 하나가 달달 떨며 모닥불 곁으로 다가왔다.

사시나무 떨듯 몸을 떨며 거적하나만 달라고 애걸하는 거지아이를 보다 못해 일꾼 한 사람이 인정을 베풀고 말았다.

"애야, 이걸 갖고 사람들이 보지 않게 저 소나무 숲으로 빠져 나가거라.

331

누가 보면 우린 큰일난다. 알았지?'

"네, 이 은혜 죽어도 잊지 않겠습니다."

거적을 뒤집어 쓴 거지소년은 쏜살같이 소나무 숲으로 달아났다. 그 일꾼은 적선을 했다는 흐뭇한 기분에서 연장을 챙기기 시작했다.

그때였다.

'꽝' 하고 천지가 진동하는 폭음이 바로 거지소년이 사라진 숲 쪽에서 들려왔다.

놀란 일꾼들이 소나무 숲으로 달려가보니 참으로 기적 같은 일이 벌어졌다. 거지 아이는 간 곳이 없고 없던 절 한 채가 세워져 있는 것이 아닌가, 일꾼들은 겁을 먹고 마을로 내려왔다.

그 후 묘를 쓴 집안은 날로 가세가 기울기 시작했다. 그러나 거지에게 거적을 준 일꾼은 차차 형편이 펴져 큰 부자가 됐다.

마을 사람들은 소나무 숲에서 솟아난 절을 송림사라 불렀다.

가산架山의 송림사松林寺는 이름만 듣고는 솔숲이 먼저 연상되지만 정작 근처에는 솔숲이 없다. 어느 때, 무슨 이유로인지 소나무가 사라져 보이지 않는다.

송림사는 도로가의 담 하나를 넘어 평지에 있는 가람이다.

절 안에 들어서면 5층 전탑磚塔이 웅장하게 느껴진다. 많은 사람들이 이곳을 찾는 이유 중에 하나가 바로 이 5층 전탑(보물 제189호) 때문이다.

진나라 사신 유사劉使와 중국에 유학했던 명관이 불경 2,700권과 불사리를 가져와 이 탑에 봉안하였다고 한다. 실제로 1959년, 이 전탑을 해체 복원할 때 불사리 4과가 발견되었다. 당시 사리, 목불, 녹색 유리잔 등 많은 유물이 나왔는데 부처님 사리를 제외하고는 일체를 보물 제 325호로 지정하여 국립중앙박물관에 소장했다.

정유재란 때에는 왜군들이 전탑의 금동 상륜부를 훔치고자 밧줄을 매고 끌어내리려 했으나 성공하지 못했다고 한다. 그 때문인지 실제 복원하려고 해체해보니 상륜부가 구부러져 있었다고 한다.

탑은 만드는 재료에 따라 목탑木塔, 석탑石塔, 전탑塼塔, 모전탑模塼塔으로 분류한다.

목탑은 법주사의 팔상전, 화순 쌍봉사의 대웅전을 들 수 있고, 석탑은 석가탑, 다보탑, 미륵사지 석탑 등 흔히 주위에서 쉽게 볼수 있다.

전탑은 점토를 불가마에서 구워 만든 전塼, 즉 흙벽돌로 만든 탑이다.

모전탑은 돌을 벽돌 모양으로 다듬어 전탑과 같이 세운 석탑이다. 그러니까 모양은 전탑형태이고 재료는 돌이다. 정암사 수마노탑, 선산 죽장동 5층석탑 등이 이에 속한다.

송림사의 전탑과 같은 형식은 인도에서 시작되어 불교와 함께 중국에 전파되어 크게 유행하였다. 그리고 그곳에서 다시 우리나라에 전해졌으나 많은 전탑이 만들어지지는 못했다. 현재 전탑은 송림사 5층 전탑을 비롯하여 안동 지방에 3기, 신륵사 다층석탑 등, 5기만이 전해지고 있다. 중국 사람들은 건축재료로 벽돌을 즐겨 사용했으나 우리나라 사람들은 벽돌을 생활에 즐겨 사용하지 않았던 때문일 것이다.

1686년에 기성대사가 송림사 대웅전 등을 중창할 때 숙종은 〈대웅전〉 현판을 직접 써서 내려 주었다.

대웅전 앞 석등은 신라시대의 양식이 확실한 바 이로써 송림사의 역사를 말해준다.

영지석불좌상 : 아사달이 아사녀의 명복을 빌기 위해 만들었다고 전하는 아사녀상이다.

영지암影池庵

- ■소재지 : 경북 경주시 외동읍 괘릉리
- ■소 속 : 대한불교 조계종 제11교구 불국사의 말사

　영지암은 751년(경덕왕 10년), 김대성金大成이 불국사 석가탑과 다보탑을 건립할 때 석공으로 일하던 아사달과 그의 아내 아사녀의 넋을 달래기 위해 창건했다고 한다. 자세한 연혁은 전하지 않고 현재는 인법당因法堂만이 아사녀상이라고 전해지는 결가부좌의 석상 옆에 있다.

영지 : 아사달과 아사녀의 애달픈 사연을 간직한 못으로 영지암 옆에 있다.

불국사 다보탑 : 아사달이 조성한 석탑. 영지에 그림자가 비쳤
다 하여 유영탑이라고도 한다.

다보탑과 석가탑을 세울 때 김대성은 신라에까지 이름이 널리 알려진 백제의 석공 아사달을 초빙하여 탑을 조성하게 했다.

그는 먼저 다보탑을 완공하고 다시 석가탑을 조성하고 있었는데, 어느 날 기다림에 지친 그의 아내 아사녀가 찾아왔다. 그러나 주지 스님은 불사 중 부정 탈 것을 염려하여 그녀에게 '절 아래 연못이 있으니 그 곳에서 가서 기다리시오. 탑이 완성되면 못 위에 두 개의 탑 그림자가 비칠 것이니 그때 만나도록 하시오.' 라고 권했다.

아사녀는 연못가에 머물면서 탑 그림자가 못에 비치기만을 애타게 기다렸다.

드디어 어느 달 밝은 밤, 못 위에 한 개의 탑 그림자가 비쳤다. 그러나 나머지 하나는 몇날 며칠을 기다려도 감감무소식이었다. 그렇게 나머지 탑 그림자가 마저 떠오르기만을 고대하던 그녀는 기진하여 못 위에 비치는 탑의 환영幻影을 보았다. 그녀는 반가움에 '아사달님! 하고 물속에 뛰어들어 탑을 안으려고 하다가 그만 익사하고 말았다.

한편 아내가 찾아왔다는 소식을 들은 아사달은 서둘러 탑을 완성시킨 뒤 연못으로 달려 갔으나 그녀는 이미 죽고 없었다. 극도의 슬픔에 빠진 아사달은 울부짖으며 못에 몸을 던져 아내의 뒤를 따랐다. 그 뒤 이 연못을 그림자가 비치는 못, 즉 영지影池라고 했다.

또 연못에 그림자가 비친 다보탑을 유영탑有影塔, 비치지 않은 석가탑은 무영탑無影塔이라 하였다.

지금도 늦가을 맑은 날 오후에는 불국사가 있는 토함산의 그림자가 못에 비친다. 현재 영지는 농업용수로 쓰기 위해 크게 확장되어 있다.

영지석불좌상, 일명 아사녀상은 통일신라시대 작품으로 추정한다. 얼굴은 마모가 심하여 정확하게 알아보기 어렵다.

불국사 석가탑 : 영지에 모습이 비치지 않았다하여 무영탑이라고도 한다.

좌대는 상대, 중대, 하대가 각기 다른 돌로 되어 있다. 상대와 하대는 연꽃을 조각하였고, 중대는 상안象眼을 조각하였다. 이 불상은 아사달이 아사녀의 명복을 빌기 위하여 만들었다고 전한다.

337

가락국 시조 김수로왕릉(김해) : 삼국유사는 김수로왕이 만어사를 창건하였다고 전한다.

만어사萬魚寺

■소재지 : 경남 밀양시 삼랑진읍 용전리 만어산
■소　속 : 대한불교 조계종 제15교구 통도사의 말사

　만어사는 서기 46년(가락국 수로왕 5년)에 김수로왕이 창건하였다고 삼국유
사에 전한다. 신라시대에는 왕들이 불공을 올리는 사찰로 이용했다.
　1179년(고려 명종 10년) 중창했으며, 1878년(조선 고종 16년) 중건하여 오늘에 이
르고 있다.

만어사 전경 : 사찰 앞에 있는 만어석으로 인해 더욱 유명하다.

미륵전 : 용왕의 아들이 굳어져 변했다고 전하는 미륵바위를 모신 전각이다.

미륵전 안의 미륵바위

미륵전을 세우기전 자연상태로 있을 때의 미륵바위

　수로왕 때 가라국의 옥지玉池에서 살고 있던 독룡毒龍과 만어산에서 살던 나찰녀羅刹女가 서로 사귀면서 한 여름에 우박을 내려 4년 동안 흉년이 들었다. 수로왕은 주술로 막아보려 했으나 불가능하자 부처님께 도움을 청했다. 부처님은 6비구와 1만의 천인天人들을 데리고 와서 독룡과 나찰녀의 항복을 받고 설법수계하여 재앙을 물리쳤다. 그 후 수로왕은 이를 기리기 위해서 이 절을 창건했다고 한다.

또 다른 설화도 전한다.

동해의 용왕이 아들의 수명이 다한 것을 알고 낙동강 건너에 있는 무척산無隻山의 신승神僧을 찾아가 새로 살 곳을 마련해 줄 것을 부탁했다. 신승은 가다가 멈추는 곳이 인연이 있는 터라고 일러주었다. 왕자가 길을 나서자 수많은 종류의 고기 떼가 그의 뒤를 따랐는데, 머물러 쉰 곳이 이 절이 있는 곳이었다. 이 절터에 이르자 왕자는 큰 미륵돌로 변했고, 그를 따르던 수많은 고기들은 모두 화석으로 굳었다. 그래서 지금도 만어사 주변 너덜지대의 돌들을 '만어석萬魚石'이라고 부른다.

만어석 너덜지대 : 용왕의 왕자를 따라 왔던 수많은 고기떼들이 화석으로 굳었다고 한다. 두드리면 쇠소리가 나므로 종석이라 부른다.

삼층석탑 : 두드리면 쇠소리가 나기 때문에 호기심으로 두드리는 사람들이 많아 두드리지 못하게 한다. 만어석 쇠소리를 확인하고 싶으면 너덜지대의 돌들을 두드려 보면 안다.

의자 바위 : 만어사를 창건할 때 김수로왕이 앉아 쉬었다고 전하는 의자모양의 바위. 절 마당에 있다.

폭이 약 100m, 길이가 약 500m 규모로 골짜기를 가득 메운 크고 작은 물고기 모양의 검은 돌들은 신기하게도 두드리면 쇠종소리가 난다. 그래서 종석鐘石이라고도 부른다. 그 이유가 밝혀지지 않아 더욱 신비롭다.

경내에는 용왕의 아들이 굳어져 변했다고 하는 미륵바위 또는 미륵불상이라 불리는 5m 크기의 자연석이 있다.

이 미륵바위 표면에 붉은색이 감돌아 마치 스님들의 가사袈裟를 연상시킨다.

믿어지지는 않지만 이 미륵바위는 1년에 0.3cm씩 큰다고 하며 병자호란, 임진왜란, 갑오농민전쟁, 한일합방, 3.1만세 운동, 한국전쟁, 4.19혁명, 5.16군사정변 때에는 땀을 비 오듯이 흘렸다고 한다. 현재는 미륵전을 건립하여 모시고 있다.

미륵전 옆에 돌무더기들이 있고 바위 아래에 작은 샘이 있다. 이 샘은 낙동강의 조수에 따라 물높이가 달라진다고 한다. 이는 만어산 너덜지대의 만어석들이 동해 바다에서 낙동강을 타고 이곳까지 거슬러 왔기 때문에 그렇다고 믿는다.

만어사 우물 : 동해의 물고기들이 낙동강을 따라 이 샘까지 왔다고 한다.

만어사는 중창했던 1180년을 실질적인 창건으로 보기도 한다. 만어사 삼층석탑은 고려시대의 탑으로 보물 제466호로 지정되었다. 이 석탑의 돌이 너덜지대의 만어석으로 이루어졌는지 두드리면 맑은 소리가 난다. 이런 석탑의 신비를 확인하려는 사람들이 많아 지금은 석탑을 두드리지 못하게 금지하고 있다.

만어석이 있는 곳 느티나무 아래에는 김수로왕이 만어사를 창건할 때 앉아 쉬었다는 수로왕 의자바위가 있다.

만어사가 있는 곳이라 해서 산이름을 만어산이라고 부르게 되었다.

343

선종계보도

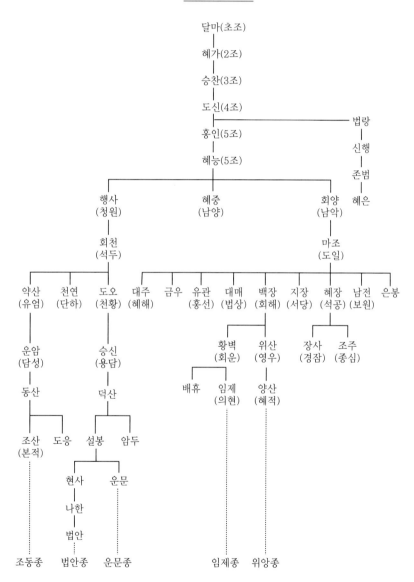

한국 선종계보도

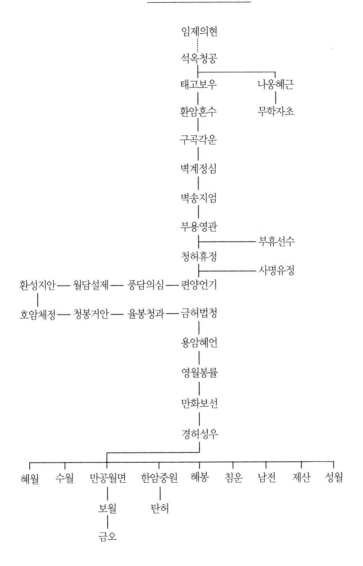

참고문헌

① 한국 민족문화대백과사전 편찬부,《한국민족문화대백과사전(전1~27)》, 정신문화연구원, 1991.

② 이정,《한국 불교 사찰사전》, 불교시대사, 1996.

③ 이동술,《한국 사찰보감》, 우리출판사. 1997

④ 사찰문화연구원,《전통사찰 총서(1~12)》, 사찰연구문화원, 1992

⑤ 한정섭,《불교설화 대사전(상, 하)》, 불교정신문화연구원. 2001

⑥ 이정행,《한국 불교설화》, 선경, 1984

⑦ 최정희,《한국 불교전설99》, 우리출판사, 불기 2535

⑧ 한국문화답사,《답사문화 길잡이(1~14)》, 돌베개, 1994~2002

⑨ 빛깔 있는 책(사찰관련책 다수), 대원사, 1991~

⑩ 서경보,《불교로 보는 우리 역사 1,2》, 호암, 1995

⑪ 대한 불교신문 편집국,《한국의 사찰1》, 대한기획, 1993

⑫ 최완수,《명찰순례 1, 2, 3》, 대원사, 1994

⑬ 정만,《미륵성지를 찾아서》, 우리출판사, 1994

⑭ 권연한,《우리 사찰의 벽화 이야기》, 전원문화사, 1995

⑮ 김용덕,《불교이야기 1,2》, 창작과 비평사, 1985

⑯ 일연지유 최호 엮음,《삼국유사》, 홍신문화사, 1992

⑰ 김한곤,《한국의 불가사의》, 새날사, 1994

⑱《해인지 합본》, 해인지 편집실, 단기 3417

⑲ 국립경주박물관,《국립경주박물관 미술관》, 통천문화사, 2002

⑳ 현해,《오대산 월정사 · 상원사》, 월정사

㉑ 각 지방 향토지

㉒ 각 사찰 안내책 외 다수

사찰이야기

엮은 이 · 서문성
펴낸 이 · 임종대
펴낸 곳 · 미래문화사

초판 1쇄 인쇄 · 2006년 5월 10일
초판 1쇄 발행 · 2006년 5월 15일

등록 번호 · 제3-44호
등록 일자 · 1976년 10월 19일
주소 · 서울시 용산구 효창동 5-421 1F
전화 · 715-4507 / 713-6647
팩시밀리 · 713-4805

E-mail · miraebooks@korea.com
mirae715@hanmail.net

ⓒ2006, 미래문화사
ISBN 89-7299-323-9 03810